夢《ゆめ》 現《うつつ》

日本推理作家協会70周年アンソロジー

日本推理作家協会 編

集英社文庫

夢現　日本推理作家協会70周年アンソロジー　目次

まえがき

今野　敏

一言で七十周年と言いますが、これはやはりたいへんな歴史だと、あらためて思います。わが日本推理作家協会の前身である探偵作家クラブが誕生したのが、昭和二十二年。まだ、戦争の傷跡が色濃く残っている時代でした。

太平洋戦争の終結は、いろいろなものをもたらしました。言論の自由もその一つです。それまで、作家は自由に作品を書くことができなかったわけです。へたなことを書くと、特高がやってきて逮捕される。拷問で死んだ作家もいました。

昭和一桁の人々は、終戦に自由と民主主義の青空を見たと言います。当時、探偵小説などと呼ばれたミステリーが台頭してくるのも、そうした言論の自由がもたらした一つの現象と言うことができるでしょう。

今は自由にミステリーを書いたり読んだりできるのですから、なんといい時代なのでしょう。そして、この七十年で、ミステリーはおおいに発展し、そして成熟してきました。

さて、このアンソロジーは、歴代の理事長（一般社団法人に移行して、現在は代表理事という呼称に変わっていますが）の短編を集めたものです。

まさに歴史を感じます。こうしたアンソロジーに参加できることを光栄に思うと同時に、畏《おそ》れ多いと思ってしまいます。

選挙で選ばれた理事の他に、推薦理事枠があります。理事会で「あいつを理事に引っぱろう」と話し合い、依頼するのです。最初私はそれで理事になりました。

もう三十年近く前の話だと思います。当時の理事長は生島治郎さんでした。理事は当然、売れっ子や重鎮作家ばかりで、まったく売れない作家の私は、終始小さくなっていたのを思い出します。

当時は書記局と呼ばれていたマンションの一室に集まった綺羅星《きらぼし》のごとき売れっ子作家たちが放つオーラはものすごく、私は本当に熱を出しそうになりました。

理事会が終わると、売れっ子たちは銀座に繰り出すことも珍しくなく、いつか私もいっしょに行きたいと思ったものでした。

理事会では発言するどころではなく、顔も上げられず、雑談を交わす他の理事たちの話をじっと聞いていました。

その時代の記憶がずっと残っていて、今自分が理事長（代表理事）をやっているのが、嘘《うそ》のように感じられます。

突然ですが、「人類の歴史は何年くらいだと思うか」と問われて、何とおこたえになるでしょう。

メソポタミアやエジプト、古代中国から数えて五、六千年。いや、それ以前から文明はあったので一万数千年といったところか……。

私はその質問をされたときに、そんなことを考えていました。すると、その質問者は「たぶん八十年くらいだよ」と言ったのです。

人の一生と変わらないのです。つまり、人が亡くなれば記憶も途絶え、人々は同じ歴史を繰り返すことになる、というのです。

例えば、戦争です。終戦になると、人々は「ああよかった。戦争が終わった」と思います。その記憶は鮮明ですから、二度と戦争などやるまいと強く思います。

戦争の悲惨な記憶を持つ人が多ければ多いほどそういう意識は維持されていきます。しかし、時が経るにつれてそうした記憶を持つ人々がこの世を去っていきます。

記憶が失われていくのです。すると、戦争を回避したいという強い思いも失われていくのです。

最近、共謀罪などという話を耳にします。かつての治安維持法の記憶を持つ人々が大多数だった時代には決して生まれなかった法律ではないかという気がします。

記憶と記録は別物だということです。わが日本推理作家協会の歴史もその八十年に近づきつつあります。

すでに、探偵作家クラブ結成当初のことを覚えている人はいなくなっています。結成時の熱い思いが、時代の波に流され、いつしか消えていくのでしょうか。

いや、決してそうではないと私は思っています。日々新たなミステリーが生み出されています。それが続く限り、決して探偵作家クラブ発足の理念は失われることはないでしょう。

ミステリーは発展し成熟したと述べました。この一冊でその歴史を感じることができると思います。また一方で、どの時代に書かれたとしても、ミステリーは常に新鮮であることを実感できると信じています。

（こんの・びん　作家／日本推理作家協会十四代目代表理事）

夢現　日本推理作家協会70周年アンソロジー

防空壕

江戸川乱歩

江戸川乱歩（えどがわ・らんぽ）

一八九四年三重県生まれ。一九六五年七月二十八日逝去。日本推理作家協会初代（一九六三）理事長。一九二三年雑誌「新青年」に掲載された「二銭銅貨」でデビュー。以後、明智小五郎が活躍する「D坂の殺人事件」「心理試験」などの探偵小説を次々に発表。早くから海外の小説にも造詣が深く、怪奇小説や幻想小説、犯罪小説を数多く執筆。六一年に紫綬褒章を受章。六五年に正五位勲三等瑞宝章を追贈された。

一、市川清一《いちかわせいいち》の話

君、ねむいかい？　エ、眠れない？　僕も眠れないのだ。話をしようか。いま妙な話がしたくなった。

今夜、僕らは平和論をやったね。むろんそれは正しいことだ。誰も異存はない。きまりきったことだ。ところがね、僕は生涯の最上の生き甲斐《がい》を感じたのは、戦争の最中だった。いや、みんなが云《い》っているあの意味とはちがうんだ。国を賭して戦っている生き甲斐という、あれとはちがうんだ。もっと不健全な、反社会的な生き甲斐なんだよ。

それは戦争の末期、今にも国が亡《ほろ》びそうになっていた時だ。空襲が烈《はげ》しくなって、東京が焼け野原になる直前の、あの阿鼻叫喚《あびきょうかん》の最中なんだ。――君だから話すんだよ。戦争中にこんなことを云ったら、殺されただろうし、今だって、多くの人にヒンシュクされるにきまっている。

人間というものは複雑に造られている。生れながらにして反社会的な性質をも持っているんだね。それはタブーになっている。人間にはタブーというものが必要なんだ。それが必要だということは、つまり、人間に本来、反社会の性質がある証拠だよ。犯罪本能と呼ばれているものも、それなんだね。

火事は一つの悪にちがいない。だが、火事は美しいね。「江戸の華《はな》」というあれだよ。雄大な焔《ほのお》というものは美的感情に訴える。ネロ皇帝が市街に火を放って狂喜したあの心理が、大なり小なり誰にもあるんだね。風呂を焚《た》いていてね、薪《まき》が盛んに燃えあがると、実利を離れた美的快感がある。薪でさえそうだから、一軒の家が燃え立てば美しいにきまっている。一つの市街全体が燃えれば、もっと美しいだろう。国土全体が灰塵《かいじん》に帰するほどの大火焔《だいかえん》ともなれば、更《さ》らに更らに美しいだろう。ここではもう死と壊滅につながる超絶的な美しさだ。僕は嘘《うそ》を云っているのではない。こういう感じ方は、誰の心にもあることだよ。

戦争末期、僕は会社へ出たり出なかったりの日がつづいた。毎日空襲があった。乗物もなくなって、会社から非常召集をされると、歩いて行かなければならなかった。ひっきりなしにゾーッとするサイレンが鳴り響き、夜なかに飛びおきて、ゲートルを巻き、防空頭巾をかぶって防空壕《ぼうくうごう》へ駈《か》けこむことがつづいた。

僕はむろん戦争を呪っていた。しかし、戦争の驚異とでもいうようなものに、なにかしら惹《ひ》きつけられていなかったとは云えない。サイレンが鳴り響いたり、ラジオがわめいたり、号外の鈴が町を飛んだりする物情騒然の中に、異常に人を惹きつけるものがあった。異常に心を昂揚《こうよう》するものがあった。

最も僕をワクワクさせたのは、新らしい武器の驚異だった。敵の武器だから、いまいましくはあったけれど、やはり驚異に相違なかった。B29というあの巨大な戦闘機がそれを代表していた。そのころはまだ原爆というものを知らなかった。

東京が焼け野原にならない前、その前奏曲のように、あの銀色の巨大なやつが編隊を組んで、非常な高さを悠々と飛んで来た。そのたびに、飛行機製作工場などが、爆弾でやられていたのだが、僕らは地震のような地響きを感じるばかりで目に見ることはできなかった。見るのはただ、あの高い空の銀翼ばかりだった。

B29が飛行雲を湧かしながら、まっ青に晴れわたった遥《はる》かの空を、まるで澄んだ池の中の目高《めだか》のように、可愛《かわい》らしく飛んで行く姿は、敵ながら美しかった。見る目には可愛らしくても、高度を考えれば、その巨大さが想像された。今、旅客機に乗って海の上を飛んでいると、大汽船がやはり目高のように小さく見えるね。あれを空へ移したような可愛らしさだった。

向うのほうに、豆粒のような編隊が現われる。各所の高射砲陣地から、豆鉄砲のような連続音がきこえはじめる。敵のすがたも、味方の音も、芝居の遠見《とおみ》の敦盛《あつもり》のように可愛らしかった。

B29の進路をかこんで、高射砲の黒い煙の玉が、底知れぬ青空の中に、あばたみたいにちらばった。敵機のあたりに、星のようにチカッチカッと光るものがあった。まるでダイヤモンドのつぶを、銀色の飛行機めがけて、投げつけるように見えた。それは目にも見えない小さな味方の戦闘機だった。彼らは体当りで巨大なB29にぶっつかって行った。その小さな味方機の銀翼が、太陽の光りを受けて、チカッチカッとダイヤのように光っていたのだ。

君も思い出せるだろう。じつに美しかったね。戦争、被害という現実を、ふと忘れた瞬間には、あれは大空のページェントの美しい前奏曲だった。

僕は会社の屋上から、双眼鏡で、大空の演技を眺めたものだ。双眼鏡の丸い視野の中を、銀色の整然とした編隊が近づいてくる。頭の上にきたときには、双眼鏡には可《か》なり大きく映った。搭乗員の白い顔が、豆人形のように見わけられさえした。太陽に照りはえる銀翼はやっぱり美しかった。それにぶっつかって行く味方機も見えたが、大汽船のそばの一艘《そう》のボートのように小さかった。

その晩僕は、会社の帰り道を、テクテク歩いていた。電車が或《あ》る区間しか動いていないので、あとは歩かなければならなかった。八時ごろだった。空には美しく星がまたたいていた。灯火管制で町はまっ暗だった。僕たちはみな懐中電灯をポケットに用意していた。明かるいのではいけないし、それに電池がすぐ駄目になるので、あのころは自動豆電灯というものが市販されていた。思い出すだろう。片手にはいるほどの金属製のやつで、槓桿《こうかん》を握ったり放したりすると、ジャージャーと音を立てて発電器が回転して、豆電灯がつくあれね。足もとがあぶなくなると、僕はあれを出してジャージャー云わせた。にぶい光だけれど、電池が要らないので、実に便利だった。

まっ暗な大通りを、黒い影法師たちが、黙々として歩いている。空襲警報が鳴らないうちに早く帰りつきたいと、みなセカセカと歩いている。今日だけはサイレンが鳴らずにすむかも知れない、というのが、われわれの共通した空《そら》だのみだった。

僕はそのとき伝通院《でんずういん》のそばを歩いていた。ギョッとする音が鳴りはじめた。近くのも遠くのも、幾つものサイレンが、不吉な合奏をして、悲愴《ひそう》に鳴りはじめた。いくら慣れていても、やっぱりギョッとするんだね。黒い影法師どもが、バラバラと走り出した。僕は走るのが苦手なので、足を早めて大股に歩いていたが、その前を、警防団員の黒い影が、「待避、待避」と叫びながら、かけて行った。

どこからか、一ぱいにひらいたラジオがきこえて来た。家庭のラジオも、出来るだけの音量を出しておくのが常識になっていた。同じことを幾度もくりかえしている。B29の大編隊が伊豆《いず》半島の上空から、東京方面に近づいているというのだ。またたく間にやって来るだろう。

僕も早くうちに帰ろうと思って、大塚《おおつか》駅の方へ急いだが、大塚に着かない前に、もう遠くの高射砲がきこえだした。それが、だんだん近くの高射砲に移動して来る。町は真の闇だった。警戒管制から非常管制に移ったからだ。まだ九時にならないのに、町は真夜中のようにシーンと静まり返っていた。僕のほかには、一人の人影も見えなかった。

僕は時々たちどまって、空を見上げた。むろん怖かったよ。しかし、もう一つの心では、美しいなあと感嘆していた。

高射砲弾が、シューッ、シューッと、光の点線を描いて高い高い空へ飛んで行く。そして、パラパラッと花火のように美しく炸裂《さくれつ》する。そのあたりに敵機の編隊が飛んでいるのだろう。そこへは、立っている僕から三十度ぐらいの角度があった。まだ遠方だ。そこの上空に、非常に強い光のアーク灯のような玉が、フワフワと、幾つも浮游《ふゆう》していた。敵の照明弾だ。両国《りようごく》の花火にあれとそっくりのがあった。闇夜の空の光りクラゲだ。

高射砲の音と光が、だんだん烈しくなって来た。一方の空だけではなかった。反対側の空にもそれが炸裂した。敵の編隊は二つにわかれて、東京をはさみ討ちにしていたのだ。そして、次々と位置を変えながら、東京のまわりに、爆弾と焼夷弾《しよういだん》を投下していたのだ。それがそのころの敵の戦法だった。まず周囲にグルッと火の垣を作って、逃げ出せないようにしておいて、最後に中心地帯を猛爆するという、袋の鼠《ねずみ》戦法なのだ。

しばらくすると、遠くの空がボーッと明かるくなった。そのとき僕は町の警防団の屯所《とんしよ》にいた。鉄兜《てつかぶと》をかぶって、鳶口《とびぐち》を持った人たちが、土嚢《どのう》の中にしゃがんで、空を見上げていた。僕もそこへしゃがませてもらった。

「横浜だ。あの明かるいのは横浜が焼けているんだ。今ラジオが云っていた」

一人の警防団員が走って来て報告した。

「アッ、あっちの空も明かるくなったぞ。どこだろう。渋谷《しぶや》へんじゃないか」

そういっているうちに、右にも左にも、ボーッと明かるい空が、ふえて来た。「千住《せんじゅ》だろう」「板橋《いたばし》だろう」といっているあいだに、空に舞いあがる火の粉が見え、焔さえ見えはじめた。東京の四周が平時の銀座《ぎんざ》の空のように、一面にほの明かるくなった。

高射砲はもう頭のま上で炸裂していた。敵機の銀翼が、地上の火焔に照らされて、かすかに眺められた。B29の機体が、いつもよりはずっと大きく見えた。低空を飛んでいるのだ。

四周の空に、無数の光りクラゲの照明弾が浮游していた。それがありとしもなき速度で、落下してくる有様は、じつに美しかった。その光りクラゲの群に向かって、地上からは、赤い火の粉が、渦をまいて立ちのぼっていた。青白い飛び玉模様に、赤い梨地の裾模様、それを縫って、高射砲弾の金糸銀糸のすすきが交錯しているのだ。

「アッ、味方機だ。味方機が突っこんだ」

大空にバッと火を吹いた。そして、巨大な敵機が焔の血達磨《ちだるま》になって、落下して行った。落下地点とおぼしきあたりから、爆発のような火焔が舞いあがった。

「やった、やった。これで三機目だぞッ」

警防団の人々がワーッと喚声をあげた。万歳を叫ぶものもあった。

「君、こんなとこにいちゃ危ない。早く防空壕にはいって下さいッ」

僕は警防団員に肩をこづかれた。仕方がないので、ヨロヨロと歩き出した。

大空の光の饗宴《きょうえん》と、その騒音は極点に達していた。そのころから、地上も騒がしくなった。火の手がだんだん近づいてくるので、もう防空壕にも居たたまらなくなった人々が、警防団員に指導されて、どこかの広場へ集団待避をはじめたのだ。大通りには、家財を積んだ荷車、リヤカーのたぐいが混雑しはじめた。

僕もその群衆にまじって駈け出した。うちには家内が一人で留守をしていた。彼女もきっと逃げ出しているだろう。気がかりだが、どうすることもできない。

いたるところに破裂音が轟《とどろ》いた。それが地上の火焔のうなり、群衆の叫び声とまじり合って、耳も聾《ろう》するほどの騒音だった。その騒音の中に、ザーッと、夕立が屋根を叩《たた》くような異様な音がきこえて来た。僕は夢中に駈け出した。それが焼夷弾の束の落下する音だということを聞き知っていたからだ。しかも、頭のま上から、降ってくるように思われたからだ。

ワーッというわめき声に、ヒョイとふりむくと、大通りは一面の火の海だった。八角《はっかく》筒《とう》の小型焼夷弾が、束になって落下して、地上に散乱していた。僕はあやうく、それに打たれるのをまぬがれたのだ。火の海の中に一人の中年婦人が倒れて、もがいていた。勇敢な警防団員が火の海を渡って、それを助けるために駈けつけていた。

僕は二度と同じ場所に落ちることはないだろうと思ったので、一応安心して、火の海に見とれていた。大通り一面が火に覆われている光景は、そんなさなかでも、やっぱり美しかった。驚くべき美観だった。

あの八角筒焼夷弾の中には、油をひたした布きれのようなものがはいっていて、落下の途中で、それが筒から飛び出し、ついている羽根のようなもので、空中をゆっくり落ちてくる。筒だけは矢のように落下するのだが、筒の中にも油が残っているので、地面にぶつかると、その油が散乱して、一面の火の海となるのだ。だから、大した持続力はない。木造家屋ならそれで燃え出すけれど、鋪装《ほそう》道路では燃えつくものがないから、だんだん焔が小さくなって、じきに消えてしまう。

僕はそれが蛍火《ほたるび》のように小さくなるまで、じっと眺めていた。最後は、広い地面に無数の蛍が瞬《またた》いて、やがて消えて行くのだが、その経過の全体が、仕掛け花火みたいに美しかった。

空からは、八角筒を飛び出した無数の狐火《きつねび》がゆっくり降下していた。たしか「十種《じっしゅ》香《こう》」の道行きで、舞台の背景一面に狐火の蠟燭《ろうそく》をつける演出があったと思うが、あの背景を黒ビロードの大空にして、何百倍に拡大したような感じだったね。どんな花火だって、あの美しさの足もとにも及ぶものじゃない。僕はほんとうに見とれた。それが火事の素だということも忘れて、ポカンと口をあいて、空に見入っていた。

もう、すぐまぢかに火の手があがっていた。それがたちまち飛び火して、火の手の数がふえて行った。町は夕焼けのように明かるく、馳《は》せちがう人々の顔が、まっ赤に彩られていた。

刻々に、あたりは焦熱地獄《しょうねつじごく》の様相を帯びて来た。東京中が巨大な焔に包まれ、黒雲のような煙が地上の焔に赤く縁《ふち》どられて、恐ろしい速度で空を流れ、ヒューッと音を立てて、嵐のような風が吹きつけて来た。向うには黒と赤との煙の渦が、竜巻きとなって中天にまき上がり、屋根瓦は飛び、無数のトタン板が、銀紙のように空に舞い狂った。

その中を、編隊をといたB29が縦横に飛びちがった。味方の高射砲も、今は鳴りをひそめてしまったので、敵は極度の低空まで舞いさがって、市民を威嚇し、狙いをさだめて焼夷弾と小型爆弾を投下した。

僕は巨大なB29が目を圧して迫ってくるのを見た。銀色の機体は、地上の火焔を受けて、酔っぱらいの巨人の顔のように、まっ赤に染まっていた。

僕はあの頭の真上に迫る巨大な敵機から、なぜか天狗《てんぐ》の面を連想した。まっ赤な天狗の面が、空一ぱいの大きさで、金色の目玉で僕を睨《にら》みつけながら、グーッと急降下してくる。悪夢の中のように、それが次から次と、まっ赤な顔で降下してくるのだ。

火災による暴風と、竜巻きと、黒けむりの中を、超低空に乱舞する赤面《あかづら》巨大機は、この世の終りの恐ろしさでもあったが、一方では言語に絶する美観でもあった。凄絶《せいぜつ》だった。荘厳でさえあった。

もう町に立っていることは出来なかった。瓦、トタン板、火を吹きながら飛びちがう丸太や板きれ、そのほかあらゆる破片が、まっ赤な空から降って来た。ハッと思うまに、一枚のトタン板が僕の肩にまきついて顎《あご》に大きな斬り傷を作った。血がドクドクと流れた。その中へ、またしてもザーッ、ザーッと、焼夷弾の束が降って来る。僕は眼《め》がねをはねとばされてしまったが、探すことなど思いも及ばなかった。

どこかへ避難するほかはなかった。僕は暴風帯をつき抜けるために、それを横断して走った。僕はそのとき、大塚辻町《つじまち》の交叉点《こうさてん》から、寺のある横丁を北へ北へと走っていた。走っている両側の家並《やなみ》も、もう燃えはじめていた。突き当りに大きな屋敷があった。門があけはなしてあったので、そこへ飛びこんで行った。

まるで公園のように広い庭だった。立木も多かった。颷風《ひょうふう》に揺れさわぎ、火の粉が降りかかる立木のあいだをくぐって、奥の方へ駈けこんで行った。あとでわかったのだが、それは杉本《すぎもと》という有名な実業家のうちだった。

その屋敷は高い石垣の崖っぷちにあった。辻町の方から来ると、そこが行きどまりで、目の下遥かに巣鴨《すがも》から氷川町《ひかわちょう》にかけての大通りがあった。東京には方々にこういう高台があって、断層のようになっているが、そこも断層の一つだった。僕はその町がはじめてだったので、大空襲によって起こった地上の異変ではないかと、びっくりしたほどだ。

その断層は屋敷の一ばん奥になっているのだが、断層の少し手前に、コンクリートで造った大きな防空壕の口がひらいていた。あとで、その屋敷の住人は全部疎開してしまって、大きな邸宅が全くの空家になっていたことがわかったが、その時は、防空壕の中に家人がいるのだと思い、出会ったらことわりを云うつもりで、はいって行った。

床も壁も天井もコンクリートでかためた立派な防空壕だった。僕は例の自動豆電灯をジャージャー云わせながら、オズオズはいって行ったが、入口から二《ふ》た曲りして、中心部にはいって見ても、廃墟《はいきょ》のように人けがなかった。

中心部は二坪ほどの長方形の部屋になって、両側に板の長い腰かけが取りつけてあった。僕はちょっとそこへ掛けて見たが、すぐに立ち上がった。どうもおちつかなかった。空と地上の騒音は、ここまでもきこえて来た。ドカーン、ドカーンという爆音が、地上にいたときよりも烈しく耳につき、防空壕そのものがユラユラゆれていた。ときどき、稲妻のように、まっ赤な閃光《せんこう》が、屈曲した壕内にまで届いた。その光で奥の方が見通せたとき、板の腰かけの向うの隅に、うずくまっている人間を発見した。女のようだった。

豆電灯をジャージャー云わせて、その淡い光をさしつけながら、声をかけると、女はスッと立って、こちらへ近づいて来た。

古い紺がすりのモンペに、紺がすりの防空頭巾をかぶっていた。その頭巾の中の顔を、豆電灯で照らして、僕はびっくりした。あまり美しかったからだ。どんなふうに美しかったかと問われても、答えられない。いつも僕の意中にあった美しさだと云うほかはない。

「ここの方《かた》ですか」僕が訊《たず》ねると、「いいえ、通りがかりのものです」と答えた。「ここは広い庭だから焼けませんよ。朝まで、ここにじっとしている方がいいでしょう」と云って、腰かけるようにすすめた。

それから何を話したか覚えていない。だまりがちに、ならんで腰かけていた。お互《たがい》に名も名乗らなければ、住所もたずねなかった。

ゴーッという、嵐の音とも焔の音ともつかぬ騒音が、そこまできこえて来た。そのあいだにドカーン、ドカーンという爆音と地響き。まっ赤な稲妻がパッパッとひらめき、焦げくさい煙が吹きこんで来た。

僕は一度、防空壕を出て、あたりを眺めたが、むこうの母屋《おもや》も焔に包まれ、立木にまで燃え移って、パチパチはぜる音がしていた。その辺は昼のように明かるく、頰が熱いほどだった。見あげると、空は一面のどす黒い血の色で、ゴーゴーと颱風が吹きすさんでいた。広い庭には死に絶えたように人影がなかった。門のところまで走って行ったが、その前の通りにも、全く人間というものがいなかった。ただ焔と煙とが渦巻いていた。壕に帰るほかはなかった。

帰って見ると、まっ暗な中に、女はもとのままの姿勢でじっとしていた。

「ああ、喉がかわいた。水があるといいんだが」

僕がそういうと、女は「ここにあります」と云って、待ちかまえていたように、水筒を肩からはずして、手さぐりで僕に渡してくれた。その女は用心ぶかく、水筒をさげて逃げていたのだ。僕はそれを何杯も飲んだ。女に返すと、女も飲んでいるようだった。

「もう、だめでしょうか」

女が心細くつぶやいた。

「だいじょうぶ。ここにじっとしてれば、安全ですよ」

僕はそのとき、烈しい情欲《じょうよく》を感じた。この世の終りのような憂慮と擾乱《じょうらん》の中で、情欲どころではないと云うかも知れないが、事実はその逆なんだ。僕の知っている或る青年は、空襲のたびごとに烈しい情欲を催したと云っている。そして、オナニーに耽《ふけ》ったと告白している。

だが、僕の場合は単なる情欲じゃない。一《ひ》と目惚《めぼ》れの烈しい恋愛だ。その女の美しさはたとえるものもなかった。神々《こうごう》しくさえあった。一生に一度という非常の場合に、僕がいつも夢見ていた僕のジョコンダに出会ったのだ。そのミスティックな邂逅《かいこう》が僕を気ちがいにした。僕は闇をまさぐって、女の手を握った。相手は拒まなかった。遠慮がちに握り返しさえした。

東京全市が一とかたまりの巨大な火焔になって燃え上がり、空は煙の黒雲と火の粉の金梨地に覆われ、そこを颱風が吹きまくり、地上のあらゆる破片は竜巻となって舞い上がり、まっ赤な巨人戦闘機は乱舞し、爆弾、焼夷弾は驟雨《しゅうう》と降りそそぎ、天地は轟然《ごうぜん》たる大音響に鳴りはためいてるとき、一瞬ののちをも知らぬ、いのちをかけての情欲がどんなものだか、君にわかるか。僕は生涯を通じて、あれほどの歓喜を、生命を、生き甲斐を感じたことはない。それは過去にもなく、未来にもあり得ない、ただ一度のものだった。

天地は狂乱していた。国は今亡びようとしていた。僕たち二人も狂っていた。僕たちは身についたあらゆるものをかなぐり捨てて、この世にただ二人の人間として、かきいだき、もだえ、狂い、泣き、わめいた。愛慾の極致に酔いしれた。

　僕は眠ったのだろうか。いや、そんなはずはない。眠りはしなかった。しかし、いつのまにか夜が明けていた。壕の中に薄明が漂い、黄色い煙が充満していた。そして、女の姿はどこにもなかった。彼女の身につけたものも、何ひと品残っていなかった。

　だが、夢ではなかった。夢であるはずがない。

　僕はヨロヨロと壕のそとへ出た。人家はみな焼けつぶれてしまって、一面の焼け木杭《ぼっくい》と煙と火の海だった。まるで焼けた鉄板の上でも歩くような熱さの中を、僕は焔と煙をかわし、空地《くうち》を拾うようにして飛び歩き、長い道をやっと自分の家にたどりついた。仕合せにも僕の家は焼け残り、家内も無事だった。

　町という町には、無一物になった乞食のような姿の男女が充満し、痴呆《ちほう》のように、当てどもなくさまよっていた。

　僕の家にも、焼け出されの知人が三組もはいって来た。それから食料の買出しに狂奔する日がつづいた。

　その中でも、僕はあのひと夜のなさけを忘れかねて、辻町の杉本邸の焼け跡の附近を毎日のようにさまよい歩き、その辺を掘り返して貴重品を探している元の住人たちにたずね廻《まわ》った。空襲の夜、杉本家のコンクリートの防空壕に一人の若い女がはいっていたが、その女を見かけた人はないかと、執念ぶかく聞きまわった。

こまかい経路は省略するが、非常な苦労をして、次から次と人の噂《うわさ》のあとを追って、尋ね尋ねた末、やっと一人の老婆を探し当てた。池袋《いけぶくろ》の奥の千早町《ちはやちょう》の知人宅に厄介になっている、身よりのない五十幾つの宮園《みやぞの》とみという老婆だった。

僕はこのとみ婆さんを訪ねて行って、根掘り葉掘り聞き糺《ただ》した。老婆は杉本邸のそばの或る会社員の家に雇われていたが、あの空襲の夜、家人は皆どこかへ避難してしまって、ひとり取り残されたので、杉本さんの防空壕のことを思い出し、一人でその中に隠れていたのだという。

老婆は朝までそこにいたというのに、不思議にも僕のことも、若い女のことも知らなかった。ひょっとしたら壕がちがうのではないかと、詳しく聞き糺したが、あの辺に杉本という家はほかになく、コンクリート壕の位置や構造も僕らのはいったものと全く同じだった。あの壕には両方に出入り口があった。それが折れ曲って中心の部屋へはいるようになっていた。とみ婆さんは壕の中心部まではいらないで、僕の出入りしたのとは反対側の出入り口の、中心部の向うの曲り角にでも、うずくまっていたのだろう。それを尋ねても婆さんは曖昧にしか答えられなかった。気も顚動《てんどう》していた際のことだから、はっきりした記憶がないのも無理はなかった。

そういうわけで、結局、女のことはわからずじまいだった。あれからもう十年になる。その後も、僕は出来る限りその女を探し出そうとつとめて来たが、どうしても手掛りがつかめないのだ。あの美しい女は、神隠しにあったように、この地上から姿を消してしまったのだ。その神秘が、ひと夜のなさけを、一層尊いものにした。生涯をひと夜にこめた愛欲だった。

顔もからだも、あれほど美しい女が、ほかにあろうとは思えない。僕はそのひと夜を境にして、あらゆる女に興味を失ってしまった。あの物狂わしいひと夜の激情で、僕の愛欲は使いはたされてしまった。

ああ思い出しても、からだが震え出すようだ。空と地上の業火に包まれた洞窟のくら闇の中、そのくら闇にほのぼのと浮き上がった美しい顔、美しいからだ、狂熱の抱擁、千夜を一夜の愛欲。……僕はね、「美しさ身の毛もよだつ五彩のオーロラの夢」という変な文句を、いつも心の中で呟《つぶや》いている。それだよ。あの空襲の焔と死の饗宴は、極地の大空一ぱいに垂れ幕のようにさがってくる五彩のオーロラの恐ろしさ、美しさだった。その下でのひと夜のなさけは、やっぱり、五彩のオーロラのほかのものではなかった。

二、宮園とみの話

こんなに酔っぱらったのは、ほんとうに久しぶりですよ。旦那さまも酔狂なお方ですわね。

旦那さまのエロ話を伺ったので、わたしも思い出しましたよ。皺《しわ》くちゃ婆さんのエロ話でもお聞きになりたいの？　ずいぶんかわっていらっしゃるわね。オホホホホ。

さっきも云った通り、わたしは広い世間に全くのひとりぼっち、身よりたよりもない哀れな婆《ばば》あですが、戦争後、こんな山奥の温泉へ流れこんでしまって、こちらのご主人が親切にして下さるし、朋輩《ほうばい》の女中さんたちも、みんないい人だし、まあここを死に場所にきめておりますの。でもせんにはずっと東京に住んでいたのでございますよ。あの恐ろしい空襲にも遭《あ》いました。旦那さま、その空襲のときですよ。じつに妙なことがありましたの。

あれは何年の何月でしたかしら。上野《うえの》、浅草《あさくさ》のほうがやられて、隅田川《すみだがわ》が死骸で一ぱいになったあの空襲のすぐあとで、新宿《しんじゆく》から池袋、巣鴨、小石川《こいしかわ》にかけて、焼け野が原になった空襲のときですよ。

そのころ、わたしは三芳《みよし》さんという会社におつとめの方のうちに、雇われ婆さんでいたのですが、そのおうちが丸焼けになり、ご主人たちを見失ってしまって、わたしは、近くの大きなお邸《やしき》の防空壕に、たった一人で隠れておりました。

大塚の辻町と云って、市電の終点の車庫に近いところでした。そのお邸は辻町から三四丁もはいったところで、高い石垣の上にあったのですが、お邸のかたはみんな疎開してしまって、空き家になっておりました。

コンクリートで出来た立派な防空壕でしたよ。わたしはそのまっ暗な中に、ひとりぼっちで震えていたのです。

すると、そこへ、一人の男が懐中電灯を照らしながら、はいって来ました。むこうが懐中電灯を持っているのですから、顔は見えませんが、どうやら三十そこそこの若いお人らしく思われました。

しばらくは、わたしのいるのも気づかない様子で、壕の中の板の腰かけにかけて、じっとしておりましたが、そのうちに、隅の方にわたしがいるのを気づくと、懐中電灯を照らして、もっとこっちへ来いというのです。

わたしはひとりぼっちで、怖くて仕方がなかったおりですから、喜んでその人の隣に腰かけました。そして、ちょうど水筒を持っておりましたので、それを男に飲ませてやったりして、それから、ひとことふたこと話しているうちに、なんとあなた、その人がわたしの手をグッと握ったじゃありませんか。

勘ちがいをしたらしいのですよ。わたしを若い女とでも思ったらしいのですよ。小さな懐中電灯ですから、わたしの顔もよくは見えなかったのでございましょう。それに、そとにはボウボウと火が燃えている。おそろしい風が吹きまくっている。そのさなかですから、気もてんどうしていたことでしょうしね。なにか色っぽいことをはじめるのですよ。オホホホ……。いえね、旦那さまが聞き上手でいらっしゃるものだから、ついこんなお話をしてしまって。でもこれは今はじめてお話しますのよ。なんぼなんでも、気恥かしくって、人さまにお話しできるようなことじゃありませんもの。
エ、それからどうしたとおっしゃるの？　わたしの方でも、空襲で気がてんどうしていたのですわね。こっちも若い女になったつもりで、オホホホ……、いろいろ、あれしましたのよ。今から思えば、ばかばかしい話ですわ。先方の云いなり次第に、着物もなにも脱いでしまいましてね。

いやでございますわ。いくら酔っても、それから先は、オホホホ……、で、まあ、いろいろあったあとで、男はそこへ倒れてしまって、眠ったようにじっとしていますので、わたしは気恥かしくなって、いそいで着物を着ると、夜の明けないうちに、防空壕から逃げ出してしまいました。お互に顔も知らなければ、名前も名乗らずじまいでしたわ。

エ、それっきりじゃ、つまらないとおっしゃいますの？　ところが、これには後日談があるのでございますのよ。防空壕の中では、相手の顔もわからず、ただ若い男と察していただけですが、それから半月もしたころ、わたしは池袋の奥の千早町の知り合いのところに、台所の手伝いをしながら、厄介になっておりましたが、そこへ、どこをどう探したのか、そのときの男が訪ねて来たじゃありませんか。

でも、その人がそうだとは、わたしは知らなかったのです。話しているうちにだんだんわかって来たのです。あのとき、防空壕の中に若い女がいた。お前さんは、やっぱり同じ夜、あの防空壕にはいっていたということを、いろいろたずね廻って、聞き出したので、わざわざやって来たのだ。その若い女を見なかったか。若《も》しやお前さんの知っている人じゃなかったかと、それはもう、一生懸命に尋ねるのです。

その人は市川清一と名乗りました。服装はあのころのことですから、軍人みたいなカーキ服でしたが、ちゃんとした会社員風の立派な人でした。三十を越したぐらいの年配で、近眼鏡をかけておりましたが、それはもう、ふるいつきたいような美男でございましたよ。オホホホ……。

わたしは、その人の話を聞いて、すぐに察しがつきました。その市川さんは、とんでもない思いちがいをしていたのです。そのときの相手がわたしみたいなお婆ちゃんとは少しも知らず、若い美しい女だったと思いこんでいるのです。いじらしいじゃございませんか、その女が恋しさに、えらい苦労をして、探し廻っているというのですよ。

きまりがわるいやら、ばかばかしいやらで、わたしは、ほんとうにどうしようかと思いました。若い女と思いこんでいる相手に、あれはこのわたしでしたなんて、云えるものですか。ドギマギしながら、ごまかしてしまいました。先方はみじんも疑《うたぐ》っていないのです。わたしがうろたえていることなんか、まるで感じないのです。

その美男の市川さんが、目に涙をためて、そのときの若い美しい女を懐かしがっている様子を見ると、わたしもへんな気持になりました。なんだかいまいましいような、可《か》哀《わい》そうなような、なんとも云えないへんな気持でございましたよ。

エ、そんな若い美男と、ひと夜のちぎりを結ぶなんて、思いがけぬ果報だとおっしゃるのでしょう。そりゃあね、この年になっても、やっぱり、うれしいような、恥かしいような、ほんとうに妙なぐあいでしたわ。相手が美男だけにねえ、いよいよ気づかれては大変だと、そ知らぬ顔をするのに、それは、ひと苦労でございましたよ。オホホ……。

なぜ「星図」が開いていたか

松本　清張

松本清張（まつもと・せいちょう）

一九〇九年生まれ。一九九二年八月四日逝去。日本推理作家協会二代目（一九六三〜一九七一）理事長。一九五二年「或る『小倉日記』伝」で芥川賞を受賞。五七年『顔』で日本探偵作家クラブ賞、六七年『昭和史発掘』『花氷』『逃亡』で吉川英治文学賞、『砂漠の塩』で婦人公論読者賞、七〇年菊池寛賞、同年『日本の黒い霧』『深層海流』『現代官僚論』で日本ジャーナリスト会議賞、七一年『留守宅の事件』で小説現代ゴールデン読者賞、九〇年朝日賞をそれぞれ受賞。

一

真昼は灼《や》けるような暑さのつづく七月下旬のある夜、東京都世田谷区《せたがや》△町に住む倉田《くらた》医師は、看護婦から電話を取りつがれた。

「先生、急患でございます。」

「誰だ?」

「×町一ノ四八八番地の藤井《ふじい》と言っています。」

医師は読みかけの本をおいて、急いで頭の中でカルテを繰ったが、そんな名前はなかった。

「もしもし、藤井さんとおっしゃると?」

電話口に出て医師は無愛想にきいた。

「はい。今まで病人ではなかったものですから、先生に診《み》ていただいておりませんが――」

相手は澄んだ女の声で、医師の気持を忖度《そんたく》した言い方をした。

「主人がただいま、変でございます。たぶん、心臓麻痺《まひ》だと思いますが、倒れたきりでございます。恐れ入りますが、おいで願えましょうか？」

医師は腕時計を見た。八時二十四分であった。すぐ行く、と返事して電話を切った。鞄《かばん》の中に死亡診断書の用紙を入れた。

看護婦を乗せたトヨペットを自分で運転して、電話で聞いた地形をたよりに行くと、十分もたたぬうちに、その家を発見した。近所は暗かったが、その家の玄関だけが明かるく灯がついていたので、すぐわかった。

「恐れ入りました。」

迎えたのは、三十前後の主婦であった。細い輪郭に眼《め》が大きいので、印象に残る顔立ちだと医師は思った。

四間《ま》の部屋の家で、廊下を踏んで奥の左の間が書斎になっていた。三方の壁が書棚になり、東の窓に向かって事務机がある。その前で、死亡者は、安ものの絨毯《じゅうたん》を敷いて床《ゆか》に倒れていた。椅子が横に転がっていた。

医師は、脈搏《プルス》、瞳孔、心臓と手順のように調べていって、死体に一礼し、不幸な宣言をその妻にした。声立てて、彼女は死体の横に突っ伏して泣いた。

「やはり心臓麻痺ですな。」

医師は死因を述べた。

死者は浴衣《ゆかた》の寝巻きを着ていた。机の上を見ると大きな厚い本が開かれたままだった。医師が覗《のぞ》いてみると、それはF社から出版された百科事典で、左のページの上は「せいしんもう＝精神盲」の項目ではじまり、右のページは「せいず＝星図」の図版が一ページに刷りこんであった。

（ははあ、星図でも調べている時に心臓麻痺の発作でも起こったのかな）

医師は、そう思った。

「日ごろ、心臓はお弱かったんですか？」

医師がきくと、ようやく泣きやんだ妻は、まだ慄《ふる》えのやまぬ声で答えた。

「はい。特別丈夫なほうではありませんでした。」

しかし、それでも今まで患いついたことはないと答えた。

「調べものでも、なさっていたのですか？」

医師がたずねた。

「八時前でした。主人はそれまで別の座敷で床《とこ》をのべて寝ていたのですが、急に調べものがあると言って書斎にはいったのです。わたしはその座敷に居残って新聞を読んでいたのですが、十分もたたぬうちに物が倒れる音が聞こえてきたので、すぐとんでいったのです。すると主人が床《ゆか》に倒れていて、呼んでも返事もせず、顔を見ると、瞳も動かないので、すぐに先生にお電話したのです。」

「ご主人が床を敷いておやすみになっていたのは、ご気分でも悪かったのですか？」

「いいえ、今日の午後まで、三日間ハン・ストをしてたいへん疲れていたものですから。」

医師は、相手の低い言葉にもかかわらず、びっくりした。

「ハン・ストですって。ご主人がですか？　いったい、どこの会社の争議で？——」

「会社の争議ではありません。新聞でご存知かもしれませんが、主人は東都中央学園の教員でございます。」

彼女は物静かに答えた。

しかし、医師はその一句を聞いて、急に動揺をはじめた。

「奥さん。」

と、医師は困惑に表情を堅くして言った。

「ご主人の死因はまさしく心臓麻痺で、決して変死ではありません。しかし、そう承ると、場合が場合ですから、私も慎重を期さねばなりません。あとで変な問題とならぬよう、はっきりしておいたほうがよいと思います。私のほかに、もう一人、別な医者を立ちあわせていただきたいのです。奥さんのほうでお心当たりがなければ、私が、知った医者を電話で呼びます。」

あとでこの処置が当《とう》を得ていたことがわかった。

二

立ちあいにきた医師は、倉田医師の説明を聞いて、それはやはり警察に届けたほうがよろしかろう、と言った。変死ではなく、自然死だが、なお、警察にも知らせておく必要がある。この死者の現在の環境というか、周囲の事情が、二人の医師の意見を、そのことで合致させた。

事情というのは、こうである。

死者の名は、藤井都久雄《つぐお》といって、世田谷区××町の東都中央学園の高等部の教諭であった。この学園は三十年前の創立当時から文化的な、あるいは自由主義的な私立学校として有名であった。

ところが最近この学園に学校騒動が起こった。先代の校長が死んで、校主の甥《おい》に当たる人と、学園の実際の運営に当たってきた総務部長とが、二代めの校長の地位を争ったのである。学校騒動の通例として、教師側も父兄側も、二派に分かれて、紛争をひろげていった。

それが激化して、総務部長側の教師たちは学園の正門横にテントを張ってハン・ストを行なった。自分たちの反対する、校主の甥が野望を放棄するまでつづけるという主旨の声明が張りだされ、新聞にもそのことは報道された。教師のハン・ストは珍しいので、世間の注目を浴びた。

それについて批判の声もあった。情勢からみてハン・ストは行きすぎの形であること、夏休みにはいる直前で、そうまで即決を焦慮しなくとも、すぐ一カ月間の冷却期間があるから、話しあいは充分に進められることなどが理由であった。この批判に対してスト組は、今、この気勢の上がったところで押して勝たねば勝つ時がない。一カ月の冷却期間というが、その間に、敵方からどんな策謀や切りくずしがあって敗北するかもわからない、と反駁《はんばく》した。

暑さのなかでハン・ストがはじまった。五人の教師がテントの中に横たわった。その中に、藤井都久雄がいた。三十八歳でいちばんの年長であった。

ハン・ストがはじまって三日めに、これ以上紛擾《ふんじょう》を大きくしたくないという校主の甥の辞退によって、騒動は解決した。ハン・スト組は勝利を得たわけである。藤井都久雄の死は、その晩であった。つまり、彼がタクシーに送られて自宅に帰ったのが、午後五時ごろ、八時には急死したのであった。

死亡はあくまで自然死であるが、以上のような特別な事情であるから、とつぜんな彼の死について何か疑惑を外部から持たれる可能性があった。医師たちの恐れはそれだった。

倉田医師は立会医師の同意を得たので、所轄の警察署に電話をかけた。

「とにかく、こういうことですから、いちおう、ご連絡しておきます。」

警察では、それでは、これから行ってみる、ということだった。

三十分ばかりして署の車が着いた。警部補や、鑑識係員、警察医などが、室内にどやどやとはいってきて、急にものものしくなった。自然死の遺体が、まるで変死体のように見えた。

警察医が屈《かが》みこんで、ていねいに調べていたが、立ちあがると警部補の横に寄ってきて、

「やっぱり心臓麻痺ですね。」

とささやいた。警部補はうなずいた。

その警部補はまだ三十二三歳の男で、頭髪を短く刈り、眉毛の薄い、眼の細い男だった。その顔の印象にふさわしく、ものの言いかたも緩慢であった。倉田医師に出した名刺には矢島敏夫と印刷してあった。

矢島警部補は、そこに控えていた藤井都久雄の妻にくやみを述べたうえ、

「ご主人の死因は心臓麻痺だとわかりましたが、念のためにおたずねいたします。これは、ほんの参考程度ですから、お気にかけないでください。」

と言った。藤井の妻、今は未亡人となった彼女は大きな眼をあげて、ちらりと警部補の顔を見たが、すぐ眼を伏せてうなずいた。

「ご主人が帰られたのはタクシーで午後五時ごろだそうですが、その時の様子は？」

「三日間のハン・ストのために、たいへん弱っていました。帰るとすぐ寝たいと申しますので、床をのべてやりました。」

倉田医師が電話で聞いたように、透明な声で答えた。直接よりも、傍らに立って聞いているとよくわかった。

「手当ては？」

「葡萄糖《ぶどうとう》にビタミン、それに強心剤の注射は帰るときに校医さんに打っていただいたかで、わたしは牛乳と生卵と、お粥《かゆ》をすすめました。あまりいちどきには悪いと思って少量を与えたのですが、それを食べてしまうと、一時間もしたら、自分で元気が出たようだと申しました。それから、少し調べものをしたいと言って寝巻きのまま書斎にはいったのです。わたしは、まだ無理だからと制《と》めたのですが、すぐすむから、と言ってきかずに座敷を出ていったのです。書斎では、わたしが行くと機嫌が悪いものですから、ここに居残って新聞を読んでいましたら、急に書斎から倒れる物音がしてきました。十分もたっていませんでした。わたしが急いで来てみますと、こんな状態で横になっていたのです。」

三

「ご主人は、心臓に疾患はありませんでしたか？　たとえば心悸《しんき》亢進《こうしん》とか、狭心症とか――」

「ありません。ただお酒を飲むと胸が苦しくなると申しまして、お酒はいただきませんでした。ですから心臓はさほど丈夫ではないと思っていました。しかし病気はありません。」

「今度のハン・ストは自分から進んでなさったのですか？」

「それは、もう、学校のためだからと言って一生懸命でした。」

「調べものというのは、これですか？」

警部補は開かれた百科事典をのぞいた。左ページが「精神盲」ではじまり、右ページの全部を占めて「星図」の図版があった。つまり「せいしんもう」から「せいず」までの項が開いてあった。左ページの下のほうに「星図」の項目がある。

「星図でも調べておられたのですかな。」

警部補は倉田医師が思ったと同じことを言った。

「さあ、わたしにはわかりませんが。」

「ご主人が親しく交際されていた学園の同僚の方がおりますか？」

「はい、筒井さん、山岡さん、森さんなどです。」

警部補はそれらの人名を手帳に控えた。

「みんな、今度の騒動ではご主人と同じ行動ですか？」

「はい。森さんと山岡さんは、ハン・ストの組だったと思います。」

警部補は、もう一度、机の上の百科事典に眼を投げた。人眼を惹《ひ》くほどの分厚さと装《そう》幀《てい》の豪華さとをその書物はもっていた。警部補は、その書籍を持ちあげてみて金箔《きんぱく》の背文字を眺めた。横にいた倉田医師にもその文字は眼にはいった。「しら――そうおん」と内容項目の頭尾が表示してあった。

「立派な本ですね。」

警部補はほめて、机の上にふたたび置いた。同じ装幀の事典が十何冊か書棚にならんで背の金文字を光らせていた。

「ところで、奥さんのお名前は？」

「藤井滝子《たきこ》と申します。」

「この家にご一緒にいらっしゃるご家族の方は？」

「子供がいないものですから、主人と二人だけでした。」

矢島警部補は、そこでおじぎをして、

「失礼しました。これで充分です。ご遺体はどうぞご自由にご納棺願います。」

と言った。滝子未亡人は黙って頭を下げた。落着きをすっかり取りもどしている立派な態度であった。

警部補は、それから倉田医師に向かって、

「先生、どうぞ死亡診断書を書いてあげてください。ご連絡をいただいてありがとうございました。」

と、抑揚のない調子で礼を言った。倉田医師にとっては、これはちょっと刺激のある経験であった。結局、なんでもなかったが、警察に届け出た処置には後悔はなかった。

「これだけ念を入れておけば、あとで問題にされることはない。」

そういう満足であった。

その経験があって、三十日ばかり過ぎた。むろん、藤井都久雄の葬式は無事に営まれたに違いなかった。日々の生活が来ては逃げて、医師の記憶の下に、そのことは埋もれてしまった。

ところが、ある日、倉田医師は新しい患者の往診を頼まれた。十六七の女の子で腹痛を訴えていた。盲腸炎ではないかと家族は心配していた。

診察すると、たんなる大腸カタルだった。患者も家族も安心した顔をした。ふと医師が枕もとを見ると、タブロイド型の謄写版刷りが置かれてあって、『東都中央学園報』と題字が見えた。それだけではたいした興味は起こらなかったであろうが、医師の眼を惹いたのは〈藤井先生を悼む〉という標題が見えたことだった。

「ああ、あなたは、あの学園の生徒さんですね？」

と言うと、少女の患者は、顎《あご》をひいてうなずいた。

「ちょっと、これを見せてくださいね。」

倉田医師の頭の中に、あの夜の記憶がよみがえった。藤井都久雄という心臓麻痺の死者の死顔と、その妻の大きな黒い瞳《め》が浮かんだ。

医師は一通りその学校新聞に眼を通して、患者にきいた。

「これはもう、読んだのですか？」

「ええ、何度も読みましたわ、寝ていて退屈なものですから。」

女学生の患者は答えた。

「じゃ、私に貸してくれませんか。面白そうだから、帰ってゆっくり読みたいのです。」

「いいえ、ちっとも面白くはありませんの。でも先生がごらんになりたければ差しあげますわ。」

四

『東都中央学園報』はペラのタブロイド型だが、表の面に〈藤井先生追悼〉を特集した記事を埋めていた。これは言うまでもなく、ハン・スト直後に急死した藤井都久雄を悼む意味が充分に見えた。ハン・ストの疲労が彼を死に追いやったことはむろん書いてないが、不適格な校長就任反対の戦いのあとに斃《たお》れたことを哀悼する雰囲気は盛りあがっていた。筆者は、彼の同僚たちが多く、その思い出を語っていた。

その中で、倉田医師の関心をひきつけた二つの記事があった。一つは、筒井という教諭が藤井都久雄のことを勤勉努力の人であると書いているが、その一節に、こんな文句があった。

「藤井先生は若い時、郷里の小学校で代用教員をしておられました。それが奮然として郷里を捨てて上京され、苦学されたことについて面白い挿話があります。ある時、先生が教壇に立っておられた時に、前の机の中に村の悪童どもが悪戯《いたずら》を仕掛けていた。先生は、こういう悪戯をされるのは、畢竟《ひっきょう》、自分が代用教員であるからだ、よし、もっと偉い教師になろうと決心されて、上京なさったそうです。これはわれわれが直接聞いた話です。」

　もう一つは、森という教諭であった。

「藤井先生は研究心の強い人です。研究したいとなると、すぐに取りかからねば承知できない性質でした。あのハン・ストをやった三日めの最後の日、私の隣りに藤井先生が横たわっておられたのですが、その向こう隣りは山岡先生でした。私は寝たまま、聞くともなく聞いていると、山岡先生が、藤井先生にきくのです。君、続日本紀《しょくにほんぎ》の編者の菅《すが》野《のの》真道《まみち》の簡単な経歴はわからないかね、生徒から質問されてそのままになっているんだがね、すると藤井先生は、調べてみよう、と言っておられました。先生は書斎で急に亡くなったのですが、思いたつとすぐに調べてみなければ気のすまない先生のことですから、疲労しておられたにもかかわらず、きっとその菅野真道のことを調べに書斎にはいられたのだ、という気がします。」

　これを読んで倉田医師は頭を傾けた。百科事典が開かれていたページは「星図」であって、菅野真道の項ではない。しかし、森教諭の書いていることは肯定できる。おそらくそうであろう。三日間のハン・ストに疲労した藤井都久雄が、お粥と牛乳と卵を摂《と》って二三時間ばかり床の上でやすみ、少し元気が出たから、と言って書斎にはいったのは、森教諭の想像したとおり、そのことを調べに百科事典をとりだしたのであろう。だが「星図」のところが出ていたのはなぜか、なぜ「星図」を調べる必要があったか？

倉田医師はこの疑問に非常な興味をもった。念のために、あれと同じ百科事典を調べてみたいと思った。藤井家に行って見せてもらうわけにはいかないから、同じ本を図書館で見るよりほかなかった。

医師は忙しい往診を早くすませ、二十年あまりもご無沙汰をしている上野図書館にまわった。係りの人に言って、同じ事典の「星図」の載っている一冊を借りだした。それは第七巻で「しら——そうおん」と金文字がある。あの時、藤井都久雄の机の上にあったのと同じ一巻であった。

倉田医師は「星図」のところを開いた。右ページに星図の図版があり、左ページの肩が「せいしんもう＝精神盲」からはじまっていることは、むろん、寸分と違《たが》わない。試みにそのページの項目を拾ってみると、「精神盲」「精神療法」「セイス」「星図」となっていて、藤井都久雄が調べようとしたかもしれなかった続日本紀の編者「菅野真道」とはほど遠く、意味がわからなかった。

倉田医師は頭を抱えて図書館から出た。

鶯谷《うぐいすだに》の方に向かって、暑い陽《ひ》ざしをうけて歩いていると、またしても倉田医師は奇妙なことを思いついた。

あの学校新聞に載った、藤井都久雄の発奮の動機となったという〝悪童の悪戯〟とはなんだろう、という単純な疑問であった。疑問というよりも、ちょっとした好奇心に近い。どういうことなのか、あの記事の筆者の筒井という教師にきいてみようと、ふと思いたった。少し突飛なようだが、それを確かめずにはいられぬ気持が、この時の倉田医師に湧いていた。

学校は休暇がすんで始まったばかりであった。電話をかけると、筒井教諭は学校にいて、彼の面会を承知した。

学校の応接間で、筒井氏は笑いながら説明した。

「ああ、あれですか。生徒が机の引出しの中に蛇を入れていたと言うんですよ。田舎の小学校のことですからね。悪童どもが藤井先生の蛇嫌いを知って悪戯をしたんですな。あの時は、真っ青になったと、話していましたよ。それが、先生が東京へ出てきて勉強する動機となったのだそうです。」

五

藤井都久雄の死は確かに心臓麻痺という自然死であった。そのことは一点の疑いもない。立ちあいの医師も警察も実際に死体を検《しら》べて同意していることなのである。

が、どこかに錯誤がある。倉田医師はそんな気がして仕方がなかった。自分の診断を疑うのではなかった。それは間違いない。三人の医者が同じ所見であった。これは揺《ゆる》ぎがない。

それなのに、どこかで違っているような危惧がした。錯覚かもしれない。精密に検算を何度やっても同じ答えが出るのに、大きな気づかぬ間違いを冒しているような気がしてならないのと同じ気持だった。

どこからこの危惧は来るか。

どうも、あのハン・ストが気持に引っかかるのである。藤井都久雄は三日間のハン・ストでたいそう疲労していた。この事実が、澄明《ちょうめい》な空にただよう雲のように倉田医師の心に翳《かげ》る。いや、毒素のように平静な心を混濁させるのである。

どうもわからない。

が、わからないなりに、この漠然とした不安を解く鍵が、あの百科事典にある気がしてならなかった。

倉田医師は、忙しいのにもう一度図書館に足を運んだ。大げさに言うと、何か真理を探求せねばならぬ気持であった。

百科事典第七巻を借りだして、「星図」のところを開いた。死の直前に藤井都久雄が開いていたと同じページである。「精神盲」「精神療法」「セイス」「星図」。どの項目を見ても、藤井都久雄がそこを開いた目的はわからない。前と同じに、今度も見当がつかなかった。

倉田医師は眼をぼんやり窓の外に向けた。強い陽が博物館の青銅の屋根に当たっている。古雅な眺望である。

彼は諦めて、事典を閉じた。千ページ近い厚みであった。何気なく、背皮の「しら――そうおん」の金文字を見た。つまり「し」の終わりのほうと「そ」のはじめのほうが、この事典に収容されていた。

はっとした。なんということだ。「し――そ」なら、「す」の項もこれにあるのだ。あいうえお順で、この第七巻は「しすせそ」が収載されてあるのだった。今まで、「星図」ばかりに観念が固執していたから、こんなとうぜんなことに気がつかなかったのだ。

倉田医師は、も一度それを開いて「す」の部を繰った。ある、ある。「萱野真道」の項は、ちゃんと載っていた。

「すると――」

と、倉田医師は心の中で呟《つぶや》いた。

「藤井都久雄はやはり萱野真道を調べたのだ。少なくとも調べようとしたのだ。それでこの本を書棚から抜きとって開いたのだ。しかし、開いたところが星図のところとは、どういうわけだろう。」

星図のページが開かれていた理由は、依然としてわからなかった。

あるいは、と彼は思いかえした。

調べを頼んだ教師が、別なことも頼んだかもしれない。『東都中央学園報』に載っていたその山岡先生というのに一度会ってきいてみようか、と思った。

あくる日、倉田医師は学校に山岡教諭を訪ねた。

山岡教諭は三十四五の如才のない人だったが、頭を掻《か》いて答えた。

「いや、確かに藤井先生に菅野真道のことをおたずねしたのは私です。菅野真道のことを私が生徒から質問をうけていたのはあのハン・スト騒ぎの前で、そのままになっていたのを思いだし、私は何も材料をもたないので藤井先生におたずねしたのです。私は先生と親しくしていたし、よくこんなことで厄介になっていました。それで、この騒ぎがすめば授業がはじまるので、ハン・ストの最終の日に、ふと思いついて先生にきいたのです。それを、森先生が横で聞いていたとみえ、学校新聞にあんなことを書いたのですな。」

「それは、菅野真道のことだけですか、ほかに星図のことはおききになりませんでしたか?」

「せいず?」

「星の図面です。百科事典のそこを開いて藤井さんは亡くなっておられました。」

「知りませんね。私がきいたのは菅野真道のことだけです。」

山岡教諭は断言した。

しかし、どこかに誤りがある。——倉田医師はひとりになって思索を追った。

星図のページが開かれていたのは偶然ではない。たとえば気まぐれにそこを開いたとか、風に煽《あお》られて紙がめくれたとか、そういうものではない。たしかに、そのページが開かれる必然性があったのだ。

藤井都久雄は、そのページを開いて、何かを見たに違いない。彼は見た直後に死亡した。むろん、見たことと死亡とは関係はないだろう。が、何かがある。わからないが、何かがあることはわかる。

倉田医師は、これ以上は、自分の手に負えなくなったことを自覚した。

六

矢島警部補は細い眼をまたたきながら、倉田医師の説明を聞いた。

「なるほど、面白いお話ですな。」

と、警部補はあまり弾まない声で答えた。

「あの時、机の上に、星図のところが開かれた百科事典のあったことは、覚えています。どうしたのでしょうな。」

とのんびりしていた。それより、藤井都久雄が出京して勉強する原因になった悪童の悪戯のほうにひどく興がった。

「私も田舎者《いなかもの》ですからな、子供の時、先生にそんな悪戯をして喜んだことがありますよ。」

それから、あの時の藤井都久雄の死は、誰が見ても自然死である。今さら、これを追及しようとは思わないが、面白いご意見だから参考に承っておく、と言って、倉田医師はていよく追っぱらわれた。

　自分の言ったことがあまり突飛すぎたのであろうか、それとも、自然死だから、もうタッチしないというのであろうか、と倉田医師は矢島警部補の気乗りのしない態度に、少々失望して考えた。

が、そのことを警部補に話したことが、まるで体内の包蔵物を吐きだしたように、あとに何も残らなくなった。あれほど気にかかった藤井都久雄の死の一件を、倉田医師はきれいさっぱりと忘れることができた。つまり、医師はふたたび多忙な診療の世界に心をひき戻されたのである。

　それから一カ月近い日が流れた。

　ある日の午後、ひとまわり往診を終えて帰った医師に矢島警部補から電話がかかってきた。

「やあ、だいぶ涼しくなりましたな。」

　と、警部補の声は電話でも抑揚がなかった。

「この間はありがとうございました。おかげで、犯人を挙げることができました。」

　倉田医師は、びっくりした。

「え、犯人ですって？　あれに犯人があったのですか？」

「ありましたよ。藤井都久雄さんは確かにある人の企《たくら》みで死んだのです。お話しします。

お忙しくなかったら、署にいらっしゃいませんか？」

「ちょうどすんだところです。すぐ伺います。」

倉田医師はすぐ車の用意をして出かけた。警察署に着くまでも、彼は考えつづけた。

犯人が出たといえば藤井都久雄は殺されたのであろうか。しかし、あの死は絶対に自然死である。他殺では決してなかった。

が、単純な自然死とするには割りきれなかった。その疑惑は、はっきりと説明はできないが、自分はもっていたのだ。しかし、犯人を挙げたというが、それなら現実の自然死をどう説明するか。医師はさっぱり見当がつかなかった。

「やあ。」

矢島警部補は医師を柔和な表情で迎えた。細い眼がいっそう細かった。

こちらへ、と言って通したのは、狭い一室だった。彼の個室らしい。

「犯人が挙がりましてね。」

警部補は医師の顔を見て、電話の時と同じことを平板に言った。

「あれに犯人があったのですか？」

と、倉田医師も電話の言葉を繰りかえして、

「それでは、藤井都久雄の死亡は犯罪だったのですか？」

「そうですね。」

「しかし、あれは自然死でした。他殺ではありません。三人の医者が検《しら》べたのですよ。」

「他殺という観念を、」

　と、警部補は、眠そうな眼つきで話した。

「変死体についてのみ局限するのは誤りでしょう。他からの作為によって自然死に導けば、それも立派な他殺ですよ。その作為そのものが、すでに犯罪とは思いませんか？」

「どうもはっきりとのみこめませんが。」

「いや、この間はありがとうございました。じつはあなたのお話で暗示を得たのですよ。」

　警部補は、すぐには犯人のことには触れないで話をはじめた。気負ったような語調ではなく、ぼそぼそした話し方だった。

「藤井氏の死亡は確かに心臓麻痺でした。しかし、その誘因というか、当時の環境は、三日間のハン・ストでたいへん疲労していた。しかも七月末の炎暑の最中です。丈夫な者でもまいるのに、心臓のあまり強くない者にはこたえますよ。」

「え、なんですって。では、そこからすでに何かの作為があったというのですか？」

「ハン・ストにいたるまでの経過は、藤井氏に対しての特定の作為はありません。そこまでは純然たる学校騒動です。ただハン・ストにはいってから、ある人がそれを利用したのです。私は遅まきながら、あの騒動を調べてみますと、何もすぐにハン・ストにはいらなければならない情勢ではなかったことがわかりました。まだ、その必要はなかったのです。現にハン・ストにはいると、それは行きすぎだという批判が内部にも外部にもあったくらいですからね。それを、ある人が強引にハン・ストに持っていったのです。その人は藤井氏がかねてから心臓が丈夫でないことを別なある人から聞いて知っていたのです。」

「待ってください。それでは、藤井氏を狙ってハン・ストをさせたというわけですか？」

「そういう仮定を立ててみたのです。むろん、それにはハン・ストの組に藤井氏を入れなければ意味がありません。熱情家の藤井氏は、進んでハン・ストに参加しました。いや、裏返せば、藤井氏一人にハン・ストさせるため、他の四人を参加させたことにもなります。強引なその策略は成功しました。それに、その男もハン・ストの五人組の一人にはいっていました。藤井氏は心臓があまり丈夫でなかった。その人に対しての三日間の絶食と炎天。下地の準備は、それでできたのですな。」

　倉田医師は消えた煙草《たばこ》にも気がつかないで聞き入った。

「私はハン・スト組の診察に当たっていた当時の校医に会ってきいたのですが、藤井氏の脈搏《みやくはく》は他の四人の誰よりも悪かったそうです。それで注射を何度もしたうえ、校医が二日めに、藤井氏に離脱を勧告したのですが、他の仲間への義理からか、あるいは情熱家のせいか、とうとう最後までがんばりとおしました。彼はたいへん疲労して家に帰った。計画者は藤井氏のその状態をはじめから狙っていたのです。」

「なるほど。」

「帰宅すると、彼は奥さんのすすめる牛乳と卵とお粥を摂った。しかし、これは目撃者はないのです。」

「え?」

倉田医師は思わず眼を開いたが、警部補はかまわず先を進めた。

「とにかく、三時間ばかりして、藤井氏は書斎にはいりました。疲れていても、すぐ調べねば気がすまなかったのです。これは、あなたの推定のとおり、同僚から頼まれた菅野真道のことを調べるためです。藤井氏のそういう性格を計画者は計算に入れていました。」

「しかし、」

と、医師は、ここぞとばかり言った。

「百科事典が開かれていたページは星図の個所《かしょ》ですよ。」

「そうでしたね。菅野真道のところではなかった。なぜ、そこを開いたのでしょうか?」

警部補は、ここで意地の悪い反問をした。

「わかりません。それで、さんざんに考えぬいたのです。」

「栞《しおり》ですよ。」

と、警部補は短く言った。

「え、なに?」

「本の間に挟めてある栞ですよ。普通、われわれが本を開く時、ぱっとページが分かれるのは栞をはさんだところでしょう。厚い栞ほどそうですね。目的のページをあける前に、そこだけが先に開く。」

「しかし、」

と、医師は頭に手をやった。

「私が見た時は栞なんかありませんでしたよ。」

「まあ、待ってください。それは後まわしです。私は、いろいろ考えたすえ、それよりほかないと思った。風でページがめくれるとか、何気なしに偶然そこを開いた以外はね。あの場合、室内だし、窓から風がはいってページをはぐるほど、外に強い風はなかった。これは中央気象台に当日の天気をききあわせて確かめました。それから、何気なしにそのページが開いたのではない。ものを調べるときには、まず、その近い部分を開くものです。しかるに菅野真道と星図とでは五百ページ以上も違う。あまりに見当違いです。やはり栞がそこに挟まっていたと考えたほうがよいのです。藤井都久雄氏は、じつはその栞を見るや否や、ショックをうけてついに死亡したのです。」

「栞で！」

医師はびっくりした。

「そら、心臓麻痺とショック死とでは外見上区別がつきがたいというではありませんか。計画者は、はじめからショック死を計算していたのです。藤井氏をハン・ストに参加させて心臓を弱らせておいたのはそのためです。」

「ですが、そんなに強いショックを与えた栞というのは？」

「藤井氏が発奮した田舎の挿話を思いだしてください。蛇の脱《ぬ》け殻ですよ。それが栞がわりにたたんではさんであったのです。田舎の学校では藤井氏は蛇を見て真っ青になったというではありませんか。藤井氏は蛇に対してたいへんな恐怖と嫌悪をもっていたのです。計画者は、それを知っていました。私があの家の家宅捜索に行って、例の事典を調べましたら、星図のページの綴込《とじこ》みの深いところに、蛇の脱け殻の切れた小さい細片が、残っていましたよ。そして、一カ月前、新宿のまむし屋で、呪《まじない》（金持になる）だからと言って、蛇の脱け殻を買いにきた女があったことがわかりました。」

「女？」

「そら、人が来ぬ間に、開いた本から、証拠の死の栞を取り捨てられうる立場の人、藤井氏の細君ですよ。」

「ああ、では、その蛇の栞を入れた本を開かせるように仕向けた男も！」

「そうです。山岡という教師です。彼が藤井氏の細君と懇《ねんご》ろになって共謀した仕事です。ハン・ストを強引に主張したのも彼です。ただ彼の失策は、菅野真道の調べ方を藤井氏に頼んだとき、それを他の教師の横で言ったことです。彼としてはタカをくっていたのでしょう。そこからあなたの疑問が起こったのですね。」

「しかし、なぜ、蛇の脱け殻を菅野真道のページにはさまずに、星図のページに入れたのでしょうか？」

「あ、それはね、山岡は、はじめ、菅野真道のページにはさむように藤井氏の細君に指示したのですが、細君がその名前を忘れてしまったのです。それで、いいかげんなページにはさんだのです。同じ本だから、どうせ藤井氏が見るだろうと思った、と自白しています。」

それから警部補は微笑した。

「何しろ、スガノノマミチなんて、むずかしい名前ですからね。」

殺人演出

島田　一男

島田一男（しまだ・かずお）

一九〇七年京都市生まれ。一九九六年六月十六日逝去。日本推理作家協会三代目（一九七一〜一九七三）理事長。一九四六年「殺人演出」で「宝石」の懸賞小説に入選。五一年「社会部記者」「遊軍記者」「新聞記者」「風船魔」で探偵作家クラブ賞を受賞。新聞記者の他、部長刑事、町医者、公安調査官など多彩なシリーズがある。とくに『上を見るな』ほかの南郷弁護士や海堂鉄道公安官が人気に。時代小説、怪奇小説、少年少女向けの小説も執筆。

1

何十年振りの暑さが、かれこれもう一週間も続いているが、流石《さすが》に夜明けは涼しい。チャチな誘拐犯人を松本《まつもと》まで送り、あちらの部長と浅間《あさま》のお湯に一日ノンビリと東京の垢《あか》を落して、昨夜の終列車で帰って来た新宿《しんじゆく》署の主《ぬし》——小島金三《こじまきんぞう》部長刑事は、もう涼風の中、七坪足らずの畑に出てアメリカ南瓜《かぼちや》のうら成りを楽しそうに撫《な》でていた。

「お楽しみですなア……」

爆撃に焼け残った椹《さわら》の垣根越しの声に——

「いよウ、平川《ひらかわ》の旦那。早いなア！」

何時《いつ》ものことながら、今朝も寝起きが凄《すご》いいらしい。小さな顔は云《い》わずもがな、痩せた体全体に微笑が溢《あふ》れている。

これと向い合った平川刑事、捕物帳なればさしずめ慌て者の下《した》ッ引《ぴき》という気の利かない役所《やくどころ》だが、クリーム色の防暑服、帽子はわざと被《かぶ》らず、靴はコムビネーション。仲々どうして下ッ引どころか、これが刑事とは、古い文句だがお釈迦《しやか》様でもと云いたいところ——

「……だが、顔色が好《よ》くないネ——旦那。どうかしたンかイ？」

「実は——昨夜《ゆうべ》自殺がありましてね」

「そうだってねエ。昨夜駅前派出所から署へ連絡した時聞いたよ。代々木《よよぎ》の鴻々荘《こうこうそう》だって云うじゃないか。ありア家相が悪りいヨ——で何かい、旦那当直《とまり》で……」

「いえ、当直は船曳《ふなびき》君で、私は彼と——」

「王様より飛車を可愛《かわい》がっていた」

「こりアどうも。で、検証に顔を出したッてわけです。尤《もつと》も、当直主任はカチカチの警務主任だし、警察医《せんせい》もすぐ駈《か》けつけたし、幸い司法の当直には鑑識の政ア公が居たし、刑事部屋《へや》の責任者は船曳だし、私アほんの仕出しで……。検証は相当念入りでした。何しろ政ア公が部屋じゅう紅殻《べんがら》だらけにして指紋を集めた程でしたから。——結果は自殺でけりがつきました。……だが、仕出しの私がこう云っちア筋違いでしょうが……。どうにも後味が悪くッて、まア親父《おやじ》さん聞いて下さい」

それから平川刑事がアメリカ南瓜の葉かげで語った自殺事件というのがこうである。

×　　×　　×

小島部長の所謂《いわゆる》家相の悪い鴻々荘は、代々木といっても明治様の裏参道はずれ、いま一《ひ》と足で北沢《きたざわ》の縄張りというところにある。附近一帯、御本殿が炎上したのと同じ夜の爆撃で手ひどく焼き立てられているが、此処《ここ》いらは運よく残った、古めかしい洋式木造の二階建で、西に扉なしの石門、六十坪ばかりの敷地は低い芝垣に囲まれ、庭には落葉《から》松《まつ》に混って柿や栗《くり》も少しはあろうという、安手ながら代々木らしい建物の一つである。

以前は矢張り鴻々荘といってアパートだったが、戦争中軍需会社の東関工業が買収して名前もそのまま会社の寮に当て、終戦後会社は東関製粉と早変りしたが、寮は依然として疎開《そかい》寡《やもめ》や独身社員の宿舎となっていた。

その住人の一人、業務部の次席で、今年三十七になる青木留次郎《あおきとめじろう》という疎開寡が昨夜服毒自殺した……。

丁度夜の九時頃だった。同宿の業務主任壹岐多一郎《いきたいちろう》、社員の相馬弥作《そうまやさく》、森本篤《もりもとあつし》、宮《みや》本政司《もとせいじ》の四人は、寮の一階に娘の沢子と一緒に住み込んでいる賄婦《まかないふ》の久泉ワサの部屋で番茶を啜《すす》りながら演芸放送を聴いていた。沢子は同じ会社の事務員として働いている。ニュースになると、男連中は二階の食堂で麻雀《マージャン》の準備を始めた。青木は四日前から発熱で会社も休み、この時も勿論《もちろん》仲間に入っていなかった。

――男達が食堂に入ってどれ程時がたってからか――何《いず》れにしても勝負がまだ始まっていなかったから大した時間ではなかった。ガラガラズシーンと物凄い音が隣室、つまり青木の部屋から響いて来た。

驚いた四人が青木の部屋に駈けつけたがドアーには錠がおりていて開かない。沢子親《おや》娘《こ》も駈け上って来て六人で青木を呼んだが、返事もなかった。気を利かせた森本が外に廻《まわ》り梯子《はしご》を掛けて窓から様子を窺《うかが》おうとしたが、戦争遺物の防空カーテンに妨げられ、部屋の一部は見えるが、右半分、青木の寝ているベッドの方が見えなかった――。

食堂の窓から顔を出した壹岐と梯子の森本とが二言三言問答していると、突然青木の部屋の電気が消えた。

「何だ、起きているのか!」

と一同が再び青木の部屋の前に集ったが、答はなかった――

×　　×　　×

「と云うような訳で、止《や》むなくドアを押し破って入り、手探りで電気をつけて見ると」

「青木が死んでいた……?」

「……仰向《あおむ》けで、半身ベッドから乗り出して落ッこちんばかりだったのです」

「先刻の大きな音ッてのは?」

「ああ、よくベッドの枕下や脇にある小机――サイド・デスクと云うんですか、本や薬瓶や水入れ等を置いとく――あれが倒れて、氷を入れて置いた洗面器を跳ね飛ばした時の音らしく、床一面水びたしだったと云うのです」

小島部長は考え物をする時の癖で、白くなった二枚刈りの頭を叩《たた》いていたが――

「呑《の》んだ薬は?」

「△△△、小量で電撃的な命取りです」

「じゃ——助かりッこない」

「ですから医者より我々の領分で……結局自殺となりましたが……」

「平川の旦那だけは勘弁出来ねエ？」

「……でも……死んでから電気を消すやつがありますか？」

「何に……？」

「いえネ、電気が消えて、直後に一同が押し入った。その時青木はもう殆《ほと》んど冷たくなっていたそうですヨ。時間的に割り切れますかこれが。……冷たくなりかけた青木が小机をひッくり返し、洗面器を跳ね飛し、人騒がせをしてから電気を消してベッドに入ったンですか……しかし床は水浸しだ。スリッパは濡《ぬ》れていない。裸足《はだし》で歩き廻ったに違いありませんネ。……それにしちゃ仏さんの足が乾いていたが。……何れにしても、大した心臓ですぜ。……こりア学術参考——」

「判ッたよ。俺に喰《く》ってかからなくてもよかろう。……兎《と》に角《かく》、出かけようか」

七時前といっても陽《ひ》が昇ると、テキ面焼くような暑さが流れて来る。何処《どこ》からか旧市内では珍らしいカナカナの声が聞えて来た。


……………………………

小島部長は署に着くと、刑事部屋には行かず、真ッすぐ司法室に入った。管内の割に手狭まなこの署では司法室の片隅に鑑識係の政田巡査が、七ツ道具を積み上げて陣取っている。平川刑事がいったように政田巡査は当直明けで丁度鴻々荘の現場写真を水から揚げ、机の上の大きな吸い取り紙に竝《なら》べているところだッた。

「政アちゃん。こりア鴻々荘の一件かい？」

部長は政田巡査の横の椅子にチョコナンと痩せた体を降すと、まだ濡れている写真を次ぎ次ぎに眺め廻した――

「ほほう……大分苦しんだナ、仏相が悪リイ……ところで指紋の方は？」

「御覧の通り全部青木のもの、ばかりです。コップも、薬瓶も、それから△△△の方も――瓶に左、キャップに右の拇指《おやゆび》と食指がそれぞれ一つずつはッきり。ドアーの方は大勢のが入れ混って検出不能でした」

部長はジッと指紋の拡大写真を見ていたが、例によって頭を軽く叩きながら――

「△△△の瓶は？　チョイト見せとくれ……」

それは不透明の黒色の瓶で、腹のところが膨《ふく》れた丸型、キャップも黒エナメル塗りで螺《ねじ》になっている。一寸《ちょっと》香水瓶といった美しいもの、薬が七分目程残っていた。部長はしばらく瓶を眺め、二三度キャップを廻して取ったり被せたりしていたが、やがて――

「これ借りてくぜ……」

古いアルパカの内ポケットに瓶を入れると、側《そば》に立っていた平川刑事を仰ぎ見て、

「いい鼻だなア旦那。こいツァ殺しだ。俺だって勘弁ならねエよ」

ズバリッと云った部長の言葉――文句の軽さと反対に、断乎《だんこ》たる響きがあった。

2

　ラッシュアワーがまだ続いてはいるが、商店はやっと打ち水が終ったばかりの新宿の通りを至極楽しげな顔で角筈《つのはず》から駅前と辿《たど》っていた部長は、突然平川刑事に、

「そうだ、矢張り会社の方も洗ッとこう。旦那はその、何とかッて粉の会社知ってるかい？……じゃ一ッ走り頼むよ。念には及ぶまいが、声変り頃の給仕でもいりア、色ンなことを知ってるもんだよ……」

　出かかっている築地《つきじ》行きの都電に飛び乗る平川刑事を目で送った部長は、やがて小田急の改札を通った。――朝の下りは楽な筈《はず》のこの線も、四年振りで江ノ島《えのしま》が開いて大変な混雑、下北沢《しもきたざわ》で下車した部長の姿は見るも哀れに揉《も》み抜かれていた。そのヒン曲った黒ネクタイを気にするでもなく、痩《や》せた体を代々木に向けた。

　鴻々荘の石門から玄関までは六間《けん》ばかりあるが、門の外までプーンと線香の匂いが流れていた。新宿などとは違って、この附近にはまだ、朝の湿った空気が残っているからだろう。その香りに誘われるように飄々《ひょうひょう》と玄関に進んだ部長は、

「御免《ごめ》ンよ……」

　と、体に似合わぬ大きな声を出した。

　中婆《ちゅうばあ》さんの久泉ワサの取り次ぎで、出て来た年配の男――小柄で猿のような顔、し

かもいやに色の白い男が、壹岐多一郎だと名乗り、

「昨夜もお調べを願いました……」

と、年の功からの厚かましさで明かに迷惑相な物の云い方、これに対して部長は、

「いやア……仏さんの片がつくまで、お邪魔でもおつき合いを願わねば……」

と、軽く遇《あし》らった。

青木の死体はまだ二階の一号室——青木の自室に寝かせてあり、部屋も殆んど昨夜のままに取り散らされてはいるが、流石《さすが》に枕もとには線香が燻《くすぶ》っている——部屋の粗末な割には目立って贅沢《ぜいたく》な応接セットを中心にかたまっている数人の男女、これが鴻々荘の全住人なのだろう……会社から駈け付けたと思われるような服装の者は見当らなかった。

ベッドに近づいた部長は死体に向って軽く一礼した。それは解剖直前に執刀の医師が死体に対して行う礼拝にも似て、極めて真面目《まじめ》なものだった。

漂白したような死顔の白さは△△△の特性だが、この猛毒にして尚《なお》死の瞬間には苦痛を伴うのか、美男といえる顔の口もと眉間に傷ましくも刻まれているものは「地獄の相」である——。白布をそッと顔に懸ける部長、死者に対しては飽《あ》く迄《まで》礼を守っているが……さて一同の方を振返ったその顔には、もういつもの生地が丸出し、わざととんがらした口もとに微笑を浮べて……

「こう暑くッちゃア、仏さんも辛《つら》いでしょう！」

と、ニッコリ……。その癖自分自身は一向に暑そうでもない……。

この闖入者《ちんにゅうしゃ》に聊《いささ》か毒気を抜かれた形の一同にはお構いなし、無遠慮に一人一人を見廻していたが、部屋の隅に佇《たたず》んでいる娘の顔に部長の目が吸いつけられた。

昨夜から着替えていないのであろう、白地の浴衣《ゆかた》は少し着崩れてはいるが、意識して抜いた衣紋《えもん》――。冴《さ》えた緑地にくすんだえんじと黄色の縞《しま》が通った夏帯も堅気には向かぬ好みなら、それをやや上目に締めて腰の線を必要以上に強調した姿、全てが素人らしからぬ仇《あだ》ッぽさがあった。――それよりも第一にその容貌だが、潤んだような瞳、のッぺりとして両端だけがキュッと締った紅の唇、型の整った小鼻、下《しも》ッ膨《ぷく》れの頬――美人というより蠱惑《こわく》的に過ぎる……。

部長は一寸何か考えているようだったが、何気なく寮長格の壹岐に目を移して――

「少しお訊《たず》ねしたいことがあるのですが、何処か一つ部屋を使わせて戴《いただ》きましょう」

言葉は丁寧だが命令的なところが無いでも無く、嫌とは云わせぬ圧力があった。三十年の長い刑事生活が物を云うところであろう――。やがて隣室の食堂で長いテーブルを挟んで部長と壹岐とが向い合った。

問われるままに壹岐が語る青木の死亡当時の状況、大体は平川刑事の報告通りだが、遺書らしいものが全然無かったこと、森本が覗《のぞ》いた窓も堅く閉されていたこと、森本は相馬、宮本と力を合せて梯子を搬《はこ》び、女二人は廊下にいたことなどの新らしい事実も判明した。

死んだ青木の日常については――

「戦争中妻君と子供を九州の田舎《いなか》に帰して此処に入りました。五人の社員の中では一番遅れて入寮したンですが、余り交際《つきあい》の好きな方ではないので、一つ離れている一号室に居た私が宮本君の隣室二号室に移り、その後に青木君が入ったのです。個人生活は殆んど知りませんが、まア相当派手でもあり、贅沢でもあったようです。何しろ映画俳優の富士《ふじ》一郎《いちろう》とやらに似ていると云われる程の男前ですし、妻君は国へやってあるし、銭《かね》も仲々いい穴を持っていたようですから……。終戦直前に私のとこの次席になりました。順から行くと相馬君が先輩なのですが、その頃応召していて青木君が追い抜いた訳です」と、語った。

「では、自殺しなければならぬといった理由は格別無いようですなア……。男は好し、金もあり、地位も先《ま》ず先ず、寧《むし》ろ一番気儘《きまま》で面白い筈だと思いますねエ」

「さア……銭の方は最近詰って来たようで、何かと無理な金策もしていました。目に余って私が注意したことも二三度あります。それに健康は決していい方じゃありませんでした。本人は神経衰弱だといっていましたが、私は胸だろうと思っていました。宮本君などは、遊びが過ぎた酬《むく》いだなンて云いますが、これは若い人の無責任な言葉で当てにはなりません」

壹岐は猿のような顔に一層皺《しわ》をよせてボソボソと語った。格別悪口を云うでもないが、といって好意を持っている風でもない。

部長は壹岐の態度には大して注意していないようだった。寧ろ壹岐の言葉の裏に潜んでいる意味などには興味が無いといった無関心さで壁をじっと見つめている――。

それは食堂と青木の部屋である一号室を区切る壁であるが、何の意味かそこには額のように美濃紙《みのがみ》二枚張り程の大きな絵凧《えだこ》が掛けてあった。絵は弁慶《べんけい》の顔で、例の向う鉢巻、添え物に長刀《なぎなた》の一部が描かれており、バックは色の悪い赤で塗り潰ぶされていた。

どこか遠くの方を見つめるような目付きで弁慶と睨《にら》めッこをしていた部長はやがて壹岐を手持ち無沙汰にしていることに気が付いた。

「――いやどうも、色々参考になりました。どうかお引き取り下さい」そう云ってから部長はテレたように顔を撫でた。如何《いか》にも間の抜けた訊問《じんもん》振り……と、自ら苦笑しているような姿だった。

壹岐の次に呼ばれて入って来た久泉ワサは部長から問われるままに、大阪生れで本年五十二歳と答えた。年の割にふけて見えるのは垂《たる》んだ頰と白髪のせいばかりではなさそうだ。見渡したところ、鴻々荘六人の住人のうち、青木の急死に一番影響されているのがワサのように見える……。

「えらい熱で、四日程寝ておりました。チフスやないか云うてましたの……。氷思ても今時なかなか買えませんで……。それでもきンのは大分熱も下りましたし、壹岐さんが会社の帰りに二貫目も氷買うて来られたンで、それからは楽におやすみやしたンで……」

時々関西訛《なま》りを混えながら答えるワサが、見掛けよりは案外しっかりして居たのは仕末がよかった。――

「会社仲間の交際は？」

「さア――どっちか云うたら好い方ではありませんでしたなア……」

「特別うまの合わないッてのはなかったかイ？」

「そういえば……相馬はんや宮本はんは仲の悪い方いえまッしゃろ」

「どうして？」

「相馬はんは兵隊行ってる間に下役の青木はんに先越《せん》されて面白ないようでしたし、宮本はんは……アノ――内の沢子のことで……」

「ほウ！　そういやア、あっしは娘さんを知ってるヨ」

「そうでッか――。以前神楽坂《かぐらざか》で出てましたんで……」

「そうだったねエ。で、どうして又――」

「ヘエ、徴用されたらかなんいいましたら、壹岐さんが、ほんならうちの会社で使たろいわはりましたんで……。壹岐さん古い御馴染《おなじみ》やったもんですさかい」

部長は突然壁を見上げ、弁慶を睨みつけるようにして――

「時に……ありア面白いねエ！」

「ヘエ？……ああの俑。この正月に、青木はんが田舎へのお土産《みやげ》に買わはったんですけど、汽車の切符買えなんで……これ額の代りに寄附するいうて、あそこへ掛けとかはったんで……」

「ふーん……でそのまた青木は、死なねばならぬ訳でもあったんだろうかね」

部長の質問は突然方向を代える。問われる方は面喰《めんくら》うが、同時にまた咄嗟《とっさ》に嘘《うそ》はなかなか云えないものだ。

「それがトント……ほんまにけったいですわ。死なんならん人が何も――」

ワサはフッと口籠った。が、部長の後を促すような目に出会うと慌てて、

「旦那、ここだけの話にしといとくれやすや、実は青木はん、五日前の晩――うちの沢子の世話したい、近々相当のお宝入るで、家買うて気楽にさせる。壹岐さんの方も話つける、宮本はんは問題やない――云わはりました。私としてはえらいええ話や思たんですけど、沢子とも相談せんならん事ですさかい、返事は二三日待っとくれやす云いましたん。ほしたら次の日から熱出さはってそのまンま……。そやかて、女の子の世話したい云うお方が自殺しやはるなんて、判らんもんですなア……」

ワサが今述べたことは確かに一つの収穫であった。

……全くだ。由良之助《ゆらのすけ》のお軽口説《かるくどき》じゃあるめいし……と、部長は思ったが何喰わぬ顔でワサを下らせて、一人食堂に残った。

内ポケットから取り出した例の瓶をテーブルの上に置いて、見ているのかいないのか、軽く頭を叩いているのは考え物の癖――。突然立ち上って部屋を歩き廻るかと思うと腰を下ろす。又立ち上る。弁慶凧を見つめる、壁を撫で廻す、床や壁の隅に猫のように鼻を摺《す》りつける。青木の部屋にも二三度のっそりと入って御一同から眉を顰《しか》められた。そ

うして昼近く、又飄々として鴻々荘を後にした。

「弁慶、弁慶……じゃねエ義経《よしつね》か、その時義経少しも騒がず……」

小島の旦那ひどくいい御機嫌だ。

3

部長が刑事部屋に落ち付くのと殆んど前後して平川刑事が汗を防暑服の背中まで透らせて帰って来た。——

「どうでした代々木の方は？」

「見込み通りさ……。旦那の方は？」

「お誂《あつら》え向きにませたのがいましてネ。附近の氷屋に呼び出し、小豆《あずき》を二杯ばかり奢《おご》った上、ちょいとハッタリかけましたら、奴《やっこ》さんベラベラ申立てましたよ」

「そいつアいい都合だったが、物いりだったなア……」

「なアーに。所で青木ですがね、余り評判は良くありませんよ——。尤もこの小僧に云わせると青木だけじゃない。主任の壹岐を始め相馬も森本も宮本も、それから女事務員の久泉沢子も全然いけません。殊に沢子なんて糞味噌《くそみそ》ですヨ」

「あの娘《こ》はあがりさ……」

「そうですッて——それを御親類筋の壹岐が会社に入れた。例の享楽追放の時に——仕事なんてから駄目だが、面《めん》がいいのが得で男連中にもてる。とうとう母親まで賄婦ッて名目で二人共鴻々荘に入ってしまった」

「ありそうな事さネ」

「壹岐もはなのうちは脂下《やにさが》っていたが、森本や宮本なんて若い連中の目付きが変って来るし、沢子が又ジャジャ馬で尻軽るで騒がれるのが好きと来ているので、内心もやもやして来た――青木はまだ寮に入っていない頃です」

「当時一番御執心は宮本だった――」

「おやッ、よく御存知で……が宮本は応召、入替って青木が鴻々荘に登場、忽《たちま》ち沢子の信者になった……」

「あの娘《こ》ア色ッぽ過ぎるよ！」

「各々どの程度の深さか、壹岐は別として、こればッかりは見た訳じゃないからはっきり云えないッて小僧やけに考え込みやがった。――中で沢子からも相当打込んでいたのは矢張り若い宮本のようで、やつが国府台《こうのだい》に入隊してからも、沢子がよく会いに行ったそうです。こればッかりは浮気じゃなかったらしい……」

「壹岐は知ってたのかい？」

「これがお芽出度《めでた》いと云うか、沢子に尻を捲《ま》くられるのが恐《こわ》いのか、内心ヤキモキしながらどうッて騒ぎはなかったそうです」

「――その他には？」

「終戦のどさくさで主任の壹岐は相当懐中を温めた。会社が粉屋になってからは又闇で荒く稼いでいるようです。次席の青木も気付いていて、時々皮肉を云ってたそうです」

「芝居の筋は通っているねエ」

「敵役は相馬で、青木に追い越された関係で何《ど》うも二人はうまく行かない。事々の角突き合い、この間もえらく怒鳴り合った揚句――一度は沖縄で捨てて来た命だッ――とか何とか、相馬が椅子を振り上げたのを居合わせた社員がやっと抑えたそうです」

「――森本は？……」

「壹岐、相馬、宮本などよりは仲もよかったし、青木は信頼もしていたようです。その証拠には例の財産税の申告の時、森本は青木から頼まれ、その銭を三万円とか預って自分名儀で届けたそうです……。但し森本自身はからッ尻――麻雀博奕《ばくち》の敗《ま》け越しの仕末に四苦八苦で、仕事も手につかない……」

聞き込みを語り続ける平川刑事の顔からまだ汗粒の吹き出しているのを見た部長は、

「旦那――氷でも買おうか……」

と、小使を附近の氷屋に走らせた。

氷レモンや氷イチゴは猿股やビリケン（部長はキューピーとはいわない）と共に大嫌い、氷といえばぶッかきと承知している小使が有り合せのドンブリに山盛り買って来たのを、まだ丈夫な奥歯でガリガリ噛《か》み砕きながら、

「平川の旦那――少し地ならしして見ようか……。いいかい、第一現場だ。入口も窓に

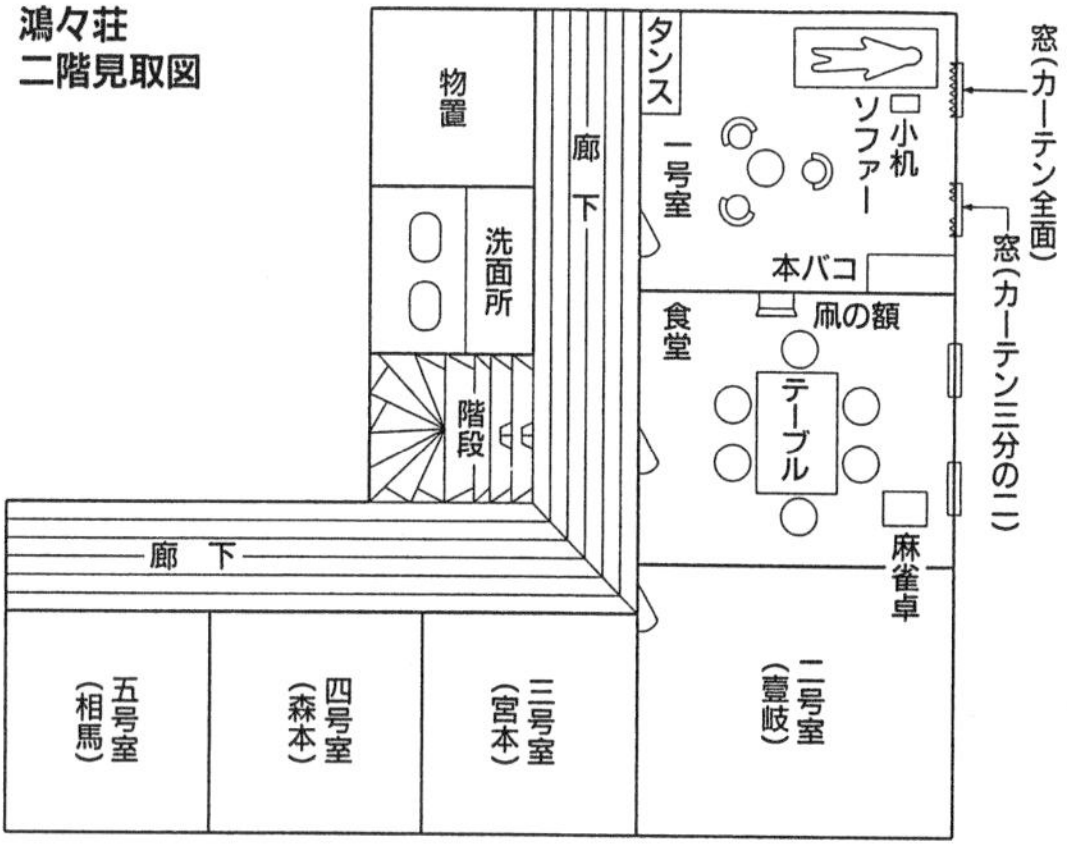

も掛金がかかっていた。両方とも差し込み式の掛金で窓は上下に一つずつ、ドアーは一つで右から左へ差し込むようになっている——こいつアあっしが先刻調べて来たんだ——。でつまり、密室だな。その中で青木は殺されていた……。薬の出所など、終戦以来意味なしサ、軍の病院から五万と持ち出されているからネ……こいつア今後共に困りもんだ……」

　部長の説明はいつもながらお負《まけ》が多い——

「で、青木は何時盛り殺されたか。ガラガラと音のする前か。その後で電気の消えるまでの間か、消えてからか。本来なれば死亡時間の決定が物を云うところだがね。ワアワア騒いだ揚句一人が交番へ。勿論昨今電話なんて通じるのが不思議だからおひろいで届け出たとする。派出所《はこば》の旦那が又新規御召抱えかなんかで本署への連絡を忘れおッ取り刀じゃねエ、――おッ取り警棒で現場へ駈けつけ、帰って来てから報告だ。それも〝自殺事件がありました〟と報告するから、当直主任始め警察医《せんせい》まで、何て云うか、先入観てやつで〝何だ自殺か……〟とゆるゆる御出役だ。どうだい、昨夜は何時だった？――」

「恐れ入りましたよ親父さん！　現場に着いたのは、十二時近くでした」

「事の起りは九時だぜ――演芸放送の済んだ時だから十時、十一時、十二時と三時間……死後三時間乃至《ないし》三時間半と警察医《せんせい》はいうだろうがここんところが大切だ。音のする前、その後、電気が消えてから、この僅かな間に青木は殺されており、その時間のけじめが絵解きのつるなんだ。三時間乃至三時間半といやア三十分の開きがある。この検証は役にたたねエ」

部長はドンブリに残ったブッカキの大きな塊を指先きでくるくる廻していたが、何思ったか古風な懐中時計を引きずり出し、

――一時十七分――

と、メモの上に書き止めた。

「さてと――犯人《ホシ》だが、何処から入って何処から出た……？……」

「親父さんの見当は？」

「うン？……もうちッと待ってくれ――、それより御一統を色揚げして見よう。第一に被害者の青木、仏の悪口は云いたくねエが――男前のいい奴《やつ》によくある、つまりは嫌な

性分だった。思い上った我儘者《わがまもの》、主任の壹岐の部屋を占領したり、先輩の相馬をあるか無しに扱ったりしているからね。――それに泡《あ》ぶく金も握り、贅沢もしていた。分に合わねエ遊びもしていたらしいし、あの部屋の応接セット等今時一《ひ》ト財産だ。財産といやア税逃げまでしている。その上近く又たんまり入ることになっており、沢子に一軒持たせて見越しの松と洒落《しやれ》のめす了見だった……」

「へエー、そいつア初耳です。会社の小僧もそこまでは知って居ませんヨ」

「お袋のワサが云うんだから確かさ……。次に主任の壹岐、いい年をして娘のような沢子に熱を上げているのはだらしがねエが、慾《よく》にかけちアア相当な腕だ。尤も余り搔《か》ッ込み過ぎて青木に感付かれた。近々青木の懐中に転がり込む筈になっていた銭も壹岐から出るのじゃなかったかナ。案外沢子の一件も知っていたかも知れない……。相馬は芝居ッ気たっぷりに凄む程青木を怨《うら》んでいる。但し、今のところ沢子との色模様のねエのはどうやら相馬一人ッてわけだ」

「森本は銭を預ってますよ――」

「左様、青木が死ねばそッくり自分の物に出来る。封鎖であろうが握れば博奕の借りもかたがつくッてもの。その上沢子の信者だ」

「信者よりも檀家《だんか》の方かも知れませんぜ。沢子菩薩《ぼさつ》はお慈悲深い……」

「その点何といっても宮本は二枚目だアね。沢子も宮本には実を見せている。御両人にとっちゃキザな青木が飛んだ色敵《いろがたき》さ。それよりワサが乗り気で、お芝居は哀れに出来てまさア！」

「？……ワサがねエ！」

「うン、青木が死んでガッカリしているよ」

「……で、犯人《ホシ》の方角は？」

「色と慾！　色と慾――いやはや鴻々荘は亡者の集りだ。同じ亡者でもワサだけは青木を死なせたくない方、他はみんな多少とも青木が邪魔になる。つまり動機は色か慾か、その両方か……。が、しかし、事件が持ち上ってから死体発見まで、六人はお互の行動を説明出来る。集って放送を聞き麻雀の仕度をし、走り廻って、青木の部屋に押入った……。この間その部屋で電気が消えているッていうからことは面倒だ……」

「じゃ――どうなるんです？」

「さア――ねエ」

部長は又指先きでドンブリを搔き廻した。ブッカキはとっくに融《と》けて水ばかり。手に弄んでいた懐中時計にチラと目を走らせ、

――一時三十六分――

と、再びメモに書き入れて……

「三十六から十七引けば、――十九だろ、旦那？」

「えッ、何のことです？」

「いや事件は半分解けたよ……」

あッ気に取られている平川刑事の顔を眺めて、部長はニヤリッと微笑《わら》った。

4

船曳、三牧《みつまき》と刑事部屋の旦那方二人を引き具した小島部長が、再び鴻々荘を訪れたのは焼くような太陽もどうやら大山《おおやま》の峯《みね》に隔てられた七時近く、遠く一抹の茜雲《あかねぐも》が富士の影絵を淡く写し出していた。

会社の関係者でも通夜に来ているのであろう、朝とかわって賑《にぎ》やかな空気——何れにしろ肉親が一人もいないだけに湿ッぽくないのが部長には気に入った。——〝事件は大きい程張り合いもあるが、眷族《けんぞく》の泣きを見るのア辛くってねエ〟といつも云っている部長だった。

二《ふ》た間ぶち抜いた、一階の物置——といっても机や椅子が少し投げ込んであったところを片づけて祭壇を設け、既に棺《ひつぎ》に納めた青木の遺骸は其所《そこ》に移されていた。

折よく出会ったワサにチョイと声を掛けて置いて、部長達はそのまま二階に上った。皆下に集っていると見えて上は静かだ。部長は食堂に入ると、しばらく考えを纏《まと》めるように腕を組んでいたが、やがて壁から弁慶凧をおろした。

と、音もなく凧の裏から落ちた一と塊の糸——それは凧紐《たこひも》であった——。

何を考えているのか部長は凧をテーブルの上に投げ出し、その凧糸を丹念にほぐし、始めた。黙々として縺《もつ》れを釈《ほど》いて行く……。

一方二人の刑事は、一人は階段の踊り場に立って見張り、一人は一号室の掛金――昨夜一同に押し破られたのを静かに修理していた。

凧の糸は解けて二本になった――。

一本は十四、五間もあったが、もう一本は三間余りの短いもの。部長はその二本をしごくようにしながら糸筋を調べていたが、時々指先きを摺り合せては見つめている――。結果は至極満足すべきものらしい。その顔には推理の適中を悦《よろこ》ぶ正直な微笑が浮んで来た。この間、幾人かが二階に上って来たが、その都度踊り場の船曳刑事が穏やかに注意して降していた――。

「船曳の旦那、どんなのが上って来た?」

やっと凧糸を離した部長の言葉に――

「三人です――背の高い若僧と年配の小男、それにずんぐりした中年男……」

「宮本、壹岐――ずんぐりは森本だろう。連中気になると見える……」

云っている所へ平川刑事が入って来た――それが又大変な恰好《かっこう》、大きな風呂敷包みを背負って、手には重そうな包み――

「何のことアねエ、南方帰りの空巣狙いッて姿だねえ旦那、よくそこいらの交番《はこば》でとッつかまらなかったもんだ!」

部長は凧を壁に掛けながら無遠慮に笑い出した。

「嫌だねエ親父さん……。これで随分苦労したんですぜ。新宿《じゆく》の劇場、百貨店と走り廻りやっとMデパートで手に入れてしょッて来ました。これが又お誂え向きに富士一郎と来ている。少しいたんでいるのでMでは御自由にッてので、これ幸いと泥絵具で凄みを利かせ――」

「いや御苦労御苦労、旦那も仲々芝居ッ気があるよ。もう一つの方は？」

「やっと一貫五百。今時なかなか手に入りませんねえ。足りませんか？」

「でもなかろう……。いま八時半か。時刻もよし――。では仕度に掛ろうか……」

部長と船曳刑事はそのまま踊り場に、三牧刑事を祭場に配置した。特に三牧刑事には九時に鴻々荘の六人だけを食堂に集め、他の通夜組はどんなことがあっても祭場から出さないようにと命令した。

――そうして自分は、平川刑事を助手に、食堂と青木の部屋を往復し、しばらくは夢中で動き廻っていた。

……………………………

九時カッキリ、三牧刑事に引率された一同が食堂に入る、部長は南側寄りの椅子に腰を下して〝みのり〟の煙を吐いており、平川、船曳両刑事は北側の壁――凧の下に寄り掛って立っていた。

「やあ、どうも！　まア掛けて下さい」

相変らず淡々とした部長の言葉とは凡《およ》そ似合わしからぬ空気が六人の鴻々荘居住者を

包んでいる。いよいよ小猿のようにキョトキョトとした壹岐はもとより、相馬の不敵な面持ちにもわざとらしさがあり、無表情な森本の態度もぎこちない。宮本に到《いた》っては明らかに動揺している。神経のたかぶっているらしい沢子はいよいよ凄艶《せいえん》さを発揮して男達を上目使いにチラッチラッと眺めている。比較的かわらぬのはワサ位であろう。

——何事かあるのだ——という感じが一同を支配している。部長は又その空気を和げようと努力しているように見える——。

「今九時ですよ——丁度一昼夜たちましたなア。昨夜今頃、皆さんは下のおばさんの部屋で演芸を聴き終ったところでしたね」

誰も答える者はなかった。が一様に首肯《うなず》いているようだった。

「それから麻雀をやることになったのでしょう……何方《どなた》の発起でしたかね？」

「——私が最初に云い出したと思います」

と、壹岐が始めて口を開いた。

「ああ貴方《あなた》でしたか。——それから皆さん二階に集ったんですねエ」

「いえ、お茶の仕度せんならんよって、私と沢子が下に残り、出けてから沢子が持って上りましたんで……」

今度はワサが訂正した。

「左様左様、忘れていた」

部長は飽く迄気楽に話を進めて行く。

だが、この話は一同の胸に昨夜の模様を蘇《よみがえ》らさずにはおかない。しかもそれは青木の死に直結して、一瞬暗い沈黙が訪れた！

と！　ガラガラズシーン――

青木の部屋から物凄い響き――ギョッとして飛び上った一同の顔色は、白紙のようだ。

――昨夜の音、昨夜の響き、こんなことが有り得るか！

「どうしたンだッ！」

と、叫んだのは、平川刑事らしい――

「早くッ、行けッ」

部長の怒鳴り声にドッと飛び出す刑事達。それに引ずられるように、壹岐・相馬・森本・宮本――ワサや沢子も廊下に走り出た。

が――誰も居ない筈の青木の部屋は中から堅く閉され、静まり返っている。

「外へ廻って見な、外へッ」

と、又咳《せ》き込んだ部長の声がした。

平川刑事を先頭に走り出た表――いい月だった。昨夜も晴れていたが、今宵《こよい》はもう一ツ明るい……。だが月の光も、オリーブ色に染った庭の景色も目に入ればこそ、一同の眼が喰い入るように見上げた一号室には――。

電気がついていた！

「森本さん、梯子だ！　登って見よう」

平川刑事の言葉に、森本は一寸ためらったが、押し付けるような口調に、昨夜のままになっている梯子を攀《よ》じた。

食堂の窓からヒョイと顔を出した部長は、

「誰か居ますかい」

と、尋ねる……。

「――いえ、居ないようです。でも防空カーテンが邪魔で、半分しきゃ見えません」

とたんに、電気がフッと消えた。

呆然《ぼうぜん》として言葉も出ない一同。殊に森本は梯子にしがみついて震え出した。

無我夢中で一号室に取って返すと、三牧刑事に付き添われてワサと沢子が、これ又蒼《あお》くなって慄《ふる》えている。

「よしッ、皆で押せ」

と、いったのは勿論小島部長――。

二度、三度。ドアーにぶッつかる。四度目に掛金がはずれて、二三人がつンのめるように部屋に飛び込んだ……

しばらく部長の手が天井から垂れ下っているスイッチの紐を求めて空を游《およ》いでいたが、パッと眼の前に照し出された状景！

タジタジと後ずさりし、目を蔽《おお》わざるを得ぬ――それは恐るべき有様の再現だった。

小机が倒れている。洗面器が跳ね飛ばされ氷の塊が投げ出されている。幾冊かの書籍がベッドの下に散らばり、コップが、水差しが、毒薬△△△の小瓶まで転がっている——。

……更に、ベッドには！

色青ざめた青木が横たわっている。

キャッと悲鳴をあげたワサは両手で顔を押え、沢子はうつろな眼を見開いたまま今にも倒れそうな体を三牧刑事に支えられている。

——漸《ようや》くにしてその青木の死体が、映画俳優富士一郎に似せたマヌカン人形であるとわかってからも、完全に一同を虜《とりこ》とした〝死の再現〟の脅怖《きようふ》は、いっかな消え去ろうとしない。

それでも相馬は——

「何の意味だッ、これは。人騒がせなッ」

と、わめく気力を持っていた。

他の者には、この力さえ無い。

「その、意味、かね……」

押し付けるように吐き出す部長の言葉。

「こんな悪戯《いたずら》で、青木は殺された——という意味さ……」

5

酔い醒《ざ》めの白々しさと、手術直前の緊張といった相矛盾する二ツの感じに我と我が身を持て余す、というのが、その時の食堂の空気だった。

先《さ》き程の位置に再び腰を掛けてはいるものの、小島部長と鴻々荘の六人との間には、はっきり一本の線が引かれた。つまり、裁くものと調べられる者との立場がはっきりしたのだ……。

そう云えば壁際や入口に立っている刑事達にも厳重警戒といった態度が感じられる。その中でも至極泰平な顔をしているのは部長だけ、パチリ、パチリと音をさせて扇子を玩《もてあそ》んでいた──。

「……しかし不思議だなア。誰も青木さんの部屋に入ることは出来なかったんだから……」

重ッ苦しい空気に堪《たま》り兼《か》ねたように森本が口を切った。

「ちッとも不思議ア無いねエ──。そりア皆さんとッくに御承知の筈だ。お人形一人ねンねしている青木の部屋に掛金もかかっており、大きな音もした、電気も消えた……」

部長の言葉は例によって軽い皮肉を混じえていた。

「みんなあっしの細工だが……これが三通りの道具立てだ。

第一にあの小机だが、先ず一貫五百の氷を洗面器に入れ、一方じゃこの氷と同じ高さに書物を積む。この上に机を乗ッける。――机は下が小戸棚になってるから、底縁《そこぶち》の片方を氷に、片方を書物の山に、そっと乗っけりアいい訳だ。

第二に電灯。スイッチは天井の真ン中、電気の根本から垂れている紐だ。紐の先きには小さな真鍮《しんちゅう》の環《わ》が付いている。その環に強い糸を通し、二重にした糸を先ず電気の真下に置いたソファーに持って行く。ソファーの脚には動かしいいように小車が付いているが、その心棒に二重の糸をひっかけて方向を変え、床を這《は》わせて壁の穴、……ほら、その凧の下、床に喰ッ付いたところに小さな穴がある。それに通してこの食堂に引き込んだ。

最後は入口の掛金だ。お誂え向きに右から左への差し込みだから、その取ッ手に矢張り強い糸を一本ひっかけ、今度は入口に近い壁際、床から三尺ばかりのところにあけて置いた小さい穴に通す……。

これがあっしのやった道具立てで、青木を殺したやつがやった細工と同じ筈だ。――使った糸はこれだ……」

と、云いながらポケットから取り出し、ポンとテーブルの上に投げ出したのが一塊の凧糸だった。

「さて、取ッ手にひッかけた糸を脱《はず》さぬよう気を付けて廊下へ出る。チョイト糸を引ッぱれば掛金がかかるよう工夫してドアーを締め、食堂に取って返して、二重の凧糸を引っぱると、案の定差し込みがかかった。そこで二重の糸の一本を手繰《たぐ》ると、糸はスルスルと抜けてお手の中だ。——さア皆さんお集り下さいと云ったのが九時。昨夜でいえば放送が終り、麻雀の仕度にかかった頃。——しばらくすると隣りの部屋では氷が段々融けて小机が傾いて来る。二十分近くなった時、とうとう机がひッくり返った。水差しが投げ出される、洗面器が踊る、氷が飛び出す、いやはや大変な響き——昨夜も同じ響きだった筈だ。

大騒ぎで部屋に駈けつけたが戸が開かない。さア、表へ廻りの……窓を覗《のぞ》きの……。この時、スイッチの紐へ続いた凧糸をウンと引ッぱる。電気は消えた——。掛金の時と同様に糸の一方を手繰って環から糸を抜き取った。——後にはなンにも残らねエ……。

これが今夜のあっしのやった実演だが、筋書きと一切の小道具は昨夜のままを使った心算《つもり》だ。尤も、青木を殺した奴の筋書きには〝これより先き〟の但し書きがついている。つまり、熱に浮かされている青木にまんまと毒を飲ませ、その薬瓶を綺麗《きれい》に拭いた上、御丁寧にキャップと瓶に青木の指紋を押し付け、それからお芝居の幕をあけたんだ……」

見て来たようなと云う言葉があるが、この部長の説明ばかりは、つい今しがた、頭の芯が痛くなる程はっきり見せつけられたことだから誰も文句が云えない。

「じゃ——誰が殺したと云うんです」

唇を震わせながら宮本が詰め寄った。

「ふン、つまらぬ細工をしたものさ。ドアーを閉めたり瓶の指紋で自殺と見せかけたり、万一毒殺と見破られても……それ、そのアリバイというやつで逃げようと机を倒したり、電気を消したりさ……。ちッともてにをはが合わねエ。結句、犯人はこの中に在りと教えたようなものさ」

「馬鹿なッ。一体何の理由でわれわれが……」

「理由？　皆、青木が邪魔だったんじゃないか……おばさんの他はね。お前さんにしたって一度は沖縄で死んで来たんだ——ッて凄いところを見せたッてエじゃないか」

「いや俺じアない。俺は殺さない」

「いえさア、物の譬《たとえ》だよ。——青木が死ねば纏《まとま》った銭の助かる御仁もいる。青木が無けりア色事を楽しめる御人《おひと》もいる。青木は本物のチフスで死んだ方が幸せだった。それが癒《なお》りかけたばかりに殺された。掛金、スイッチ、カーテン等、あの部屋の様子を自分の部屋と同じように、よく心得ている者に殺されたんだ」

「嘘だッ。出駄羅目《でたらめ》だッ。証拠が無い——」

よろよろッと立ち上ったのは壹岐だった。唇は痙攣《けいれん》し、歯をむき出している。

が、部長はこれを黙殺して言葉を続ける——

「熱が下り坂になってから、わざわざ氷を買って来たのは誰だ。二号室に気兼ねなく、食堂と一号室の間の壁に穴をあけることが出来るのは誰だ。——電気が消えた時、食堂に残っていたのは誰だ……」

壹岐は血走った眼で部長を見据え、

「証拠が無いぞ。証拠が……」

と、繰り返している。

突然！　どこからこんな声が出るのか、部長が怒鳴りつけた！

「証拠は弁慶だッ」

部長の指が壁の絵凧をグイと指した。

ギョッとして振返れば、向う鉢巻の弁慶がじッと見下している――

「弁慶が見ていたとよッ。足まで汚して――つまり凧糸だ。ソファーの車の油と、穴を抜ける時の壁土で汚れてらア。その上――糸を手繰った時油が犯人の指に喰ッ付いた。油の指紋は凧の裏ッ側にベッタリ付いている……」

何とも形容の出来ない呻《うめ》きが壹岐の口から漏れた。

「彼奴《きやっ》が悪いのだ、彼奴が……密告する、重労働だと脅迫しやがった。……そして、そして……主任を譲れ、十万円よこせ。……沢子ッ、お前と手を切れと云ったんだ」

狂気したような壹岐の目から、この時始めて涙が溢れ出た。

「あいつは悪党だ。殺されたっていいんだ。……だが、駄目だ――」

泳ぐような恰好で前のめりに両手を顔に持って行った壹岐は、ヘタヘタとテーブルに崩れてしまった。

その手から、コロンと小さな音をたてて落ちたもの――それは△△△の小瓶だった。

「――しまったッ――」

流石の部長も、壹岐が何時の間にか青木の部屋で、この薬瓶を拾っていたことには気がついていなかった。

……………………………………

後の仕末を船曳・三牧の両刑事にまかせて寝静ずまった夜道を下北沢へ辿る部長と平川刑事――。

――月はもう中空を過ぎていた――。

「親父さん……何《ど》うして、はなッから壹岐を押えなかったンです？」

「うん？……でもなア、直接証拠が一つも無えんだ……壹岐の云った通り証拠が無かった訳さ」

「でも、爪の裏の油の指紋だけでも」

「ありア――嘘だ」

「えッ？」

「はったりだよ。何とかして自白させようとあの長ッたらしいお芝居をやった。その揚句油の指紋でひッ掛けた。――それだけに、どうもいけねエ」

部長は後味悪そうに首を振った。

「そうでしたか。どうもいつもの親父さんにしては、お調べが脂《あぶら》ッ濃《こ》過ぎると思ってましたよ……。だが親父さん、今朝署を出る時に〝こいつア殺しだ〟ッて云いましたねエ。

あれは何うした訳です?」

「あれかい。何にね——瓶のキャップと腹にそれぞれ一つずつ親指と人指《ひとさし》の指紋がハッキリ付いてたろ、こんな馬鹿気たことがあるかい。薬瓶たア限らない、何でも捻《ね》じッて蓋をあける時にゃ、指紋は必ず撚《よ》れるものだし、指の腹だけでなく脇や、指の根元まで跡がつくことだってある。又開けて閉めれば、二ツ三ツと指紋が重なるか、少くとも乱れるものだ。それがハッキリ指の腹だけ付いているのは、後から押し付けたからサ。それで殺しと目を付けたまでさ。つまりは旦那の勘でこの事件が片づいた。こりア、旦那のお手柄だ。——壹岐を死なせたなア下手《まず》かったが、こいつアあっしの手落ちだよ……」

小島部長は息を大きく吸い込んで、又月を仰いだ。

尾行

佐野洋

佐野洋（さの・よう）

一九二八年東京生まれ。二〇一三年四月二十七日逝去。日本推理作家協会四代目（一九七三〜一九七九）理事長。五八年「銅婚式」でデビュー。翌年の長編第一作『一本の鉛』以下、趣向の利いた長編を発表する。六四年『華麗なる醜聞』で日本推理作家協会賞を、九七年日本ミステリー文学大賞を、二〇〇九年菊池寛賞を受賞。発表した短編は千作を超えているが、名探偵の活躍は少なく、技巧を凝らしての洒落たもの、とくに連作が多い。評論に『推理日記』。

1

『I・N・S調査事務所』これが、私たち三人で始めた私立探偵業の事務所だった。伊《い》東隆《とうたかし》（二十九歳）、那須恵利子《なすえりこ》（二十三歳）、そして私、沢芳之《さわよしゆき》（二十九歳）が所員である。そのほかには給仕も小使もいなかった。

I・N・Sというのは、私たち三人のイニシャルを並べたものである。だが、かつて、これと同じ記号の、世界的通信社があったせいか、この肩書きを刷りこんだ名刺は、意外に効果があった。ひとびとは、何か権威のある機関と誤解するらしい。

しかし、私たちは、私立探偵としては、駈《か》け出しなのである。三人とも、三ヵ月前までは、ある週刊誌に勤めていたのだが、そこがつぶれてしまい、新しい職場が見つからないままに、私立探偵を開業してみたのだった。

わずかばかりの退職金、貯金を持ち寄って、銀座《ぎんざ》裏の喫茶店の二階を借りた。電話もどうやら、ひくことができた。

知り合いの弁護士に頼んで、調査の下請けなどをやらしてもらっていると、結構、経営は成立った。一週間に一件ぐらいは、新聞の案内広告を見てやって来る依頼人もある。もっとも、アメリカのハードボイルド小説にあるような華々しい仕事は、一つもなかった。せいぜい、縁談調査、素行調査ていどである。中小企業から、新規採用予定者の人物調査を頼まれたこともあった。

＊　　＊

男は、事務所にはいってくると、無遠慮な視線で、私たち三人を眺めた。品定めをしているようであった。オーバーを脱ごうともしない。四十歳前であろうが、からだ全体に自信が溢《あふ》れている。私のあまり好きなタイプではなかった。

「何か？」と、一番そばにいた私が聞いた。

「いや、所長さんは、どなたでしょうか？」

男は、ここを訪れた客が必ず一度はする質問をした。

「所長というようなものは、別におりません。一種の集団指導システムですから。強いて言えば、ここにいる三人が、三分の一ずつ所長というわけでしょう」

と、私はいつものように答えた。

「おお」

男は感心したのか、奇妙な声を上げた。「これは失礼しました。わたしは、実はこういうものでして……」

男の出した名刺には、『梨沢《なしざわ》商事株式会社秘書課長徳持重夫《とくもちしげお》』と書かれてあった。私たち三人も、それぞれ名刺を出して自己紹介をした。

「ははあ、で、ご依頼でも？」

事務所には、椅子が二つしかない。その一つを徳持にすすめて、私が聞いた。私たちは、三人とも、机に腰をかけていた。

「ええ、まあそうですが、その前に一つうかがっておきたいことが……」

「わかりました。料金のことでしょう？　それでしたら、ここに料金表があります。それから、秘密保持についてでしたら、絶対にご心配なく。職業上で知り得た秘密を洩《も》らすようなことは、絶対にありませんから……」

徳持が話しかけた言葉は、これも、すべての依頼人に共通したものである。それだけ、日本では、私立探偵を軽く見ているのだろう。例えば、弁護士に事件を依頼に行って、『秘密は守ってくれるでしょうね？』と念を押すものはいない。それを、なぜ私立探偵にだけは、確かめる必要があるのか？　これは、或《あ》いは、推理小説やテレビ・ドラマの罪かもしれない。すくなくとも、日本の作品では、私立探偵をまともな職業として、扱ってくれていないようだ。

「そうですか？　それを聞いて安心しました。その点が、一番心配だったものですから」

「……」

私は伊東や恵利子と顔を見合わせたまま、黙って先を促した。無礼な言葉に対して、一々返事をしてやる必要はないと思っていた。

「実は、この女の尾行をしていただきたいのですが……」

と言いながら、徳持は内ポケットから、手札型の写真を出した。二十五、六の女の横顔が写っていた。

「わかりました。しかし、尾行の期間ですが、これからずっとですか？」

「いやいや、申しおくれましたが、彼女は、きょうの五時半ごろから、映画館に行くはずです。ですから、その映画を見終ってから、今晩十二時までの、彼女の行動を見張っていただきたいわけです。そして、なるたけ早く、報告書を作って下さい」

「ですが、この写真は余り鮮明ではありませんね？　それに、五時半から映画に行くということは確実なんですか？」

「それは、まちがいありません。H劇場の指定席です。そこまでは、わたしにもわかりました。指定席の番号は、Gの八です」

「なるほど……」

私は手帳に、必要な事項を書き入れた。「それでしたら、その時間に、ぼくもH劇場に行き、彼女に悟られないように、見張っていればいいわけですね？　しかし、もし、現われなかったら、どうします？」

「そうですなあ……。そんなことは、まあ、ないとは思いますが……。そのときは、仕方ありません。結構です」

と、徳持は答えた。

「ついでに、もう一つお聞きします。この女と、徳持さんとのご関係は？」

「関係？　そんなもの、ありはしませんよ。これは、秘書課長としてのわたしが依頼するのであって、決して私用ではない。第一、そんなことをお教えしなくても、尾行はできるんでしょう？」

「もちろんです。だが、できるだけ、詳しいことを知っている方が、何かにつけて便利ですからね」

「そうですか……」

徳持は、そう呟《つぶや》いたまま、しばらく何かを考えている様子だった。眼《め》を閉じたまま、しきりに眉だけを動かしている。器用な男だと、私は思った。やがて、彼はゆっくりと口を開いた。

「やはり、これ以上のことは、わたしの口からは言えませんな。ただ、この人の名前は、わたしの権限でお教えしておきましょう。藤代竜子《ふじしろたつこ》、昔、うちの会社に勤めていた人です」

それだけ言うと、徳持は立上り、調査費を前払いして帰って行った。

2

その仕事は、私が引受けることになった。

「そりゃあ、S君の仕事だよ。一番熱心に応対していたんだから、責任もあるだろう」

と、伊東が言い、那須恵利子もそれに同調したのだった。

私たちの事務所では、お互いの名をイニシャルで呼ぶ習慣を持っていた。伊東はI君であり、那須恵利子はNちゃんだった。

「どうだいNちゃん。せめて、映画館の中だけでも、つきあわないか？　映画を見ながら仕事ができるんだから、こんな結構な話ないじゃないか？」

私は、こう言って、那須恵利子を誘ってみた。しかし、彼女は、首を強く振った。

「いやよ。あんなギャング映画。神経がどうかなってしまうわ」

仕方なしに、私は一人ででかけた。

H劇場は九分通りの入りだった。私は休憩時間の少し前に、館内にはいったから、つぎに明るくなったときには、指定された『Gの八』が、見渡せる席をとることができた。

館内を一通り見回して、私は那須恵利子の言葉を、改めて思い出した。観客の男女の比率が八対二ぐらいなのである。しかも、気のせいか、女たちの多くは、連れの男性に説得されて、仕方なくやって来たという様子に見えた。

この劇場の二階席には、F列とG列との間に一メートル半ぐらいの通路が、スクリーンと平行にはいっていた。そして、番号はスクリーンに向かって、左から順につけられ、七番までは、一般席である。だから、問題の『Gの八』というのは、指定席の左端にあたっていた。他の席にくらべ、識別のしやすい位置である。

しかし、問題のその席は、なかなか埋まらなかった。ついには、私の焦躁《しょうそう》をよそに、そこが空席のまま、館内が暗くなってしまった。指定席で空席になっているところは、そのほかにもあった。『Gの八』の隣の隣『Gの一〇』にも、観客は坐《すわ》っていなかった。

私は迷った。徳持との約束では、目的の女が映画館に現われない場合には尾行をしなくてもよいことになっている。帰ってしまおうかと思った。そのギャング映画は、それほど見たいものでもなかった。

だが、私が決しかねているうちに、スクリーンには、広告スライドが映写され、予告篇、ニュース映画とすすんだ。私は、ドアの開閉が、一々気になっていたから、ニュース映画に、それほど打ちこめなかった。

ニュース映画のエンド・マークが現われたとき、女子案内係が、懐中電灯の灯を床に向けて、私の横の通路を通り過ぎた。《来たか？》と、私は直感的に思った。案内係がそのような恰好《かっこう》で歩くのは、指定席の客を導くときなのだ。

続いて、快い香が漂って来た。案内係のうしろに、腰をかがめながらついて行く女性から発散する香料らしい。暗くて、よくはわからなかったが、彼女は毛皮まがいのオーバーを、肩に羽織っているようだった。

私の直感は当った。彼女は、やはり、目的の人物、藤代竜子であった。案内係の懐中電灯が、いままで空席だった『Gの八』を照らし、彼女はその席についた。その瞬間、隣席つまり『Gの九』にいた男に、何か言葉をかけたようだった。恐らく遅参の詫《わび》を言ったのであろう。

その男性のことを、私はそれまで問題視していなかったのだが、考えてみれば、これは迂闊《うかつ》である。一般的に、女性が一人で映画を見るということは、稀《まれ》であろうし、まして、これはギャング映画だ。男に誘われたと考える方が自然であった。その意味では、『Gの九』にいる男を、もっと早くから観察しておくべきだったかもしれない。

その男は、どこにでもいるようなサラリーマンタイプであった。薄暗がりの中で見た限りでは、オーバーやマフラーも、人目を惹《ひ》くほど派手なものではない。年齢は、二十七、八歳のようだ。

そのうち、彼女は座席に坐ったまま、巧みに身動きをして、オーバーを脱いでしまった。そして、例の男に頼んで、さらに一つおいて隣の空席に、それを置いてもらった。二人のやりとりは聞えなかったが、親密な間柄のようであった。

意外なことに、オーバーの下は、中国服だった。肉付のよい腕が白く浮上って見える。私は、中国服に季節というようなものがあるかどうか知らない。しかし、そのときの彼女から、ひどく場違いのような印象を受けた。

たしかに、この劇場は暖房完備であり、オーバーを着ていると、暖かすぎるようではあった。だが、それにしても、あの中国服では、寒くないのだろうか？　ときどき、スクリーンに眼をやりながら、私はそんなことを考えていた。

その映画は、ギャング映画とは言っても、残酷な場面の連続で観客の興味を惹こうという種類のものだった。翻訳する必要のない女の悲鳴が、絶えず、スクリーンから立てられていた。那須恵利子が見たがらなかったのは当然だと思った。

そのような残酷なシーンが映写されているとき、問題の女、藤代竜子は両手を顔に当て、画面を見ないようにしている。《あれでは、何のために映画館に来たのかわからない》そんなことさえ、私は考えていた。

そのうち、彼女はハンド・バッグを持つと、ふらつくような脚どりで、立上った。隣席の男に何かささやき、オーバーはそのままにして、左手の出口から廊下に出てしまった。

反射的に、私も席を立った。オーバーを残してあるのだから、このまま姿を消してしまうことはないだろうとは思ったが、廊下で何をするかわからない。『尾行』という依頼である以上、彼女から絶対に眼をそらさないのが、職業道徳であるはずだ。

ドアを出たすぐのところに、ソファーが置いてあった。彼女は、すでにそこに腰をかけ、煙草《たばこ》に火をつけようとしていた。瞬間、私と顔が合ったが、もちろん、私を知っているはずはない。彼女は、気にもとめないようであった。私は彼女が、あの写真の人物であることだけは、はっきりと確認することができた。

3

私は、藤代竜子を気にかけていないように装いながら、売店に近寄った。買いたいものがあるわけではない。そのあたりから、彼女を見張っているつもりだったのだ。私は菓子を物色するふりをして、視線だけは、藤代竜子に注いでいた。

幸い、売店の女店員は、小説を読むことに夢中らしく、私を怪しもうともしなかった。

ふと、藤代竜子が立上った。しかし、いま出て来たばかりのドアとは別の方向へ歩いて行った。私は神経を緊張させたが、つぎの瞬間、吹き出しかかった。彼女は婦人便所に消えて行ったのだ。

私は売店を離れ、大股で男子便所にかくれた。それは婦人便所の隣にあった。ドアを細目にあけ、彼女が再び廊下に姿を現わすのを待つつもりである。

このようなとき、私は自分の職業に疑問を持つ。何のために、こんな奇妙なことをしなければならないのか？　依頼人の利益を守るという一応の目的はある。だが、考えようによっては、それは、依頼人の相手方を不利にすることとも言えるのだ。刑事が持っている〝公共の利益〟という錦の御旗《みはた》がないだけに、ときに感じる空《むな》しさは大きかった。

こういう疑問を伊東や那須恵利子と話合ったことがあるが、伊東は簡単に割切っていた。

「いいじゃないかそんなこと。人間はね、どんな奴《やつ》だって、他人の秘密をのぞきたいという欲望を持っているんだ。S君だって、例外ではないよ。とすれば、その欲望を果しながら、おまんまが食えるなんて、こんないい商売はないはずだ」

他人の秘密を探りたい欲望は、たしかに私の中にもある。《だが、たったそれだけが、自分のこうした行動を支えているのだろうか？》

ドアを細目に開け、廊下をうかがっている私の眼の前を、華やかな色彩が横切った。藤代竜子の中国服であった。ヘビ皮なのだろうか、銀に近い色の靴をはいている。踵《かかと》がとくに高く見えた。露《あら》わに強調された曲線が、彼女の一歩毎《ごと》に、揺れるようであった。

私には、すでに職業意識が戻っていた。彼女が先刻のドアをあけて、場内にはいるのを見て、私も便所を出た。ただ、彼女と同じドアから、中にはいるのだけは、慎まなければならなかった。先刻、私が彼女のあとを追って廊下に出たところを、彼女の連れに見とがめられているかもしれない。そして、その際、単に映画の途中で帰る男と考えたとしても、いままた、ほとんど時を同じくして、戻ったのでは、これを偶然とは判断しないだろう。

だから、私は、一つうしろ側のドアから中にはいった。ここならば、彼女たちの背後に当っていたから、姿を見られる恐れはなかった。

場内にはいるとすぐに、私は彼女の席に眼をやった。ちょうど、男に何かを告げなががら、席につこうとしていた。

私の先刻までいた席は、すでに、他の観客に占められてしまっている。私は壁に倚《よ》りかかって、監視を続けた。

それ以後、終りまでの約一時間は、とくに私の注意を惹くようなことは起きなかった。映画が済み、館内が明るくなると同時に、指定席の観衆は一せいに立上った。指定席だけは、入れ替え制だからである。藤代竜子も、素早くオーバーに手を通していた。そして、隣席にいた男と並ぶようにして、廊下へ押し流されて行った。

私は、気づかれないように注意しながら、彼らに接近した。あの男に、『罠《わな》パス』をしかけるためであった。

『罠パス』というのは、那須恵利子が発明し、名づけたものである。例えば、いまのような場合、私には藤代竜子の隣席にいた男の住所氏名などが、一切わからない。だから、もし、彼女が劇場の前で、男と別れてしまうと、報告書には、『年齢二十七、八歳、氏名不詳の男とともに映画を観たあと、劇場前で別れる』と書く以外に方法はないのだ。

探偵の数がたくさんある探偵事務所ならば、こういうとき、男を尾行するものと、女を尾行するものとに手分けできるだろうが、わずか三人の『I・N・S調査事務所』では、そんなぜいたくな真似《まね》はできない。そこで、那須恵利子が『罠パス』という名案を思いついたのだった。

ほかの同業者が、どういう方法をとっているかを知らないが、私たちのところでは、尾行のときには、必ずこれをポケットにひそませていた。A型、B型の二種類があって、時に応じて、そのどちらかを使うのである。成功率は六〇％程度であった。

私は、人の波をかきわけるようにして、彼らに接近し、前もってマークしておいた男のオーバーのポケットに、それをしのびこませた。この動作も、熟練するまでは、かなり勇気が要ったが、いまでは、すっかり慣れていた。私の手を離れた『罠パス』は、相手に気がつかれずに、目的の場所に滑り落ちて行った。

藤代竜子は、映画館の前で男と別れた。男は未練がましく、何か話しかけていたが、彼女がそれを断わっているようであった。ただ、私は一度顔を見られているので、遠くの方から眺めているだけだった。

映画館から吐き出された人波にまじって、彼女は歩き出した。オーバーのポケットに手を突込み、それに、ハンド・バッグをぶらさげて、ゆっくりと歩いていた。尾行がついていることなど、全然、考えてもいないようだった。

もっとも、私はこれまで、自分が尾行していることを、相手に気づかれたことはなかった。それは決して、私の尾行技術が巧《うま》いためではないらしい。『尾行される』というようなことは、多くの人々にとって、意識の外にあるのだろう。私は、振返って、尾行の有無を確かめるような相手には、一度もぶつかっていない。

彼女は、有楽町《ゆうらくちょう》にある、わりに客のたて混んだレストランで、食事をとった。チキン・ライスである。その間、私は同じ店のかなり離れたテーブルで、コーヒーを飲みながら、彼女に接近するものがいないかどうかを見守っていた。もちろん、まともに顔を合わせ、疑われたくはなかったから、彼女の視線の死角に位置していた。彼女がチキン・ライスを注文したということも、ウエイトレスがそれを運んで行ったから、そう覚《さと》っただけで、直接に食べているところを、自分の眼で確かめたわけではなかった。

彼女が食事を終り、ハンド・バッグを手にとると同時に、私は顔をそむけて、帰りしなの彼女に見つからないように身構えた。

以後の尾行は、比較的楽だった。

彼女は、約四十分間、H時計店の前で、人を待っている風だったが、ついに、相手が来なかったとみえ、九時になると同時に、諦めたようにそこから離れた。ついで、S装身具店に寄り、十分ぐらいしてそこを出ると、銀座の表通りを、ゆっくりと歩き始めた。目的も、意図もないようだった。ときどき、ショウ・ウィンドウをのぞくために足を止めたり、似顔絵描きの仕事ぶりを眺めたりして、ただ、純粋に銀ブラを楽しんでいるようだった。

一回だけ、サラリーマン風の二人連れに、話しかけられたらしいが、彼女は巧みに、それをのがれた。

「ちぇっ、お高くとまっていやがる」

赤い顔をしたその二人連れは、彼女のうしろ姿に向かって、そんなののしり声をあげていた。しかし、その小事件があったあとも、彼女は足を早めようとはしなかった。

約一時間半にわたって、彼女は銀座の表通りと、すずらん通りを、あてもなく、だが、いかにものんびりと歩き回った。そして、最後に、小さな喫茶店で、コーヒーを飲んでから、タクシーを拾った。むろん、私もタクシーで、それを追った。

彼女のタクシーは目黒《めぐろ》の、比較的新しいアパートの前で停《とま》った。彼女がそこに姿を消してから、私は玄関に近寄って、軒灯の明りで表札を見た。十近くの表札の多くが、女名前であった。そして、その中には、『藤代竜子』という彼女の名もはいっていた。

私は、契約通り、十二時まで、その付近にいて、出入りを警戒したが、彼女はそれ以後、外出しなかった。

拍子抜けを感じながら、私は自分のアパートに帰った。これでは、なぜ、尾行を命ぜられたのか、わからない……。

4

翌日、私は事務所で、伊東と那須恵利子に、尾行の結果を報告した。

「ふうん？　変ね。そんな尾行って、聞いたことないわ。Sさん、感づかれたのじゃない？」

と、真先に、恵利子が疑問を抱いた。

「いや、そんなはずはないな。廊下で顔を見合わせたのは、まずかったかもしれないが、感づかれたとは思えない。とにかく、彼女は誰かとH時計店の前で、待つ約束をしていたのに、その相手が現われなかったということじゃないかな？」

「それにしても、銀ブラを一時間半もしたのは、なぜかしら？　その間、一回も電話をかけようとしなかった？」

「ああ、そんな事実はない。とにかく、尾行としては、実に楽だった。料金をもらうのが悪いみたいだ」

「要するにだな」と、伊東が口を挟んだ。「その女は、梨沢商事社長の愛人なんじゃないかな？　昨日来た徳持という男の話では、もと梨沢商事に勤めていたそうだから、その間に社長とできて、アパートか何かに囲われた。ところが、最近、女の素振りが、どうもおかしい。社長は徳持秘書課長に調査を命じた。その調査がどんなものか知らないが、映画館の指定席券を、彼女が持っているのを知って、依頼に来た。案外、出発点は社長の疑心暗鬼かもしれない。報告書には、見た通りを、順に書いておけばいいじゃないか」

その伊東の推理は、かねて、私が考えていたこととも一致する。当らずと雖《いえど》も、遠からずだろうと思われた。

私も、報告書は簡単に済ますつもりでいた。彼女は、男と映画を見たには違いないが、映画館を出たあと、その男の誘惑を断わっているのだ。映画館の中で、手を握りあっていた様子も見えなかったし、とり立てて、問題にする必要もないだろう。

そう考えたから、午前中に簡単な報告書を作って、梨沢商事に持参した。

徳持は、報告書を読むと、

「これだけですか?」

と、疑わしげに、私の顔をのぞきこんだ。

「ええ、それだけです。もっとも、H劇場で、彼女の脇にいた男のことを調べる必要があれば、今後も調査をしますが……」

「そんなことができますか?」

相手は驚いたようであった。眼が妙に落着きなく動いた。

「ええ、むずかしいかもしれませんが、手掛りがないわけではありません。まあ、成否は五分五分というところでしょうか?」

「ふうん。しかし、どうやってわかるのでしょう?　まさか、そちらの男も尾行なさったわけでは……」

徳持は半信半疑という表情をしていた。首をしきりに振り、舌で唇を何度も嘗《な》めた。

「いや、そんなことはしません。何とかなりますよ。どうします?　お調べしましょうか?」

「そうですな。まあ、いまのところ、その必要はありません。第一、きのう尾行をお願いしたこと自体が、無意味になったとも言えるんですから……」

「ははあ、無意味にですか?　なぜです?」

私は、やはり不愉快になった。すでに調査料は受取っているのだから、私の報告書を相手がどう判断し、どう処理したところで、私とは関係のないことではあるが、無意味という評価は、胸につかえた。いままで、これほどあからさまに言われたことはなかった。

「いやいや。別に、あなたの報告書に、文句をつけるわけではありません」

私の気持は、徳持にも伝わったのかもしれない。彼は私の意を迎えようとしてか、急に卑屈な口調になった。

「つまりですな。尾行をお願いした原因が、昨夜、突然に消滅したからなのです」

「まだよくわかりませんが……」

「いや、どう受取られても結構ですが、とにかく、まあ、ありがとうございました」

徳持は言葉を濁した。しかし、私としても、その問題を、それ以上に突込む気はなかった。本来、私立探偵というものは、依頼されただけのことを、やっておけばよいのだろう。その範囲外に興味を持つのは、越権であるかもしれない。

私は梨沢商事を出た。

事務所に帰ると、那須恵利子が、いきなり声をかけて来た。

「わかったわよ。ゆうべ、彼女と一緒に映画を見た男が罠パスにかかって、さっき電話をかけて来たの、あたくしが会って来たわ」

「そうか……。もうどうでもいいんだが、たしかに、彼なんだろうな?」

「ええ、それは大丈夫だと思うわ。Sさんの話していた風貌とぴたりだったたし、嘘《うそ》をついているようにも見えなかった。お礼にコーヒーをご馳走《ちそう》しようと思ったら、反対におごってくれた」

恵利子は、肩をすくめてみせた。

『罠パス』というのは、粗末な名刺入れに、一見重要そうな証明書、受取類を四、五通入れてあるだけのものだった。女持ちの名刺入れがA型で、男持ちがB型ということになっていた。

住所氏名を知りたい男がいた場合、彼のポケットに、A型の罠パスを、すべりこませておく。彼は、帰宅してから、それに気づくのだが、最初に、名刺入れが女持ちであることに、興味を抱く。中を開けてみると、女名前の身分証明書が出て来る。年齢は二十四歳。《いったい、どんな女なのか？》彼は相手の顔を見てみたいと思う。身分証明書には、勤務は『I・N・S事務所』の所在地、電話番号がはいっている。『調査』の二字は、よけいな疑惑を招くといけないため、故意に抜いてあるのだ。

翌日、彼は持ち主のB・Gに会ってみたいという誘惑に抗し切れず、電話をかけてくることになる。そして、那須恵利子が、そのB・Gになりすまして、男に会う。

「実は、ゆうべ、これを拾ったんですが、拝見したところ、重要な証明書類がはいっているものですから、お困りではないかと思って……」

ほとんどの人が、『ポケットにはいっていた』とは言わずに、『拾った』という表現を使った。

「あら、よかった。ゆうべ、なくなっているのがわかって、ずいぶん、心配したんですの。助かりましたわ、お礼にお茶でも……」

那須恵利子は、こう言って、喫茶店に誘い、コーヒーを飲みながら、相手の住所、氏名、勤務先などを聞き出してしまうのだ。それ以上のことが聞き出せれば、それに越したことがないが、深入りは危険だから、その程度で矛先を収めることにしている。もし、調べる必要があれば、ほかの方法で調査すればよいのだ。

罠パスのB型は、相手が女性の場合に使った。しかし、B型の成功率は、A型ほどではなかった。

藤代竜子と映画を見た男は、鳥中一夫といって、化粧品会社のセールス・マンをしていた。

5

四日経《た》った。藤代竜子のことは、私もすでに忘れかけていた。

その日は、三人とも仕事がないため、昼過ぎから、事務所で花札をやっていると、三時ごろノックもせずに、徳持がはいって来た。

「沢さん。あんた、ひどい人だな。藤代竜子に買収されたでしょう?」

徳持は、私の差出した報告書を片手に、食いつきそうな剣幕だった。

「買収？　じょうだんじゃない。そんな言いがかりをつけられては、ぼくも黙っているわけに行きませんよ。いったい、何を根拠に、そんなことを言うんです？」

私も立上って、徳持と向かい合った。徳持はかなり興奮しているらしい。唇が震えていた。

「だってそうでしょう？　警察の調べでは、彼女は九時ごろに、殺人を犯しているんですよ。ところが、あなたの報告は……」

「殺人？」

私は、信じかねた。「それはいったい……」と言っただけで、あとが続かなかった。

「いいですか？　今朝、彼女はＫ座殺人事件の容疑者として、逮捕されたんです。よほどの自信がなければ、いくら警察でも、逮捕したりはしないでしょう？　きっと、慎重に、調べたのだと思います。ご承知のように、Ｋ座の殺人事件は、あの夜、起きたんですよ。だから、わたしは、あなたが彼女と取引きして、いい加減の報告書を書いたのだと思ったんだ」

Ｋ座殺人事件というのは、私も新聞で読んで知っていた。Ｋ座で観劇中の或《あ》る会社の社長が、突然、苦しみ出し、たちまち絶命したという事件である。警察の調べでは、そのとき飲みかけていたジュースに、毒物が混入していることがわかった。その社長は女連れだったと言われ、事件後、直ちに姿をくらました女が重要容疑者と目されていた。

「するとですな」

伊東は、当事者でないだけに、私よりも冷静だった。落着いた口調で、徳持に話しかけた。「新聞に出ていた〝謎の女〟というのが、例の藤代竜子というわけですか？」

「そうです。彼女らしい人物が、K座から出て来るところを見た目撃者もいるようです」

徳持は、得意そうにうなずいた。

「ちょっと待って下さい。被害者と、彼女とは何か関係でもあるのですか？」と、私は聞いた。被害者の名前などは、覚えていなかったから、徳持の言葉が理解できなかった。

「そうです。どうせ、新聞にも出るでしょうから、簡単にお話しますと、死んだ高宮商事の社長は、うちの社長とごく懇意にしていたんです。一緒にゴルフに行ったり、食事に行ったりしている仲なんですが、いつの間にか、うちの社長秘書をしていた藤代竜子と関係ができてしまったんですな。高宮さんは、半年前に奥さんを亡くされ、こどもさんもいない。藤代は高宮さんの財産を狙ったのかもしれません。まだ奥さんの一周忌が済んでいないから、籍を入れたり、一緒に住むことは遠慮していたようですが、週に三回ぐらいは、藤代が高宮さんの家に泊っていたらしい。これは、直接高宮さんから聞いた話だから、まちがいありません。それから、籍はそんな具合だが、一千万円の生命保険の受取人も藤代竜子の名に書き換えられているし、結婚前に死ぬようなことがあっても、財産の六分の一を藤代竜子に贈るという遺言状も出て来ました。要するに、高宮さんの死で、最も利益を得るのは、彼女なんですよ」

私は聞きながら、どこかに矛盾がないかと探してみた。しかし、とっさには考えつかなかった。

「するとですねえ」と、粘っこい口調で、伊東が言った。「あの尾行の依頼は、どういう意味だったんです？」

「ああ、あれですか？　高宮さんは、藤代との連絡などは、すべて、わたしに頼んでおられたんです。自分の会社の社員には、てれくさくて頼めなかったんでしょうね。ところが、ある日、高宮さんが何の気なしに、藤代のハンド・バッグを調べたんだそうです。すると、H劇場の指定席券がはいっていた。高宮さんはそれをやった覚えはない。直接聞いてみようと思ったが、年甲斐《としがい》もなく嫉妬していると思われるのがいやで、私に調べてくれと依頼なさった。まあ、そういうわけです」

「なるほど」

と、私もあることを思い出して言った。「では、あの翌日、尾行が無意味になったというのは、高宮さんという、本来の依頼人が亡くなったからなんですね？」

「そうです。しかし、いまになってみると、あの報告書は、無意味どころか、大変な役割を持って来たわけですな。どうなんです？　沢さん、本当のところは？」

徳持は、自分勝手に椅子に腰をかけ、腕組みをした。下から、ばかにしたような表情で、私を見上げた。それが、私の神経をいらだたせた。

「本当もくそも、あれが本当ですよ。何なら、ぼくはこれから警察に行って、彼女のアリバイを立証してやってもよい。あの夜は、十二時までの間、彼女から一分と眼を離さなかったのだから……」

私は、なぜか、彼女が逮捕されたことが、私自身の責任であるような気がした。そして、そのまま事務所を飛出し、警察に出かけて行くことを、本気で考えていた。

「沢さん。あなたが興奮なさる気持はわかるが、もうちょっと落着いて下さいよ。第一ね、あなたは、この仕事を引き受けるとき、職業上知り得た秘密は、絶対に守るとおっしゃった。とすると、あなたが警察にいらっしゃることは、契約違反ではありませんか？」

「……」

私は薄笑いを浮かべている徳持の本心がわからなくなった。言葉を返す余裕もなく、爪を嚙《か》みながら、徳持の眼の色をうかがっていた。

「それはそうだ」

何を思ったか、横から、伊東が相槌《あいづち》を打った。「第一だな。警察官はおれたちの税金で食っているんだ。つまり、彼らは犯人をつかまえるのが仕事なのだし、おれたち納税者に対する義務でもある。ところが、おれたち私立探偵は税金とは無関係だ。おれたちが警察に協力して、彼らの使う捜査費を節約してやったって、その分だけ、税金が返ってくるわけじゃない。捜査費が余れば、恐らく、奴らは年度末に飲み食いに使ってしまうよ。こんなばかげた話ってないだろう」

「ふふふ、またIさんのお得意が始まった」

と、それまで黙っていた那須恵利子が言った。「でも、現実の問題としてどうなの？　Sさんの調査がまちがっていないのなら、いま逮捕されている藤代竜子さんは、アリバイがあって、無実のはずよ。その無実の人が警察でいじめられているとしたら……」

「いや、それは警察の責任だよ。おれたちが、税金で警官を養っているのは、ちゃんとした犯人をつかまえてもらうためで、無実の人を逮捕させるためじゃない。そうだろう？　警察が自分の責任で逮捕したのだから、無実の証拠、つまりアリバイも自分で探し出すべきなんだ。それができないような警察なら、解散してしまった方がいい」

伊東は楽しそうに、迷論を吐いた。一般市民が警察に協力する義務はないというのは、もともと、彼の持論だった。迷宮入りになってから、公開捜査をして、市民の協力を求めるなど、以《もっ》てのほかだ。公開捜査によってやっと犯人を逮捕した場合には、捜査費の一部を返上すべきだ。そういうことも、かねてから言っていた。

この迷論には、さすがに徳持も驚いたようだった。呆気《あっけ》にとられて、伊東の顔を見上げていたが、最後に、

「何しろ、まあ、そういうわけですから、今後は、いい加減の報告書は書かないで下さいよ」と言って、帰って行った。

6

やがて、夕刊が配達された。藤代竜子が目黒のアパートで逮捕されたという記事は、社会面のトップに、写真入りで出ていた。あの晩の女が、彼女であることは、もう一度確認された恰好だった。

記事の内容は、徳持が話したことと、ほぼ変りなかった。犯行は否認しているが、自供は時間の問題だとも書かれていた。

私は、しかしながら、自分の調査結果を信じていた。犯行時刻は九時ごろと見られているが、そのときは、彼女はH時計店の前を立去って、銀ブラに移ろうとしていた……。彼女には、K座に行って、高宮にジュースを飲ませる機会はなかったはずだ。

「ねえ、でも彼女は警察でアリバイを主張していないのかしら?」

新聞をのぞきこみながら、恵利子が言った。

「うん。しかし、はっきりとしたアリバイはないからな。H時計店の前で、彼女を見かけた人物を、いまになって探すのは無理だろうよ」

「でもS装身具店にも行ったんでしょう? そこの店員が覚えてないかしら?」

「だめだよ」と、伊東が突放すように言った。「Nちゃんは女だろう? それなら、S装身具店が、いつもどんなに混んでいるか、知っているはずじゃないか? たとえ何かを買ったとしても、店員が覚えていてくれるはずはない」

その意見には、私も賛成だった。ただ考えてみれば彼女はあの夜、アリバイを残さないように意識的に努力していたという印象さえ抱けるのである。その点が却《かえ》って奇妙な気がした。

それに、徳持が尾行を依頼に来た日に、殺人事件が起ったというのも、偶然過ぎるように思われた。あの日の彼女の行動は、案外、徳持に指示された通りのものではなかったのだろうか？　徳持は何らかの理由で彼女を陥れるつもりでわざと、アリバイが作れないような行動をさせた……。そして、その間に、ほかの女を使って、高宮を殺させたのだとしたら……。

私は、伊東と那須恵利子に、この考えを述べてみた。

しかし、それは、すぐに伊東から反駁《はんばく》された。

「たしかに徳持は怪しいよ。だが、いま君の言ったような方法だったら、わざわざ、尾行させる必要はない。最後の場合、君が彼女のアリバイを立証できるのだから……却って不都合になる」

「あ、そうだ」

と、恵利子が手を叩《たた》いた。「いまのIさんの言葉で思い出したんだけれど、双生児説はどうかしら？　双生児の一方を、犯行時刻に泳がせて、それをSさんに尾行させてアリバイを確立しておく。そして、もう一方の子が殺人をする……」

「しかしだよ。それだったら、何故《なぜ》、尾行をわざわざつける必要があるんだい？　レストランで、特別な料理を食べてウエイトレスに印象づけるとか、交番に行って金を借りるとか、アリバイを作る手はほかにもたくさんあるはずだ。第一、双生児の姉妹があるかどうかは、警察で本籍照会をすれば、すぐわかる」

こういう問題は、伊東が得意だった。私と恵利子が提出する仮説の一つ一つを、立ちどころに論破してしまった。

私は地図を拡《ひろ》げ、K座とH時計店の距離を計ってみたが、どういうトリックを使ったところで、私の眼をくらませ、殺人をしとげてくることは不可能のようだった。

「こうやっていてもしようがない。いくつかの疑問を出し合って、明日でも、その一つ一つを調べてみよう」

伊東が最後にこういう提案をした。私たちは、頭に浮かぶ限りの疑問を思いつくままに述べた。

①鳥中一夫と彼女とはどんな関係にあるのか？　彼女と鳥中がH劇場前で別れてしまった意味は何か？

②彼女はH時計店の前で、誰を待っていたのか？

③なぜ、彼女は意味のない銀ブラを、一時間半もしたのか？

④人の立て混んだレストランを選び、チキン・ライスを食べた意味？（ヘビ皮の靴をはき、毛皮まがいのオーバーを着た場合、女はもっと見栄えのする、豪華なレストラ

ンでしたがるものではないだろうか？）

⑤ギャング映画を見たのは、鳥中一夫に対する付合いの気持なのか？　それなら、映画館を出たあとも付合えばよいはずではないか？

⑥Ｈ劇場の中は、それほど暑くはなかったのに、何故、彼女はオーバーを脱いだのか？　そして一見季節はずれの中国服を着ていた意味？

⑦彼女は、脱いだオーバーを鳥中の隣の空席に置いた。その席が最後まで空席だということを知っていたのか？　それとも、もしその席に人が来た場合はオーバーを除《の》けるつもりだったのだろうか？

⑧そして、徳持が尾行の依頼をした意味？

＊　　＊

▽読者への挑戦

エラリー・クインにならって、ここで読者諸兄姉に挑戦します。

以上までに、一応のデータは揃《そろ》えておきました。ほとんどの方が真相をおわかりになったと思います。しかし、その方々も①から⑧までの疑問に、全部答えられるでしょうか？　百点満点で、④と⑥が二十点、あとは十点として、推理力をお試し下さい。

（佐野洋）

7

翌日、私たちは、罠パスで知った鳥中一夫の勤務先を訪れ、彼を付近の喫茶店に呼び出した。

彼は、私たちが私立探偵だと知り、不快げな表情をしたが、

「まあいいでしょう？　とにかく、何でも聞いて下さい」と、ふてくされたように言った。

私が質問役を引受け、あらかじめ考えておいた質問をした。

「率直に聞きます。あなたと、藤代竜子さんとは、どういうご関係ですか？」

「藤代さん？」と、鳥中は不思議そうに聞き返した。

「さあ？　どんな方でしょう？」

「ご存じない？　そんなはずはないんだがなあ。ほら五日ぐらい前、H劇場で一緒に映画を見ていたでしょう？」

「あ、あの中国服の？」

鳥中一夫の表情は見事に変った。それまでの不快そうな眼が、急に輝きはじめた。

「あの人とは全然無関係ですよ。あのとき、偶然に知り合ったばかりだ」

「偶然？　しかし、あなたは、あの人と何か話していたじゃありませんか？」

いくら、インスタント・ラブというようなことが、雑誌を賑《にぎ》わしている時代であって

も、偶然に知り合った男女が、あれほど簡単に話し合うようになるとは考えられない。私は、鳥中一夫が、何かを隠しているのだろうと思った。

「いや、本当なんです」

彼は、まじめな口調で答えた。そして、そのときの模様を詳しく説明してくれた。

——劇場の案内係に導かれて、席についた彼女は、いきなり、鳥中一夫に向って、『おくれまして、すみません』と挨拶した。彼は一面識もない女なので、一瞬とまどったが、《上映中にはいって来て映画鑑賞の邪魔になって済まない、という意味なのだろう》と解釈して、

『いや』と、簡単に礼を返した。

それについで、

『そちらの席、空いていますの？』

『ええ、そうらしいですな』というような会話が交された。

『じゃあ、あたくしのこのオーバー、その席に置いていただけませんでしょうか？』

彼女はそう言いながら、オーバーを脱ぎ、鳥中に渡した。《図々《ずうずう》しい女だ》とは思ったが、大した手間でもないので、女の依頼通りにしてやった。

そのうち、残酷な殺しの場面が、スクリーンに現われると、彼女は手で顔を蔽《おお》っていたが、

『ちょっと、外で気分を直して来ますわ』と言って場外へ立った——。

そこまで説明して、鳥中一夫は言った。

「変な女だと思いましたね。しかし週刊誌なんかで読むと、映画館の中でマンハントをする女もいるということですし、それなら、それで、仲良くなってもよいと思っていましたよ。だから、帰りぎわに、お茶に誘ってみたんですが、見事断わられました」

鳥中一夫は、てれくさそうに笑った。

「なるほど。で、もう一度、館内に戻って来てからも話をしましたか？」

「ええ。もっともあとは簡単な会話でしたがね。〝気分は癒《なお》りましたか？〟〝ええ、おかげさまで〟という程度です」

「鳥中さん」

と、伊東が口を挟んだ。「これは、大事なことですから、よく思い出してください？あなたは、その人の顔をはっきりと覚えていますか？」

「さあ？」

念を押されたため、鳥中一夫は却って自信をなくしたようだった。「何しろ、映画館の中ですし、一方では、スクリーンに気をとられていましたから……」

「うん。そうだろうと思った。では、一回外に出た女と、二度目に姿を見せた女が同一人だということが、なぜわかりました？」

「え？」と、鳥中一夫は軽い叫び声を上げた。その驚きは私も同様だった。《まさか、そんなことが……》と、心の中で繰り返していた。「だって、同じ中国服を着ていましたよ。いまごろの季節で中国服を着る女なんて、そんなに……。あ、そう言えばあのとき、ちょっと変なことに気がついたんです。錯覚かと思っていたんですが、では……」

「何です？　それは？」と、伊東がたたみかけた。

「二度目に戻って来たとき、香水の匂いが違うように思ったのです。ぼくは、化粧品会社に勤めているのでそういうことには敏感なのですが……。あれは、たしかに違った香水でした」

「どうも、ありがとうございました。それだけ聞けばたしかですよ」

伊東はそう言うと立上った。私にも、謎がはっきりと解けた。

――私は、尾行を気づかれるのを恐れたため、彼女の顔を一度しか確かめていなかった。彼女が便所にはいり、出て来て以後は、一度として、まともに顔をうかがっていない。だから、婦人便所の中で、入れ換りが行われたことに、気がつかなかったのだ。私も鳥中と同様、季節はずれの中国服に、完全にだまされたわけだった。

一方、本物の藤代竜子は、偽物がそれまで着ていたオーバーを着込み、悠々と劇場を出て、かねて高宮と約束しておいたK座へ行ったのであろう。私の尾行は、だから、偽アリバイを作るためのものだったのだ――。

事務所に帰ってからも、私たちの話題は、このことで持ち切りだった。『I・N・S調査事務所』開設以来最初にぶつかった殺人事件に、三人とも興奮していた。

しかし、入れ換えトリックがわかってみると、前日に列挙した謎も、比較的簡単にとけた。

私立探偵にアリバイを認めさせようと意図したのは本物と、偽物とが容貌上、それほど似ていなかったためだろうと思われた。もし酷似していれば、そんな手数のかかることはせずに、レストランや喫茶店に偽物が堂々と現われ、ウエイトレスに印象づけた方が賢明である。だが、それほど容貌が似ている人物を探すのは困難である。それで、私立探偵を尾行させ、アリバイにしようとしたのだろう。

「恐らく」と、伊東が言った。「徳持と藤代とは、すでに関係を持っているんだろうな。それで、生命保険と財産の遺贈分を狙って、殺人を考えたのだろう。ところが、高宮が変死すれば、真先に疑われるのが、藤代だから、アリバイを作っておくつもりだった。私立探偵は、甘いと見られたんだな」

「でも、それじゃあ、徳持はなぜ警察に行ってはいけないなんて言ったんでしょう？　Sさんが、警察でアリバイの立証をしなければ、困るのは、あの人たちでしょうに……」

「あれはきっと、単なるジェスチュアだろう。どうせ最後には、こっちが、警察に行くという見込みを立てていたんじゃないかな？　それに、もし行かない場合にも、法廷で、弁護人側証人として証言させることもできる……」

伊東が三人の中では、最も得意気であった。たて続けに煙草を喫《す》いながら、謎解きを楽しんでいた。「銀座をただぶらぶら歩いたのだって、おれたちが警察に申出たときの用心だったのさ。もし、どこかで、何者かにはっきりと顔を見られていれば、S君の証言の裏付けをとるために刑事が、あっちこっち回ったとき、〝いや、あれはこの人とは違う女でした〟と言われるからね。混んだレストランにはいり、平凡な食事をとったのも、なるたけ、顔を覚えられないためだろう。とにかく、先の先まで読んでいやがる」

「そうね。でも、罠パスがなかったら、重要証言が得られなかったわけでしょう？」

罠パスの発案者、恵利子が、得意気な伊東に抗議するように言った。

「そうかもしれない。しかし、わざわざギャング映画を見たり、鳥中の隣の席が、最後まで空いていたりした点をよく考えれば、何とか真相に近づけたかもしれないな」

「ちょっと待ってくれ。その点は、まだぼくにはわからないが……」

その点は、先刻から、私が考え抜いていたことであった。だが、私にはまだ解答が出ていなかった。

「いや、これはあくまで推測なんだがね。彼女のトリックを達成するためには、隣席のものが、女であるより、男だった方が都合がよいわけだよ。男だったからこそ、からだの線がはっきりする中国服にごまかされたのだし、男女二人が映画館の中で会話していれば、はた眼にはアベックと見られる。そして、同じ便所に立つ前も、そのあとも、同じように話をしていたため、うしろの方で見張っていた君は、アベックだと感違いしてしまったわけだ」

「そうか……。してみると、ギャング映画なら、男の方が多いから隣に坐るのも男だろうという確率を考えたのかな？」

「うん。それにあいつらは指定席の前売券を買うとき、わざと、一つ飛離れた席を買っておいたんじゃないだろうか？　そうしておけば、その二つに挟まれた『Gの九』という席は一人で映画を見に行くものしか買わないわけだ。女一人でギャング映画を見る者は、ごく稀だから、その席に女が坐る公算はさらに小さくなる。そうだろう？」

このあたりの論理は、伊東の独壇場だった。私には、とてもそこまで先を読むことはできなかった。

「ね、Iさん、講義はそれくらいにして、警察に電話しましょうよ。そうしないと、共犯者が逃げてしまうわ」

恵利子が電話機に手をかけながら言った。

「共犯者？」

「ええ、徳持ともう一人、偽物になった女の人よ」

「そうか、しかし、女の方は同じアパートにいる者の中から、比較的からだつきの似ている人を、頼んだだけかも知れないぜ。最初からの共犯者じゃないだろうよ。それから、わざわざ警察に行くより、相手の手に乗って、公判廷に弁護人側証人として出廷した方が面白いと思うんだ。弁護人側証人が被告に不利な証言をして、しかも、共犯者を指摘したとしたら、新聞でも大きく扱うだろうから、ここの事務所の宣伝にもなる」

伊東は、そう言って、三本目の煙草の火を、机の隅にこすりつけた。

存在の痕跡

三好　徹

三好徹（みよし・とおる）

一九三一年東京生まれ。日本推理作家協会五代目（一九七九〜一九八一）理事長。一九六〇年最初の長編『光と影』を刊行。社会性豊かな長編に続いて六三年、スパイ小説『風は故郷に向かう』を発表、舞台は国際的になった。六六年に日本推理作家協会賞を受賞した『風塵地帯』はジャカルタでの事件。六七年「聖少女」で直木賞を受賞。自身の体験を生かした記者ものや警察小説のほか、『チェ・ゲバラ伝』や『興亡三国志』といった作品も。

十日に一度ずつ回ってくる宿直あけの日、丸尾《まるお》はいつも横浜郊外の吉村《よしむら》病院を訪れることにしていた。かれが勤めているY新聞社の横浜支局は桜木町《さくらぎちょう》駅前にあったから、吉村病院のある保土谷《ほどがや》の緑ケ丘《みどりがおか》までは、約一時間近くかかる。電車に揺られたり、バスに揺られたりするその一時間のあいだに、かれは妹の民江《たみえ》に、きょうはどういう話をしようか、と考えるのであった。

民江はある会社のタイピストとして働いていたが、六カ月前に発病した。かなりの大量の喀血《かっけつ》をしたのである。療養所に入らずに、個人経営の吉村病院に入ったのは、院長の吉村が丸尾の高校時代の先輩で、比較的わがままをきいてもらえるという理由からであった。

七月下旬のある日、宿直あけの記者がかならず問い合わせることになっている夕刊用の天気予報を聞くと、丸尾は支局を出て、吉村病院へ向かった。ひどく暑い日で、電話に出た測候所の係官も、午後には三十三度以上になるだろうというようなことを、まったく無感動な事務的な口調で喋《しゃべ》っていた。だから、十日ぶりに兄を迎えた民江の様子が、いつもとは違って、どことなく苛立《いらだ》っているのも、暑さのせいかもしれない、と丸尾は想像したのであった。

民江は、丸尾が持参したアイスクリームを半分も食べないうちに、まずそうに、置いてしまった。

「どうしたんだ？　食欲がないのか」

丸尾が訊《き》くと、民江はぶあいそうに、なんとなく欲しくないのだ、と答えた。病院暮しが長く続くと、どんな人間でも些細《ささい》なことで苛立つようになる。まして、胸の病人にはこの傾向が強い。

闘病生活は人間を辛抱強くするといわれているが、それは何年かを費やして健康をとりもどしてからのことだ。発病してから半年くらいまでは、逆に人間を神経質にしてしまう。回復の速度がのろいのにいらいらし、本当に治るのだろうか、と焦る。最初のうちは、ちょうど休養したいと思っていたところなのよ、などと呑気《のんき》なことを口にしていた民江であったが、近ごろでは、すっかり気弱になっていた。

しかし、ふてくされたようにアイスクリームの箱を投げ出した民江を見て、やはり丸尾は気になった。

民江の病室は二階にあったが、風はほとんどなく、坐《すわ》っているだけの丸尾が、汗で全身を濡《ぬ》らしているのである。冷たいアイスクリームが、自分の買ってきたものでありながら、丸尾にはじつに美味《おい》しく感ぜられたのだ。

「変だな、どうしたのか」

「どうもしないわ」

民江はベッドの上に腰をかけて、眩《まぶ》しそうに外を瞶《みつ》めている。窓に背を向けて坐っていた丸尾は、ふと気がついて、振り向いて窓外を眺めた。

一見したかぎりでは、外の風景に、これといって変わったところはなかった。緑の多い大地が、暑さのためにふくれあがっているというふうな印象を与えはしたが、そのことを除いては、丸尾の眼《め》にも馴染《なじみ》となっている郊外の景色がひろがっているだけであった。

「ねえ、兄さん」と民江がぽつんと声を出した。「わたし、治るかしら?」

「きまってるじゃないか。いまは、結核で死ぬ人なんか、ほとんどいないよ」

「でも、治っても、疵《きず》ものじゃ、だれも相手にしてくれないわね」

「そんなことはないさ」

きっぱりと否定したものの、丸尾の声には力強さがなかった。民江は、いやがって兄であるかれにも見せないが、背中に、手術の疵痕《きずあと》を背負っている。若い娘の白い肌に刻印されている、みみずばれによく似た一条の疵痕を想像すると、丸尾は手ひどく突きとばされたような気がするのであった。

それにしても、なぜ急に民江がそういうことを言い出したのか、丸尾には理解できなかった。すると、民江は、ふっと息を吐いてから、こんどは不意にいたずらっぽく笑っ

て、

「気がついた？」

「なにがだい？」

「あら、外を見て気がつかなかったの。新聞記者をしているくせに、鈍いのね」

「なにをいうか」

言葉は荒っぽかったが、肉親のみがもつ親しみが、かれらのやりとりにこもっている。

「あの家よ」と民江はいくらか湿った声で言った。「この前から建てていた住宅に、一週間くらい前、新婚さんが入ったのよ」

「ほう」

丸尾はあらためて、窓の外を眺めた。吉村病院の敷地と隣接した、畠《はたけ》を改造した宅地に小さな住宅が建っている。文字どおり、猫の額ほどの庭があって、ちょうどそのとき、若い女が洗濯物を干していた。民江のいうように、女の手は、いかにも新妻らしい華やいだ動きを見せていた。

丸尾は眩しくなって、思わず眼をしばたたいた。民江の様子がいつもと変わっていた理由がのみこめた。消すことのできぬ疵を背負っている彼女にとっては、結婚したばかりの男女の姿を、たとえ相手にはその意思がなくとも一日じゅう見せつけられることは、大そう辛《つら》いことに違いなかった。久しぶりに会う丸尾に、どうせだれも相手にしてくれないなどとなかば自棄的な言葉を吐いたとしても、それは無理からぬことである。むしの神経を、やさしく撫《な》でてやらなければならない。
ことだとして、そのまま聞き流すわけにはいかなかった。ささくれだちかけている彼女
ろ、実の兄だからこそ、そういうことが言えたのかもしれなかった。だが、無理からぬ

丸尾は言った。

「人さまざまというけれど、本当だなあ。ああいう新婚さんがあるかと思うと、この前みたいに、結婚するばかりになっていたのに、女の方がとつぜん家出してしまって、腑《ふ》抜《ぬ》けのようになってしまった男もいるし……」

「あら」と民江は眼をみはった。「そんな事件あったの。新聞に出ていたかしら」

「新聞には出ないよ。なにしろ、家出なんていうのは、格別めずらしくもないからね。しかし、あれはちょっと深刻だったな」

含みの多い丸尾の言い方に気を惹《ひ》かれたのか、民江は、その話を聞きたがった。


一週間ほど前のことである。丸尾が伊勢佐木《いせざき》警察署の防犯係に入って行くと、一人の若い男が、緊張した面持ちで係員と相対していた。犯罪捜査専任の捜査係と違って、防犯係は、記者の出入にも、それほどやかましくはない。むしろ、防犯的な記事を書いてもらいたい意味もあって、丸尾たち記者を自由に出入させていた。

ちらっと覗《のぞ》きこむと、係員の机の上に置かれてあるのは、家出人捜索願であった。

「……それで、その人は、いつごろ家出したの？」と係員は、若い男に質問した。

「それがよくわからないのですが、おとといの夜、ぼくとボーリングをしに行くことになっていたのに、約束の時間にこなかったんです。だから、きのう、行ってみたんですが、それまで住んでいたところにいないんです」

「なにか心当りはないかね?」

「ありません。ぼくら、来週に結婚することになっていたし、それは、仲間たちも知っているくらいなんですから」

「じゃ、彼女の住んでいた部屋に、なにか不審な点は?」

「不審といいますと?」

「たとえば、荷物がそのままになっているとか……つまり、帰る意思があるのに、帰っていないということだよ。もし、荷物が残っているなら、どこかで自動車にはねられたという事故も考えられるからね」

「荷物はきれいに整理してひきはらってあるんです。アパートの管理人には、結婚するから移転すると言っていたそうです」

「ふうん」

唸《うな》るように言ってから、係員は、そうだとすると、と言いかけて口を閉ざした。聞いていた丸尾には、係員がなにを言おうとしたのか理解できた。彼女はきみと結婚するといいながら、その実、ほかの男のもとへ走ってしまったのではないか、と係員は言いたかったに違いないのである。ただ、それを言うのは残酷にすぎると考えて、出かかった言葉をのみこんだ。

「あのう」と、若い男は丸尾の方へちらっと視線を走らせてから言った。「いつごろまでに彼女を捜し出してもらえますか」

「そりゃ、きみ」と係員はうんざりしたような顔になって答えた。「警察は、家出人の手配はするがね、しかし、これは犯罪じゃないから、刑事を使って捜索するというわけにはいかんのだ」

若い男はきっと顔を挙げ、怒りのこもった声を発した。

「そんな冷たいことってありますか。こういうことをやってくれてこそ、警察の存在価値があるのじゃないですか」

係員は、かたく口をとざした。一喝したいのを、からくも耐えているのが、見ている丸尾にはくみとれる。実際問題として、家出人捜索のために、警察が人手をさくことが不可能なことは、記者である丸尾にはわかる。文書手配をするだけで、精一杯なのだ。若い男の言葉は、職務以上のものを強いる過当な要求ともいえるのである。若い男には、それがわからぬらしかった。なおも、善良な市民を保護するのは、警察の義務じゃないか、というようなことを、かなり興奮した口調で喋った。

丸尾が口を出したのは、見るに見かねたからであった。じっとこらえている係員が気の毒でもあったし、同時に、結婚を間近にひかえて相手を見失ってしまった若い男の、自制を喪《うしな》った哀《かな》しみやその哀しみの吐け口を求める怒りも推測できたのである。

丸尾は、名刺を出してから、もしよかったら事情を説明してもらえないか、協力できることがあれば協力したい、と言った。若い男は、しばらくの間、名刺を睨《にら》むように見据えていたが、やがて意を決したとみえ、席を立ちながら、外へ出ましょう、と言い、あてつけがましく捜索願を係員の方へ押しやった。

警察の近くにある喫茶店に入ると、若い男は、野毛町《のげちょう》の不動産会社につとめている和《わ》久井《くい》というものだ、と名乗った。和久井の説明によれば、かれの婚約者は柳田英子とい い、S信用組合の事務員をしている。かれらは三カ月ほど前にボーリング場で知り合い、来週には結婚式を挙げることになっていた。ところが、警察にも語ったように、英子はとつぜん荷物をまとめて家出してしまったというのである。

そこまでは、丸尾にとって、関係者の固有名詞を除いては、とくに目新しい話ではなかった。和久井にしても、警察で話したことをそのまま繰りかえしているにすぎないはずである。

「しかし、あんたに、一言の連絡もなしに姿を消してしまうというのはおかしいな」

丸尾は慰めるつもりでそう言ったのだが、和久井は違う受けとり方をしたようであった。

「まさか、これを新聞ダネにしようとしているんじゃないでしょうね」

「場合によっては、記事にしてあげてもいいよ。そうすれば、彼女を見た人が報《しら》せてくれるかもしれない」

「冗談じゃない」と和久井は、小肥《こぶと》りの身体《からだ》を慄《ふる》わすように言った。

「そんなことをされたら、ひどい迷惑だ」

「しかし、あなたは彼女を一日も早く見つけ出したいわけでしょう？」

「そりゃそうだけれど」と和久井は荒々しく言った。「新聞に恥をさらすのは、ご免こうむりたいね。なんてったっけな、そうだ、プライバシーを侵害されちゃ、たまらないよ」

　和久井はそれからにわかに無口になり、丸尾の問いをはぐらかすばかりであった。

　丸尾は、頭の片隅になにか濁ったものが漂っているのを感じながら、和久井から事情を聞くのを諦めて別れた。警察では、あれほど熱心に英子を捜してくれと言っていたくせに、なぜ丸尾の力添えを拒もうとするのか、納得できなかった。

　もっとも、このときの不可解な感じについては、丸尾は民江には語らなかった。彼女には、結婚直前の喜びに浸っていた男が、突如として不幸のどん底に突き落された物語として、話して聞かせたのである。民江は闘病の疲れから自分がひどく不幸な女として考えたがっている。だから、世の中には、もっとつらい目にあう人間もいるのだということを、それとなく教えたかったのだ。

　民江はあきらかに、心を揺り動かされた様子であった。

「その男の人は、きっと彼女を深く愛していたのね。気の毒だわ。警察はどうして彼女を捜してやらないのかしら。ずいぶん、薄情なのね」

警察だって、事件を沢山かかえて忙しいのだ、と言おうとして、丸尾は言葉をのみこんだ。そういえば民江が反撥《はんぱつ》するのは目に見えている。しいて彼女の感情を波立たせることもなかった。

十日後、丸尾を迎えた民江は、いかにも待ちかねたというように、息をはずませて、兄さん、大事件よ、と言った。色白の民江の頬が、不意に朱《あか》く彩《いろづ》いて、丸尾を漠とした緊張にひきこむのである。

「どうしたんだい？」

「三田さんの奥さんが死んだのよ」

「三田さん？　だれのことだい？」

「あら、名前言ってなかったかしら。あの家の人よ」

例の新婚夫婦が三田というのであった。三田夫妻は、つい四日ほど前、真鶴《まなづる》半島へ海水浴に行き、溺れたという。

「三日前の県版に、出ていたわよ。読まなかったの？」

「気がつかなかったな」

「これよ」

民江は床頭台《しょうとうだい》から新聞紙を抜きとり、丸尾に差し出した。その記事は、隅の方に、小さく載っていた。「遊泳中に水死」という見出しで、真鶴海岸でアクアラングをつけて遊泳中の保土谷区緑ケ丘三田京子さんは心臓マヒで死亡したというきわめて簡単なものであった。現場が真鶴ならば、おそらく小田原《おだわら》の通信部から送稿されたものであったろう。記者をしていても、新聞を隅まで読むということは、めったにない。いや絶対にないといってよかった。まして、夏のさかりである。水死事故はあまりにも多すぎるのだ。取材するがわも無感動に書くし、ニュースとしても、いわゆるビッグニュースとなり得ない。読むがわも、眼が活字の上を滑るだけで終ってしまうのがふつうなのだ。だから、民江がこの記事に眼をとめたのも、彼女が読むものに飢えていたためかもしれなかった。

　丸尾が、そのことを言うと、彼女は、少しはにかんで、じつをいうと、私も見のがしたのだ、と答えた。

「じゃ、どうしてわかったんだ？」

「それがね、きのうの夕方、派出所の巡査が連絡事項があるとかで、あの家を訪ねてきたのよ。ところが、ご主人が見えないものだから、病院へ行先を知らないかと問い合わせてきたの。それでみんなにわかったわけよ。まったく、人生って、はかないわねえ」

　詠嘆《えいたん》調に声を出して感傷にひたっている民江の顔を見ながら、丸尾は職業的な好奇心がむくむくと窓外の積乱雲のように盛り上がってくるのを覚えた。

「ご主人知らなかったのか」

「むろん、知っていたそうよ。だって、いっしょに泳ぎに行っていたんですもの。警察の人の話では、奥さんが死んだときは、死体にとりすがって泣いたんですって」

丸尾の脳裡《のうり》には、砂浜に横たえられた妻の死体にとりすがって男泣きに涙をこぼす夫の姿がうかんだ。朝《あした》の紅顔夕《ゆうべ》の白骨という言葉があるが、三田という男にとっては、まさにそのとおりであったろう。

「でも、警察の人は、なんの連絡にきたんだろうか」

ふと、思いついて丸尾がたずねると、民江は、それなのよ、と言った。

「看護婦さんの話だと、警察の人は、埋葬許可証を持ってきてくれたんですって。それなのに、ご主人がいないものだから、困っていたそうよ」

「ふうん」

丸尾は唸った。たしかにおかしな話である。事故死ならば埋葬許可がなければ、火葬場は遺体処理を受けないはずである。遺体をいつまでも放置しておくわけにはいかないから、三田はそれが必要なはずである。まして、この暑い季節に、三日も四日も放置するとは考えられない。もし、家の中にあるならば、腐敗して臭気を発するし、病院の人間にも、すぐわかるはずである。

「で、三田という人はどうしたんだい？」

「看護婦さんが、もし戻ってきたならば、知らせてあげることになっているんだけれど、どういうわけか、戻ってこないわ。きっと、田舎へでも帰っているのね」

「そうだなア」

相槌《あいづち》をうちはしたが、丸尾は別のことを考えていた。考えていたというよりも、むしろ脳細胞が忙しく回転しはじめていることを、かれ自身感ずるのであった。現代では、火葬が常識になっているが、火葬場は埋葬許可証なしには、絶対に処理してくれない。それなのに、三田という男は、どうやって、妻の遺体を葬ったのであろうか。そして、また、かれはどこへ行ったのか。

病院を出た丸尾は三田夫婦の家が借家であることをつきとめてから、家主の老人を訪ねた。家主の説明では、新聞広告を頼りに借りにやってきたのは夫の方ですぐに手金《てきん》をうち、権利金と一万五千円の家賃二カ月分も入居前に支払ったという。

「じゃ、そのときの契約書かなにか、残っていますか」

「書類はお渡ししておいたのですが、まだ貰《もら》っていなかったんです。まあ、こっちにしてみれば、お金はすでに払ってもらっているものですから、とくにあわてる必要もなかったし、こんなことになるとも考えなかったものですから」

「三田さんは、どこへ行くとも、連絡なかったんですか。たとえば、故郷に帰ってくるとか、友人のところへ行くとか……」

「なかったですねえ。でも、奥さんに死なれてがっかりしたんでしょうな。気のやさしい人でしたから」

家主は、その証拠というわけでもないが、三田は入居すると、すぐに芝生を植える計画を立てるほど、自然を愛する男だった、というのである。

「借家だと、そんなことをする人は、めったにいないもんですがね」

家主は三田に好感をもっているような口ぶりであった。しかし、丸尾の心は、いぜんとして、釈然としない。三田は自然を愛したかもしれないが、妻をも愛したのであろうか。いや、愛情の問題以前に、三田は妻の遺体をどうしたのか。

骨ばった真夏の光線にじりじりと肌をやかれながら、丸尾は駅へ向かって、埃《ほこり》っぽい道を歩いた。何日か前まで確実に存在していた一組の夫婦が、ある日を境に、不意にこの世からなくなってしまう。かれらに接触していたものたちは、しばらくは奇異に感じたり、人生のはかなさを嘆いてみせたりするが、それとても、何カ月かのちには記憶の底に埋めてしまうに違いなかった。

事情は異なるかもしれないが、人間の存在の頼りなさは、婚約している女を失った和久井という青年にもあてはまる。ある日とつぜんに、隕石《いんせき》のように不幸が落ちてきて、人間を圧《お》し潰してしまうのだ。

丸尾がそういう感慨にひたっている間にも、かれをのせた電車やバスは、確実に丸尾を保土谷署へと運び、そこで、さらに疑問を深めるような事実をもたらしたのである。

保土谷署の次席警部は、丸尾の話を聞くと、たしかにおかしいことはおかしいのだ、と言った。

「まあ、本署としては、真鶴署から連絡をうけたものだから、派出所の巡査にそう命じたんだがね、その後、やっぱり戻ってこないらしいな」

「それを放っておいていいんですか」

思わず咎《とが》めるような口調になった丸尾を見て、次席は眉をしかめた。

「そう言いなさんな。われわれも忙しいからな。つい、こういう仕事はおろそかにするわけじゃないが、後回しになるんだよ」

「それじゃ、この点はどうなんですか。真鶴での事故については、不審な点はないのですか」

「くわしいことは知らんが、まあ、なかったんだろうね。心臓マヒとかいうことを聞いているが……」

「それは泳いでいるときに起ったことなんですか」

「そこまでは知らないな。そんなに知りたければ、真鶴へ訊いてみればいいじゃないか」

丸尾の詰問調の言い方に腹を立てたのか、次席はつっぱねるように言った。

真鶴署の係官は、丸尾の用件を聞くと、書棚から書類綴《つづり》をとり出した。

「この事件ですね？」

「そうです」

「こっちも、埋葬許可証が宙にういて、困っているんですよ。あのとき、ご主人から聞いた住所は間違いないんですが、保土谷署からの連絡では、どこか故郷へ帰ったらしいとかで、まだ連絡がつかんのです」

「妙なことを訊くようですが、この三田という人の奥さんが死んだときの状況には、不審な点はないんですか」

丸尾の眼は、自然に、鋭いものとなった。かれにしてみれば、確信とはいえないまでも、密《ひそ》かな予感に支配されているのである。だが、係官の表情には、丸尾の期待するような動きは起らなかった。

「直接の死因は心臓マヒなんですが、原因がはっきりしているんですよ」

「原因というと？」

「つまりですね、ケーソン病による心臓マヒなんです。あの事故の日の前の晩から、夫婦で遊びにきたらしいんですが、事故のときは二人して、アクアラングをつけて、近ごろ流行の海底漫歩としゃれこんだのですね。ところが、アクアラングのことをよく知らなかったらしくて、浮上してから、奥さんの方は苦しみ出し、旦那の方も器具の扱いに無知だったものだから、応急処置のやり方を知らずにただもう慌てるだけで、そのうちに、マヒが起ったというわけなんです」

「その」と丸尾はどもるようにたずねた。「ケーソン病というのは、どういう病気なのですか」

係官は、ちょっと愕《おどろ》いたような眼差《まなざ》しで丸尾を見たが、それでも愛想よく教えた。

ケーソン病は潜函《せんかん》病《びょう》ともいい、高圧下におかれた人間が急に常圧にもどるときに発生する減圧病である。症状のあらわれるのは、減圧後三十分から一時間以内がふつうで、ベンズと呼ばれる四肢の激痛、嘔吐《おうと》をもたらし、強い場合は、心臓麻痺《まひ》や肺動脈塞栓《そくせん》、骨の無菌性壊死《えし》を起して生命を奪う。人間は高圧下に置かれると、血液その他の組織に多量の窒素をとり入れるが、急な減圧の場合は、その窒素が溶解するひまなしに気泡となって分離し、血管をふさいだり、血流を阻止したりする。

「浅いところをもぐっているぶんには」と係官は、メモをとる丸尾に対して、いくらか得意げにつけ加えた。「こういうことは絶対におこらんのですが、しかし、十二メートル以上もぐった場合に、急に浮上すると、必ずケーソン病におかされるのです。初心者はこれを知らずに、よくやられるし、また、ケーソン病とは別に、潜水しているものが、急上昇するときに呼吸をつめて浮上すると、肺臓内の圧力変化で呼吸困難に陥ることもあります。先日の事故の場合も、ケーソン病であることは、はっきりしていますね。要するに無知による悲劇です」

「背負っていたボンベの方に、なにか異常はなかったんですか」

「念のため調べてみましたがね、そういうことはありませんでした。近ごろの若い人は、流行だとなると、すぐにとびついて、事故を起してから慌てるようですな。困ったことですよ」

　保土谷から真鶴へくるまでの間、丸尾の胸の内がわに浮いたり消えたりしたのは、三田が妻を殺したのではないかという疑惑であった。そしてまた、なにか得体のしれぬ不吉なものが待ちうけているというふうな予感とも期待ともつかぬ感情に導かれ、かれは真鶴まで足をのばしてきたのであった。もちろん、確乎《かっこ》たる証拠があるわけではなかったが、三田が妻を殺したのではないかという疑惑の底に横たわるのは、埋葬許可証なしに、遺体を処理してしまったらしい三田の不可解な行為であった。

このような、考えてみればきわめてあやふやな感情にひきずられて、わざわざ真鶴署へ足を運んだことが、まったく徒労におわったとわかってからも、丸尾は諦めきれずに訊いた。

「夫婦して、前の晩にきたということでしたが、どこの旅館に泊まったのですか」

「港の先に、レストハウスがあって、そこに泊まったそうです」

「それで、朝から泳いだわけですか」

「そのようですな。あそこには、ボンベの充塡《じゅうてん》装置もありますから」

「じゃ、もうひとつ教えてください。この三田夫婦の場合、いっしょに潜ったわけでしょう？　それなのに、どうして男の方はケーソン病にかからなかったのですか」

夫婦がアクアラングをつけて海底漫歩としゃれこむならば、離ればなれにもぐるとは、まず考えられないことである。海のなかでも同一行動をとるのが、ふつうではないか。三田夫婦は、まして、新婚早々のはずである。二人で手をつないで海のなかを歩き、そして浮上も同時にしたはずではないか。

「そりゃなかなか難しい問題でね。じつをいうと、われわれも亭主だけどうしてケーソン病にかからなかったのか、よくわからんのです。体力差というか個人差もあるし、また男の話では、浮上の途中に腹帯がゆるんだので水中で締め直したそうです。結果的には、それが時間をかけて浮上したのと同じ効果になるので、ケーソン病を免れたんでしょうな。ケーソン病というのは、十二メートルを二分かけて浮上すれば、まず、心配ないものです」

丸尾は親切に教えてくれた係官に礼を述べて、警察署を出た。入るときには、無意識のうちに意気ごんでいたのであったが、出るときにはすでに周囲を覆っている暗さと同じような暗さが丸尾の内がわにも拡《ひろ》がっているのである。そして、そのことを意識すると、自分が腐肉を求めてうろつき回る犬に似ている存在のような気がして、かれの心は不意に切なく乱れるのであった。

数日後の夕方、丸尾は支局で原稿を書いていると、吉村から電話がかかってきた。

「じつは、相談にのってもらいたいことがあるんだ。いま、忙しいかね？」

「いま、原稿を書いていますが、十分もすれば終ります。どちらにいるのですか」

吉村は、横浜駅にいるから、これからそっちへ行く、と言って電話を切った。丸尾は妹の病状が悪化したかと思い、ちょっと不安になったが、ともかく原稿を書きあげて、吉村を待った。

正確に十分たつと、吉村は支局に姿をあらわし、丸尾を外へ連れ出した。そして、近くのビヤホールへ誘いこむと、経営を拡張するために、市の中心部に、診療所をもちたいのだ、と言った。

「相談というのは、そのことですか」

「そうなんだ。診療所といっても、大規模なものじゃなくていい。そこで患者をつかめれば、いいわけさ。問題は費用の点だが……」

「吉村さん、ぼくにはありませんよ」

吉村は笑った。

「こいつは一本参ったな。だけれど、きみに金策をたのみにきたわけじゃない」

「どうも変だと思いました」

「でもね、本当のことをいうと、こっちも資金に余裕があるわけでもない。できれば安く場所を借りたいんだ。民江さんの話じゃ、きみが良心的な不動産屋の青年を知っているとかいうことだったので、その青年に、いいところを世話してもらえないか、と思ってね」

「ああ、あの男のことですか。知っているというほど親しいわけじゃないんですが、吉村さんのためなら、なんとか捜しますよ」

「じゃ、頼むよ」

その夜は、二人して二、三軒飲み歩いた。丸尾は、民江の話をもとに、真鶴まで行った経過を話し、ケーソン病のことも質問した。吉村の説明は、真鶴署員のそれとほとんど同じであったが、個人的見解として、次のようなことを言った。

「きみが考えたように、夫が妻を殺そうとしたというのは飛躍があるが、たしかに疑問もあるな。というのは、ああいう道具は運動具店なんかで自由に買えるが、そのとき、ケーソン病の注意をも聞くはずだ。どこで買ったかわからんが、運動具店の方で、そのことを教えなかったとは考えられんね」

「なるほど」

「それに、かりに店員が説明するのを忘れたとしても、使用説明書に、ちゃんと書いてあるからね。それを読んでいるはずだ」

丸尾は酔いが全身から消散して行くのを感じた。

「吉村さん、それならば、夫は知っていながら、故意に妻に教えなかったということも考えられますね。だったら、それはいわゆる未必《みひつ》の故意で、殺人になるじゃないですか」

「そいつは本人に訊くか神様に教えてもらうかしないと、断定はできないな」

「三田はどうしました？　戻りましたか」

「いや、まだらしいぞ」

「きっと逃げたんですよ」

丸尾が断定的に言うと、吉村は、困ったように、さあね、とあいまいに応じた。

翌日、丸尾は伊勢佐木署に顔を出すと、刑事課長の関根の部屋へ行き、それまでに知り得た事実と、自分の考えをまくしたてるように喋った。

「ねえ、どう考えても、三田という男は怪しいだろう?」とかれは誘うように言った。「なにか後《うし》ろぐらいところがあるはずだよ。関根さんの方で、洗ってみてくれないか」

関根は手拭いで汗を拭ってから、丸尾の昂《たか》ぶりを抑えるように落ち着いて言った。

「新聞記者というものは刑事よりも疑《うたぐ》り深いね。それとも、あなたは特別なのかな」

「冷やかさないでさ、ともかく、三田という男を調べてみてよ」

「しかし、管轄の問題もあるからねえ。筋としては、保土谷署の仕事なんだが……」

口では気のなさそうなことを言うが、じっさいには、関根も興味をもちはじめたらしい。ことに仕事なんだが……と言って含みのある表現を使ったことに、丸尾は期待を抱いた。

関根の部屋を出ると、丸尾は次に防犯係へ行き、和久井の勤め先の電話番号を調べてから掛けた。

和久井はいた。丸尾が名前を告げると、和久井は、ああ、あのときの、と想《おも》い出したとみえ、咽喉《のど》の奥にからまったような声を発した。

「ぼくになにか、用ですか」

「ええ」と丸尾は相手の挑むような言い方に戸惑いを覚えながら言った。「じつは、貸室を捜しているんだけれど、どこかいい物件がありませんか」

「貸室ならいろいろありますが、どんなのがよろしいんですか」

商売とわかったためか、和久井の声にはやわらか味が滲《にじ》んだ。

電話では話ができないから会うことに二人の意見が一致して、丸尾と和久井とが顔を合わせたのは、それから三十分後であった。和久井は、丸尾が想像していたよりも元気で、女に去られた痛手からほとんど回復しているように見えた。そして、手帳をとり出すと、十坪から十五坪の貸室で、診療所にじゅうぶん使える部屋は、何カ所か紹介できる、と言った。

「それじゃ、あしたにでも、ぼくの先輩のところへ行って、相談にのってあげてくれませんか」

「承知しました。なんなら、きょうでも構いませんよ」

丸尾は吉村あてに電話をかけた。そして吉村の都合をきいてから、和久井へ言った。

「先方は、午後三時ごろきてくれないか、というんですが、あなたの方は？」

「場所は、どちらへ？」

「保土谷です」

すると和久井は、それまで眺めていたメモ帳から視線をはずした。

「保土谷のどこですか」

「緑ケ丘です」

「ははア」と和久井は呻《うめ》くように声をもらした。「緑ケ丘ですか。ちょっと遠いですね。じつは、四時に、ある人を磯子《いそご》の方へ案内することになっているもんだから、それは困りましたね」

　都合が悪いと言われれば仕方がなかった。

「じゃ、あしたは？」

「そうですね。そうしていただきましょう」

　丸尾は再び吉村あてに連絡をとり、翌日に変更してもらった。

　翌日、かれはかなり忙しい一日を送った。火事があったり、交通事故で老人が死んだりして、一日じゅう仕事に追いかけられたのである。警察記者は、事件がないと時間をもてあますが、一度忙しくなりはじめると、奇妙に事件が集中して、文字どおり東奔西走しなければならなかった。

　そういうとき、丸尾はふしぎな充実を感ずる。真鶴へ行ったときのように、すべてが徒労に終ったと悟らされた場合の欠落感が、まるで嘘《うそ》のように思えてくる。あのようにエネルギーを不当に消耗したときには、追い払うことのできない疲労が残るが、事件が明確なかたちで立ちはだかるときには、いくら身体を酷使しても、疲れないのであった。

　その日、丸尾が支局に戻ったのは、結局夜八時ごろになった。夜勤の記者は、かれを見ると、ごくろうさん、と声をかけてから、さっき、吉村さんという人から電話があったよ、と言った。

　丸尾は礼を言ってから、さっそくダイヤルを回した。きっと、話がうまくいったことを伝えようとしたのだろう、と思った。

「そうです。忙しかったものですから、失礼したんですが、例の件はうまく運びましたか」

「それなんだがね」と吉村は語尾をひっぱるように言った。丸尾は耳をすました。

「それなんだが」と吉村は再び言った。「きょうは、一日待ったんだが、和久井とかいう青年はついに来なかったよ」

丸尾は背後からいきなり殴られたような気がした。

「変ですねえ。たしか、お伺いしますと言っていたんですが……」

「きょうは仕方がないが、あしたにでも、連絡してみてくれないか」

吉村に言われるまでもなく、丸尾はそうするつもりであったし、一夜明けた翌朝には、電話よりも、じかに会って和久井のルーズな態度を追及しようという気になっていた。和久井が商売に不熱心なのはかれに関係ないにしても、吉村に待ち呆《ぼう》けをくわしたことに腹が立ったのである。

野毛町の商店街にあるその不動産屋の前に立ったとき、丸尾は、ふくらみかけている風船が急速にしぼんでしまったような失望を味わわねばならなかった。捜し当てるまでに手間どったことも手伝って大きな不動産会社ではないらしいと薄々は感じていたものの、じっさいに、間口一間《けん》のベニヤ板の扉に、貼り紙のしてある店を眼にした瞬間、丸尾は、何日か前にも身にしみた徒労感が唐突に蘇《よみがえ》ってくる想いに襲われたのであった。

丸尾が店のなかへ入って行くと、和久井よりも五、六歳年長と思われる男が、ステテコ一枚になって、椅子の上にあぐらをかいて坐っていた。

「和久井さんいませんか」

「いま出ていますが、なにか……」

丸尾が事情を説明すると、男は、一つしかない机の引出しから名刺を出して、その話はまだ聞いていないが、貸室のいいのは、いくらでもある、と言った。和久井が話していないと知って、丸尾はとまどいを感じながら、相手の説明をなかば上の空で聞いた。相手にも、丸尾の熱意のなさがわかったらしく、やがて、話を打ち切ると、再び椅子の上に坐り直した。

「そのうち帰ってくるでしょうから、そしたら、かれから聞いてください。でも、お客さんはかれを前から知っているのですか」

「伊勢佐木署で会ったのが初めてなんです」

丸尾が捜索願のことを説明して、婚約した女性の行方はどうなったかを訊くと、男はうっすらと笑った。

「これは私の憶測だが、和久井はあの英子とかいう女がいなくなって、むしろ、ほっとしているんじゃないかな」

「ほう、どうして?」

「あいつは相当の女《スケ》こましでね。英子にくいさがられて結婚する約束をしたものの、内心じゃ別れたがっていたんじゃないかという気がするんでね。まあ、これはここだけの話だから、そのつもりで聞いてもらいたい」

和久井はかなり派手好きな性格で、そういうところが、若い女の興味をかきたてるらしく、かれと遊ぶ女は少なくないという。柳田英子もその一人で、むろん肉体関係もあった。ただ、英子の違うところは、和久井への熱の入れ方が、他の多くの女と違って本気になってしまったことであった。

和久井も最初のうちは英子を気に入って結婚してもいいようなことを口にしていたが、そういう男のつねで、いったん飽きがくると、熱の冷え方も早かった。英子から電話がかかってきても、居留守を使ったり、約束《デイト》をすっぽかしたりした。

「近ごろの女はバカだからね」と男は言った。「和久井のどこがいいのか、わたしにはさっぱりわからんな」

この男は和久井を嫉妬しているのだろうか、と丸尾は思った。和久井には、たしかにずぼらなところがある。それは、吉村との約束をすっぽかしたことで推測できることである。急用ができて行けないのならば、連絡すべきであるし、不動産屋ならば当然そうすべきでもある。しかし、それには、止《や》むを得ない事情があったのかもしれないのだ。男がいうほど、和久井がだらしない人間にも思えない。英子の問題にしても、彼女が家出したとき、すぐさま警察へ届出てきている。それはやはり彼女を愛し気づかっているからではないのか。

「だけど、和久井さんは、警察では、かなり真剣に心配していましたよ。どうして警察が捜し出してくれないんだとかいって怒っていましたからね」

「へえ、そうですか。まあ、警察へ行ったことは知っていたが、そんなに心配しているようには見えなかったな」

和久井はなかなか戻ってこなかった。丸尾はしびれをきらしてM不動産を後にした。そして、かれが戻ったら、電話してくれ、と依頼したことはいうまでもないことである。

奇妙なことに和久井からは、いつまで待っても連絡がなかった。たまりかねて、丸尾の方から不動産屋へ電話した。

「おかしいですな。さっき、あなたが帰るといれちがいに戻ってきたんですよ。ちゃんと言っといたんですが、かれは電話しませんでしたか」

「きのうも、待ち呆けをくったんです。なにか大きな仕事でもしているんですか」

「そういうことはないはずですな。きのうは和久井は新しい女を連れて、江ノ島《えのしま》の方へ泳ぎに行ったような話をしていたっけが……」

「泳ぎに?」

「ええ、あの男の特技といったら、ボーリングと泳ぎくらいのものかな」

電話が終ると、丸尾は自分の内がわで大きく波立ってくるものがあるのを感じた。和久井は、急用があったわけではないのだ。にもかかわらず、吉村との約束を守らなかったし、また伝言を聞いても、丸尾あてに電話もかけてこない。和久井は、丸尾や吉村をさけようとしているのではないか。

都合の悪いことに、その夜は、宿直番にあたっていて、支局をぬけ出すわけにはいかなかった。丸尾は、油がきれてブンブン唸る扇風機の生ぬるい風を浴びながら、とめどもなく流れてくる汗を、ほとんど一晩じゅう拭い続けた。

翌日、いつものように天気予報を測候所に問い合わせてから、丸尾は保土谷へ向かった。民江は、丸尾の持参したアイスクリームを、この日はおいしそうになめながら、もうすぐに秋ね、とぽつんと言った。

彼女の言うように、夏は峠を越しかかっていた。陽差《ひざ》しはいぜんとして強かったが、窓の外の田園には、かすかに秋の匂いが感ぜられ、伸びきった夏草の穂先が、わたってくる風に吹き揺れた。

丸尾は窓ぎわに立って三田夫婦の借りていた家を見おろした。雨戸はしまったままで、人の住んでいる気配はなかった。芝生が陽差しをはねかえしている。

「あの家にはまだ借り手がつかんらしいな」

「今月いっぱい、家賃を払ってあるんですって。それに、いくら一戸建でも、交通の便も悪いし、家賃が高いわよ」

丸尾は民江に答えず、眼下の家の庭を、じっと瞶めた。三田がこの家を借りてから植付けをした芝が、すっかり根がついているのだが、よく見ると、良不良があって、青々とした部分とそうでない部分がある。とくに根つきのいいのは、隅の一カ所で、そこだけは、他の部分よりも成育度が違うように見えた。

丸尾が心を奪われたのは、それが細長い形になっていて、見方によっては、人間の形と似通っていることであった。推測をたくましくすれば、芝生の下に人間が横たわっていて、それが原因で成育度に差をきたし、芝の濃淡で、人がたをつくっているようにも思えるのであった。

「おかしいな」

「おかしいって、なんのこと？」

けげんそうに問いかえしてくる民江を相手にせず、丸尾は病室をとび出した。三田は、その妻を土葬にしたのではないか、と瞬間的にひらめいたのである。土葬というとていさいはいいが、要するに、埋葬許可証なしに処理するために、庭に埋めたに違いない。

丸尾はすぐに吉村病院を出て、伊勢佐木署の関根を訪ねた。関根は、最初はにやにやしていたが、丸尾の真剣な口調にひきこまれたらしく、最後には唇をしきりと嚙《か》みだした。それは、何かに気を惹かれたときの関根の癖であった。

「ねえ、関根さん、あの家を掘りかえしてみる必要があるんじゃないのかな」

「話としては、おもしろいが、そこまではどうかな」

口とは裏腹に、心を動かされていることはたしかであった。それに追い打ちをかけるように丸尾は言った。

「飛躍しすぎると嗤《わら》うかもしれないが、三田というのは、偽名のような気がするんだ。

だから埋葬許可証をもらっても、区役所ではバレてしまうし、最初から庭に埋めるつもりだから、必要もないわけだね」

「じゃ、丸《まる》さんは、あくまでも、殺人説というわけか」

「あくまでもとはいわんが、心当りがあるんだ」

関根の眼がちかっと光った。

「よかろう。その夏の夜の怪談を承ろうじゃないか」

「三田の水死事故とは直接関係はないが、和久井という不動産屋がいるんだ。この男を、三田の隣りの吉村病院に連れて行くことになっていたんだが、どういうわけか避けるんだ。金もうけにウの目タカの目の連中としては、おかしいと思うんだよ。ということは、和久井は、三田と称してあの家を借りていた男じゃないかな」

「和久井というのは、どこにいる？」

「野毛だよ。そいつと知り合ったのは、警察でなんだ」

丸尾は簡単に事情を説明し、最後に、再び推測をつけ加えた。

「和久井は水泳が得意だし、スポーツマンらしい。だからアクアラング使用上の注意を知らんはずがないよ。それなのに、初心者のふりをしたんだ。だから柳田英子というのが、三田の女房で水死した人物だとなれば、話は合うと思うがね」

「柳田英子か」と関根は呟いた。「ちょっと待ってくれ。聞いたことのある名だ」

関根は引出しをあけ、書類をひっぱり出した。

「これは、まだ捜査中なんだが、ある信用組合から県警に出た告訴状で、事務員が三百万円使いこんで逃げている。そいつが柳田英子という名なんだ」

「関根さん」と丸尾は血管のふくらむような興奮にとらえられて言った。「そいつは同一人物だよ。和久井が捜索願なんか出したのは自分が疑われないようにカモフラージュするためなんだ。知らん顔をしていれば、英子の横領がばれたときに共犯だとみなされるからね。先手を打って、自分でも捜しているふりをしたんだ。和久井の同僚の話では、かれは英子に飽きていたといっている。結婚するといってだまして、三百万円をまきあげたんだ」

「結婚らしきものをしたことはしたんだな」と関根は湿っぽく言った。「ほんの一週間だけな」

関根は丸尾を残して部屋を出て行き、しばらくして戻ってくると、肩に手をかけた。

「管轄違いだけれど、横領事件にひっかけて調べてみるよ。くるかい？」

丸尾はその手をはずし、そっと立った。

三田の家の庭先に立ったとき、丸尾は肩に重石《おもし》をのせられたような気分を味わったのであった。柳田英子という、未知の女の存在の痕跡をとどめている芝は、みるみる崩され、赤黒い土塊があらわれてくる。そして、刑事たちが三尺ほど掘りすすめると、不意に夏草の香りをつきのけて、人びとの胸を締めつける匂いが漂いはじめた。

病院の窓からは、民江の顔がのぞいていた。丸尾は手を挙げようとして思いとどまり、人の輪を離れると、吉村病院の中へ入って行った。民江に窓を閉めさせなければいけないと思ったのである。

和久井の自供と丸尾の推論とは、ほとんど一致していた。三田という名前で暮すことを承諾したのも、信用組合の追及をのがれるためであることは言うまでもない。

絞刑吏

山村正夫

山村正夫（やまむら・まさお）

一九三一年大阪生まれ。一九九九年十一月十九日逝去。日本推理作家協会六代目（一九八一〜一九八五）理事長。一九四九年「二重密室の謎」が推理雑誌「宝石」に掲載されデビュー。アクション小説や怪奇小説が多かったが、「現代雨月物語」と称された奇想溢れる短編群も。七七年『わが懐旧的探偵作家論』で日本推理作家協会賞を受賞。八〇年『湯殿山麓呪い村』以後名探偵滝連太郎が活躍する。『推理文壇戦後史』全四巻は貴重な資料。

1

赤毛の鬘《かつら》を取り、ルイ王朝時代のきらびやかなプールボワンの舞台衣裳《いしよう》を脱ぐと、万田修三は楽屋着の浴衣《ゆかた》に着替えて、化粧前にどっかりあぐらをかいた。

煙草《たばこ》に火をつけて、ふかぶかと一服はき出す。それと同時に、ラクにつきものの半ば虚脱感をともなう快い疲労がこみあげてきた。修三は充実した満足をあじわいながら、目の前にうつっているドギッシュ伯爵の顔を見た。

その顔だけがまだ芝居の世界に取りのこされていて、バラ色をした端麗な貴族の仮面のままでいる。中央の劇場の舞台で、長年かかって鍛えあげた、ベテラン新劇俳優としての演技の自信が、血となって通っている生きた肉の面である。色好みな伯爵にふさわしい口髭《くちひげ》は、特に今度の役のために彼が工夫したものだが、付髭にもかかわらず、まるで自然にはえた自前の髭のように、サマになりきっていた。

修三は、眉をしかめたり唇をゆがめたりして、しばらくのあいだ鏡のなかの他人のマスクに見とれたあげく、やがてその自慢の口髭をむしり取った。そして、指先にすくったコールドクリームで、ドギッシュ伯爵の顔を惜しげもなく毀《こわ》しにかかった。彫刻家が最後の仕上げをするような手つきで、ひたいや頬にチョイチョイとなすりつけていくのだ。

すると、せっかく苦心したメーキャップはたちまちくずれて、ドーランやアイシャドウの入りまじった、煙突掃除夫のようなうす汚ない顔に変る。さらにその上をトロフキと呼ぶガーゼで拭くと、青白い蛍光灯の光が、たるんでツヤを失った地肌の皮膚を意地悪くあばきたてていった。

今年で五十三歳になる、血色のよくない初老の男の素顔にもどったのである。

「先生、万田先生……」

と、そのとき背後で若い男優の声がした。

「えっ?……ああ、何だ。君たちか」

ふりむいた修三は、はっと我にかえったように笑顔をつくった。

もう帰り仕度をして、紺色のベレー帽をかぶった座員の汐見卓郎と、劇団研究生の五十嵐真弓が、楽屋の入口の土間に立っていた。

何かよほどの心配事でもあるらしく、二人ともひどく思いつめたような顔をしている。真弓のほうは涙ぐんでさえいた。

彼らは、劇団のなかでは誰ひとりとして知らぬ者はない恋人同士だった。今度の『人間座』の本公演「シラノ・ド・ベルジュラック」の舞台には、仲よく揃《そろ》って出演していて、汐見はガスコンの青年隊員《カデエ》を、真弓はその他おおぜいの貴婦人の一人を演じている。

「まだ帰らずにいたのかい？　君たちはパーティに顔を出さないつもりかね？」

修三がそう怪しんだのも無理はなかった。

ラクの日は、最終回に当る夜の部の芝居がハネた後、打ち上げを兼ねた慰労会をもよおすのが通例になっているのだ。だから最後の幕がおりて一時間もたつのに、劇場内でぐずぐずしている者は、ほとんどいないといってもよかった。

後には大道具をバラす裏方連中や、明日の荷出しのために泊り込む、数人の小道具係が残っているに過ぎない。

修三だけは、パーティに出ることがあまり気が進まなかったので、終幕のカーテンコールにつき合ったあと、舞台衣裳のまま客席へおりて、舞台装置の解体作業を眺めていた。それですっかり帰り仕度が遅くなってしまったのだ。したがって、現在、修三がすわっているこの幹部俳優の男部屋にも、ほかには誰もいなかった。

昨日までは、赤毛の鬘や衣裳などが、さながら古着屋の店先のように満艦飾だったのだが、今夜はそれもきちんと行李《ぼて》のなかにしまいこまれて、あたりはがらんとしていた。

それだけに、こんな時間まで卓郎や真弓が劇場内に居残っていようとは、思いもかけなかったのである。

上りこんだ二人は、入口近くにかしこまって膝をそろえた。

「実は、真弓ちゃんのことで、先生に折り入って御相談したいことがあるんです。パーティどころじゃないんですよ」

卓郎は神妙な顔つきで言った。

「ほう、何かね？　あらたまって……」

「おい、君から先生に話せよ」

卓郎は真弓のひじをつついた。

「ええ、でも……」

「何だい。焦《じ》れったいなあ。君が話すという約束だったじゃないか」

気短なたちらしい卓郎は舌打ちをすると、

「真弓ちゃんがね。先生……今度の公演を最後に、座をやめなくちゃならないって言うんです」

「やめる？　急にまた、どうしたわけかね？」

「あの赤沼の野郎がいけないんだ！　あん畜生が無理やり真弓ちゃんを……」

「ちょ、ちょっと待ってくれよ」

修三は、卓郎の見幕に気押されながら、中途でさえぎった。

「どうやら、だいぶ混み入った事情がありそうじゃないか。……僕はまだ顔を洗ってないんでね。くわしいことは、帰りにゆっくり聞かせてもらうとしよう。どうせ僕も、今夜のパーティは、出ないつもりだから」

深刻な顔を見合わせ合っている二人を楽屋に待たせて、——修三はセッケンとタオルをつかむと、洗面所へ立った。

いちおうはもったいをつけてそう言ったが、その実、彼の胸のなかには、自分でも常軌を逸していると思えるほどの年甲斐《としがい》もない好奇心が、むくむくと頭をもたげてきていたのである。

日ごろ演技部の研究生の世話役をやらされている修三は、他人の私生活を覗《のぞ》き見することに、一種異常な興味を抱いている風変りな男であった。それというのも、この年になるまで久しく独身で過したことが、彼の人間をそのようにゆがめたのかもしれないし、あらゆる人間の生活にひとつでも多く通じていなければならない、俳優としての職業意識が、自然に彼をそんな性格にしてしまったのかもしれない。

ともかく、彼ほど詮索慾《せんさくよく》の旺盛な男も、珍しかったのである。

例えば、いま——修三は演出部屋の隣りの洗面所で、ドーランを拭き取った顔を、さらに熱湯で洗いながら、異様な笑いを浮かべて卓郎たちのことを考えていた。

彼は、まだ入座して三カ月ほどしかたっていない、五十嵐真弓のことについては、あまり多くのことを知っていなかった。というよりも他の親しい劇団員にしてからが、このグラマーな肉体美の少女が、かつてパトロンだったブルジョアの中年男と結婚している事実や、それにもかかわらず二枚目役者の卓郎とのあいだにすっかり火がついてしまって、夫の方が半狂乱になって、仲を割こうと焦っていること。——などのほかには、立ち入った秘事まで知っているものは少かった。

〈なるほど、そうか。してみると、赤沼というのが、彼女のご亭主で、嫉妬が嵩《こう》じたあまり、芝居から足を洗わせようというわけか……〉

修三は急に、真弓がいままでになく魅力のある女のように思えてきた。それまでは、卓郎と彼女の不倫の関係に、若干の興味を感じていただけで、それさえなければ、女優としての演技もさしてうまい方ではないし、とりわけ人目をひくほどの、美貌というわけでもなかったから、たいして注意を払う気にはなれなかったのだ。だが、さっきの涙ぐんだ清純な瞳を見て、はじめて真弓のほんとうの美しさを、見せつけられたような気がした。彼らの一途《いちず》な年の若さに、かすかな羨望とひがみさえ感じたのである。

〈おれがもし彼女の恋人だったら……〉

自己催眠にかかった修三の心が、あの奇妙な秘密の試みに、激しく誘われたのは、——実にこのときであった。

『いけない！　また例の病気が起ってきやがったぞ！』

正直なはなし、この言葉は、洗面所の鏡のなかの修三の方がつぶやいたのであるが、ひどく異様な独白《セリフ》ではあるまいか。——

その証拠に当の御本人の方は、悲痛な叫びとは反対に、まるで発明家が、これから新しい機械の実験にでも取りかかるときのように、ソワソワと落ちつきを失っていたのである。眼《め》だけが、いつも舞台へ上ったときのそれに似て、病的な熱っぽさでかがやいていた。

「やあ、どうもお待ちどうさま」

修三が楽屋に戻ると、待ちくたびれた二人の恋人は、明りの消えた楽屋の片隅で、ひっそりと抱き合っていた。声をかけられるなり、あわてて身を離して飛びのいた。

「ああ、すまん。すまん。そのかわり今夜は、お茶でもおごるからね」

修三は、バツが悪そうに言うと、いそいで帰り仕度にとりかかった。

日本橋《にほんばし》のMデパートの五階にあるこの劇場は、舞台ばかりかほかの楽屋も、すでにひっそりとした暗闇が支配する世界に変っていた。窓越しに差しこむ、蒼白《あおじろ》い月光だけが、楽屋口までの狭い廊下のところどころに、自然の照明を投げかけている。

エレベーター・ホールまで来ると、従業員専用の一台だけが、わびしく口を開けていた。三人の靴音が、モザイクの床に固い音をたててひびいた。

卓郎と真弓が肩を寄せ合うようにして、エレベーターのなかに入った。

とつぜん——修三は、暗闇のなかで立ち止った。世にも不思議なことがそのとき起った。

「汐見君！」

と、背後から、ひくいしゃがれ声で一声呼んだとたん、ハンチングにトレンチコートの彼の姿は、煙のように消え失《う》せていたのである。

そして、老俳優万田修三は、一瞬にして、エレベーターのなかの青年、汐見卓郎に変身していたのであった。

2

その後の記述は、いささか飛躍し過ぎているかもしれない。そんな馬鹿なことが、あってたまるものかと、読者は作者の頭を疑うかもしれない。しかし、現代の世の中でも、奇蹟《きせき》が絶対に起り得ないと、誰が保証できるだろう。——現に万田修三は、立派に奇蹟を起したのだから。

その超次元的な力が、とつじょとして彼の身に宿ったのは、まだ日も浅い三週間ほど前の夜——「シラノ・ド・ベルジュラック」の公演の、初日の幕が開いた日のことであった。

出番がトレて、書割《かきわり》の蔭《かげ》から、シラノ終焉《しゅうえん》の劇的な場面を見ていた修三は、思わずドキリとした。ロクサーヌに扮《ふん》している若い女性が、台詞《せりふ》につまったのである。

初日といえばたいていの場合、こうしたトチリが多いものであるが、そのときに限って、プロンプターが仕事を怠けていた。舞台の袖から、やはり芝居の進行を見まもっていた舞台監督が泡を食った。それ以上にロクサーヌの方が動転したらしく、ひたいには、脂汗がじっとりと滲《にじ》んできているのがわかった。

修三はジリジリした。

皮肉にも彼の方が、その台詞を諳《そらん》じていたのである。修三はとっさにその若い女優の名前を呼んだ。小声で台詞を教えてやるつもりだった。

その瞬間――いつのまにか、彼自身がロクサーヌの姿になって、ライトを浴びていることに気がついて愕然《がくぜん》としたのだ。夢を見ているような変てこな気持だった。

芝居は無事に幕になった。

しかし、今度は修三の方がうろたえねばならなかった。誰も知らないあいだに、奇妙な変身が行われたのはいいが、理屈からいっても修三という人間は、その場から消失しているのである。もとの姿にもどらねばならない。

修三は焦った。そのとき天来神来の暗示が彼の頭にひらめいた。彼は自分の名前を呼んだ。そしてふたたびまた前の万田修三にかえることができた。

その日以来、修三の人生は一変した。はじめのうちこそ、自分の身に悪魔が乗り移ったのではないか――ＳＦまがいの超能力人間に生まれ変ったのではないか。――という恐怖観念に襲われたが、日がたつにつれて、この不思議な魔術の虜《とりこ》になってしまった。原子爆弾とか水素爆弾とか騒いでも、この術に比べれば、子供だましに過ぎないのだ。

「こいつあア、面白いぞ！」

前にも書いたように、修三は、俳優としての職業柄、ありとあらゆる階層の人間を、舞台で演じなければならなかった。

役がきまれば、宰相だろうと、色事師だろうと、あるいは乞食だろうと、役柄にしたがった推理を働かして、その人間になりきらねばならないのだ。

修三が現在の新劇界で不世出の名優ともてはやされているのも、実はこうした推理の卓抜さによるものであったが、もし別な表現をするとすれば、彼の他人に対する好奇心の強さが、稀《まれ》に見る役者としての才能と結びついた結果にほかならないといえるかもしれなかった。

それ以来、修三は、出演中の芝居がハネたり、TVの仕事がおわったりすると、いつもなら競演の劇団員と近くの喫茶店へ行って、モスクワ芸術座の芝居やフランスのビュー・コロンビエ座のコメディについて論じてみたり、行きつけの銀座《ぎんざ》の酒場《バアー》へ寄って、他愛もなく酔い込んだりするのに、その一切を断わるようになった。

そんな無駄な時間の浪費よりも、一言呪文を唱えさえすれば、たちまち身は巷《ちまた》でうごめいているどんな人間の生活にでも飛び込むことができるのだから、その楽しさは比較にならなかった。老若男女貴賤《きせん》の別を問わず、方法はいたって簡単で、なりたいと思う人間の、名前か職業を呼びさえすればそれでよかったのである。

ただその変身が可能な場合は、修三が相手の人間に乗り移るときだけにかぎり、彼自身がひとりでいることを条件とした。変身したものから、さらに第三者に転じることもできるが、万田修三そのものは、この世から消えてしまうからである。

修三は、誰にも気づかれないように、細心の注意を払って夜の町に出ると、胸をわくわくさせながら、秘密の遊びの相手を物色した。あるときは、ほんのわずかの時間ではあったが、新橋《しんばし》の待合で芸者にふざけかかっているこの国の首相になってみたり、またあるときは、新宿《しんじゆく》の盛り場で客に春をひさぐコールガールの一人になりすましたりした。

汐見卓郎や五十嵐真弓には、今日までそうした欲望を感じなかっただけの話である。

3

その真弓に、エレベーター番をしていた裏方の研究生が怪訝《けげん》そうな面持で訊《き》いた。

「あの……お乗りになる方は、もうほかにはいらっしゃいませんか?」

「あら」

と真弓もそれに気がついて、修三——いや、卓郎の顔を見た。

「万田先生、どうしたのかしら。わたしたちの後からいっしょにいらしてたんでしょう。そういえば、汐見さん……あなたの名前を呼んでらしたんじゃない?」

「うん。おかしいなあ。……あれだけ僕たちを待たせて、お茶をおごろうなんて言っていたくせになあ」

修三はきわめて自然に、卓郎の声が出るのがおかしかった。真弓は何も気づいていないのだ。

「でも、あの先生のことだから、わからないぜ。なにしろ、今日はラク、ラクだからな。近頃は珍しく――といっちゃ何だけど、あれほどの酒好きに似合わず、禁酒してんだろう。打ち上げパーティの方へ出たくなって、急に気が変り、回れ右をして非常階段からでも……」

「失礼だわ」

さっきの羊のようなおとなしさに似合わず、真弓は口をとがらせた。

「わたしたちの一身上の問題よりも、お酒の方が大事なのね。――こういうときに面倒を見てくださると思えばこそ、恥を忍んでお話ししたんじゃないの。こんなことなら、御相談なんてするんじゃなかったわ」

「けっきょく僕たちのことは、僕たちで解決するより仕方がねえってわけさ」

「いいわ。もう降ろしてちょうだいよ」

真弓はキッとして、エレベーター番の裏方をうながした。

腕を組み合った二人は、まもなく春の夜気がやんわりと身をつつむ、Mデパートの外に出た。

目に滲むネオンサインのなまめかしい文字の色に、修三はいままで思ってもみなかった、新たな生きるよろこびが湧いてくるのを感じた。若さとはこういう血汐《ちしお》の疼《うず》きであったのか……

「どうする？　今夜……」

「まあ、あなたまで、わたしを見捨てるつもり？――嫌！　嫌！　今夜はわたしといっしょに、今後の対策を相談するはずだったじゃないの？　ねえ、家に来て……赤沼は出張に出て、明日にならなければ、帰ってこないのよ」

「そう、そうだったね」

修三は、そっと真弓の肩に腕をまわした。

不思議といえば不思議だったが、こうしていざ卓郎の姿に変身してみると、彼は心底から真弓を愛しているような気になってきた。そればかりか、彼女の家が東横線の都立大学の駅の近くにあることや、その家に夫の赤沼氏とお手伝いの三人暮しで住んでいるということまで、前から知っている既定事実として、ごくあたりまえのことのように頭に浮んできたのである。

「ねえ、家に行く前に、ちょっと踊っていきましょう。からだを思いきりヘトヘトにさせて、我を忘れさせたいのよ」

「よしきた」

タクシーを拾った二人は原宿《はらじゅく》へ行くと、とあるビルの地下のディスコ・クラブへ入った。

ことさら照明を暗くしたせまいホールのなかには、充満したヤングの人いきれが、異様な熱意をはらんで渦を巻いている。その渦を攪拌《かくはん》するように、グループ・サウンズの奏でるエレキ・ギターの音が、鼓膜を破らんばかりにかき乱していた。

ニューロックの、ビートのきいたリズムに没入して、何曲、狂躁《きようそう》的なおどりを楽しんだかわからない。スリムのズボンがぴったり腿《もも》に密着した、若鹿のように潑剌《はつらつ》とした修三の肉体は、疲れをしらなかった。ノースリーブのセーターを着た真弓の胸の隆起の方が、一曲おわるたびに、せわしくはずみ息づいた。

強烈な音の麻薬に、修三はしたたかに酔った。もう後はどうなってもいいと思った。ディスコ・クラブを出ると、二人はいつのまにか中央公園の、ひっそりとした暗黒の森が立ちはだかる闇の領域へ足を踏み入れていた。

修三は右手を真弓の肩に回し、左手は彼女の左手と背中の腰のあたりで交叉《こうさ》して、しっかり握り合わせていた。全身をひたすリズムの陶酔とアルコールの酔いが、彼の情感に火をつけていた。

その高まりを次第にセーブできなくなり、息苦しさに堪えきれなくなった修三は、人気のない針葉樹の木蔭で立ち止った。彼の腕のなかで、うつむきがちに黙々として歩いていた真弓は、びっくりしたように白い顔をふりむけた。

そのとたん、修三は衝動的に、弾力のある女鹿《や》のからだを力いっぱい抱きしめていた。

「真弓ちゃん……誰が何といっても、君は芝居を止めちゃいけないよ」

激しく唇を合わせた後、彼は言った。

「ええ、やめるもんですか」

「赤沼さんには、僕から話そう。——もうこうなったら、僕たちは結婚する以外に、救われる道はないいんだ」

「でも、赤沼はきっとうんとは言わないわ。離婚の書類に判を押してはくれないと思うわ」

「そのときは、……仕方がない。……二人して死のう……」

「ああ、あなたと一緒になれたら！――そしていつまでも同じ舞台を踏めたら！」

「その日がかならず来ることを、信じよう」

修三はふたたび、彼女の濡《ぬ》れた唇を貪るようにふさいで言葉を封じた。


二人が目黒《めぐろ》区平町《たいらまち》にある宏壮《こうそう》な邸宅に帰り着いたのは、その夜もかなり更けてのことだった。

区内でも有数の多額納税者である赤沼鉄兵の家の豪奢《ごうしゃ》な点は、鉄門から玄関までの前庭の素晴しさにあった。いくつもの花壇のまわりを、石畳が双弓状にめぐっていて、最後に玄関の石段に突き当る。

二人の靴音を知って、花壇の右手の金網をはった犬舎から、いっせいにドーベルマン種の猛犬が、けたたましく吠《ほ》え出した。

「大丈夫よ、犬ぐらい。今夜はお手伝いさんにも、特別に暇をやってあるの」

「じゃあ、今夜は……」

真弓の熱っぽくうるんだひとみが、無言でうなずいた。

修三の心は、悪夢への期待で躍った。

この白いうなじに、胸のふくらみに、そして均整のとれた腰から腿にかけての感触に……

玄関の扉が開いた。暗がりの奥で、鳩時計《はとどけい》が十二時を告げる音がした。

「わたしの寝室へいらっしゃいな」

「二階だったね。ようし抱いていってあげよう」

修三は、かるがると真弓のからだを抱くと、真紅のカーペットを敷いた階段を一歩一歩上っていった。抱かれたままの姿勢で、真弓が寝室のドアのノブを回した。修三が肩で押し、真弓が横抱きの姿勢で電気のスイッチを入れた。

とたんに、二人は息が止りそうになった。

一足先に、そこにはうす笑いを浮かべた、背の高い男が立っていたのである。旅装も解かないままの、真弓の夫、赤沼鉄兵が。

4

「ずいぶん、待ちくたびれたぞ。真弓！」

「貴方《あなた》、いつのまに……」

真弓の声は、声になっていなかった。

予期せぬ驚きと、みるみるそれをおおっていく恐怖のかげりとで、化石したように立ちすくんでしまった。

「こんなことだろう、と思ったから、予定をくり上げて、最終便の飛行機で帰ってきたんだ。ほう……そちらが、お前の親しく願っている、汐見卓郎君かね。ひとつ紹介していただこうじゃないか」

それがいわゆるエリート族の見栄というやつだろう。

ことさらに冷静をよそおった口のききかたは、赤沼にとってせいいっぱいの努力であることが一目で知れた。

「貴方は、そんな皮肉をおっしゃるのね。わざとわたしをいじめようとなさるのね」

「僕が汐見です」

悦楽への夢想から、瞬時にして、対決の冷たいむしろに引きすえられた修三は、うろたえた真弓と違い、顔面を紅潮させて、ふてぶてしく居直った。不思議と肚《はら》がすわっていた。

「いいチャンスかもしれません。僕もあなたにお会いしたいと思っていたんですよ」

「会ってどうしようと思ったんだい。——私と決闘でもしようというおつもりかね？」

「場合によっては……」

修三の視線は、やいばのごとく相手を突き刺した。

「盗人《ぬすっと》たけだけしいとは、君のことだよ。しかし、無駄な強がりはよした方がいい。見たところ、君はまだ若いようだが、人間座では他人の妻を盗むことまで、演技の稽古のうちにいれているのかね」

「それは、どうおとりになろうとあなたの勝手だ。しかし……」

「ふん、その台詞なら古いよ。私の方は、こう言いたいね。真弓はもう、人間座の劇団員じゃないんだ。いままで面倒を見てくださったお礼は言うが、今日かぎり手を引いていただきましょうかってね」

「もし、それをお断わりしたら……」

「そのときは……これさ」

赤沼の右手には、いつのまにかオートマチックの拳銃が握られていた。彼は貿易会社の社長をしているので、おそらく外地で手に入れたものなのだろう。子供が泣きべそをかいたような、ゆがんだ顔だった。

「私は、社会的な地位も、体面も何もかも捨てて――殺人犯になる！」

「貴方、そんな怖《おそ》ろしいことを……」

「何をするんだ！」

と、修三もどなっていた。

「そんなこけ脅かしは、やめたまえ。僕は断じて真弓ちゃんを、僕のものにしてみせるぞ！　貴方の手から自由にして結婚するんだ」

「どうあっても？」

「たとえ死んでも」

「よろしい！」

最後の惨めな虚勢が、赤沼の肩をいからせた。

「問答無用だ！——さあ、真弓、私の目の前で、存分に汐見君に抱きすがってみるがいい」

押えに押えていた憤怒《ふんぬ》が、一時に爆発したようにうめき声で言った。

引金にかけた指が、かすかにふるえているのは、本気で射《う》つ気と見える。まさか——と思っていただけに、銃口を向けられた胸のあたりにこおりつくような戦慄を感じた。

〈こんなところで殺されたんじゃ、何もかもフイだ〉

それでも修三は、とっさに真弓を後にかばった。そのことが、赤沼の怒りに、いっそう油を注いだのは、いうまでもない。

「畜生、よくもおれの愛情をふみにじってくれたな！　よくもよくも、妻を横どりしてくれたな」

窓ぎわの緋色《ひいろ》のカーテンのところまで追いつめられて、それ以上はもう一歩も後に退《ひ》けなかった。——そのぎりぎりのせつなに、修三は思わず叫んでいた。

「赤沼さん！」

主客はところを変えた。

いまのいままでねらわれていたものが、今度はねらう方の赤沼に変身したのである。

修三は、ピストルを握っていた。目の前で、口もきけずに身をこわばらせている卓郎は、もはや単なる汐見卓郎でしかなかった。

修三はひきつるような声をあげて笑い出した。

それと同時に、例の法則通り、赤沼の狂気に近い怒りが、彼自身のものとなってこみあげてきた。何と奇妙な殺意であろう。

修三は、何のためらいもなく引金を引いた。轟然《ごうぜん》たる銃声の下で、二人の若い恋人たちは、声もたてずに折り重なってくずれおれた。あっけないほど簡単であった。

5

〈殺人犯の役を、実際に試してみようとは思わなかった〉

一度に力が抜けると、修三の指先からは、ポトリと拳銃が床に落ちた。

罪の意識などはまるでなかった。いざとなれば、例の幻術にたよればいいという、安心感がある。ただ――ポッチリと、死の彼岸花が胸に花咲いた二人の死体を見つめているうちに、不貞な妻とその相手に対して報復し得たという、快哉《かいさい》を叫びたいような赤沼の心理と、いや――それはあくまで別な男の仕業であって、何もほんとうのおれは殺人など犯してはいないのだという、彼自身の意志とが入りまじった複雑な気持になってきた。修三は、しばしの放心状態に陥ち入った。

しかし、このままほうっておくわけにはいかなかった。

あたりを見回すと、さいわいいまの犯行を目撃したものは、誰もいなかった。真弓がお手伝いに、一日暇を出しておいてくれたので助かったのだ。後は死体をどう処理するかが問題だった。

修三の頭に、ふと、とっぴょうしもなく、残忍な着想がひらめいた。それは赤沼鉄兵としての考えよりも、むしろ万田修三の異常な性格がにじみ出た、思いつきというべきであったかもしれない。彼は庭の犬舎に飼ってあるどう猛な愛犬に、二日前から何も餌をやってなかったことに、気がついたのである。犬の世話は、ふだんから赤沼がひとりで面倒を見ることになっていた。

「そうだ、あいつにこの死体を……」

修三は、悪魔のようなつぶやき声を洩《も》らした。

〈どうせほんとうのおれに、嫌疑なんかかかりっこないのだ〉

その安心感が、いまの場合は自虐の快感となって、修三の脳髄をしびれさせた。そんなことをすれば、さあ捕えてくれといわんばかりの危険があるというのに。

修三は真弓を抱き起して肩にかついだ。すでに硬直のはじまった死体は、サンドバッグのような重さと異様な肌ざわりがした。その感触が反射的に修三を身ぶるいさせ、かれの唇はひきつった。

主人が来てくれたのを知って、十頭近い犬舎の猛犬は、さっきにも増して、いっせいに騒ぎたて、前肢《まえあし》で金網をガリガリと引っかいた。

「ようし、よし。いまやるぞ！」

いうが早いか、真弓の死体を、暗がりの犬どもに向って、ドサリと投げ出した。つづいて卓郎の死体も。

飢えに飢えていた犬たちは、たちまち血の臭いに狂い立った。その一人が飼主であることの見さかいもなく群《むらが》り寄った。

牙を鳴らして肉や骨を引き裂くすさまじい気配に、はじめて修三は恐怖を感じた。さすがに逃げ出したくなったのである。

修三はおののく声で呪文を唱えた。

すると、その姿は、はじめ彼が変身した場所、M劇場のエレベーター前の暗がりに立ち戻っていた。

6

翌日、人間座の事務所から、劇場の宿直室へあわただしい電話がかかってきた。事件が発見されたのである。

「大変ですよ。汐見君と五十嵐君の二人が、赤沼氏の家の犬舎でバラバラにされて……それこそ目もあてられないほどの、死にざまなんですって」

演技部の監督者としての立場にある修三に、すぐに駆けつけてくれというのであった。

「犯人は？」

「赤沼氏にきまっているじゃありませんか。いま所轄署と本庁の捜査一課の刑事たちが行って、現場検証をはじめているんだそうですよ。先生にも参考意見をききたいから、来てほしいということなんです」

「わかった。大急ぎでそちらへ行くよ」

何喰《く》わぬ顔で修三は、ふたたび赤沼邸へ車を飛ばした。腹の中で彼の腸《はらわた》が、嘲笑でよじれているのに気がついたものは、誰ひとりとしていなかったであろう。

表の鉄門は八の字に開かれ、裏の通用口と同様に、制服の警官が蟻《あり》のように出たり入ったりしていた。犬舎には、私服刑事や白衣の法医がものものしく検屍《けんし》にあたっていた。死体は今朝帰ってきたお手伝いが、まっ先に発見したというのであった。鑑識課のカメラマンが、ムシロをめくってはしきりにフラッシュをたいている。

現場検証はもうあらかた済みかけていたところだったが、修三は一課の若い刑事から、別室に呼ばれて、簡単な取り調べを受けた。M劇場で最後に卓郎や真弓といっしょだったのは、彼だからである。しかしそれは、あくまで参考人としての供述を求められたに過ぎず、直接、修三のことに疑いを抱いているわけではなかった。

修三は主任警部のところへ連れていかれた。二階の真弓の寝室と隣り合った洋風の居間である。

そこでは思った通り、この家の主人、赤沼鉄兵の尋問が、すすめられているさいちゅうだった。昨夜は一睡もできなかったのだろう。まるで干物のようにひからびて生彩を失ったその顔を見たとき、修三の胸は、奇妙な興奮で高鳴った。――と同時に、馬鹿なやつだと歯がゆいような気もした。

〈あれからなぜ逃げなかったのだろう〉

彼を案内した若い刑事が、そばへ寄って耳うちした。

警部は満足そうにうなずいて、ちらとふり向いてから、鉄兵のほうには、威丈高な口調できめつけた。

「貴方も、紳士録に名前が載っているほどの名士だ。いいかげんに事実を告白したらどうですか。往生際が悪いですぞ！」

「知らん！　私は何も知らん……」

鉄兵はその一言を、さっきから惰性のようにくり返しているに過ぎない。

「私は昨日まで出張で、大阪に行っておったんだ。つい二時間ほど前に帰ってきたばかりだと何度も言ってるじゃないか、おおかた犯人なら人間座の座員のうちで、真弓たちを日頃から憎んでおったものの――いや、昨夜最後にあれたちと……」

「万田修三氏のことを言っておられるんですな。――つまり、この方のことを……」

「何もそうはっきり言ってるわけじゃないが」

脅えたような眼が、修三の冷やかな視線とぶつかった。

昨夜この隣りの部屋で、ピストルをつきつけて追い迫ってきたのが、こんなにもいくじのない男だったのかと呆《あき》れたくなってくる。

警部は冷然と相手を見下しながら言った。

「お気の毒ですが、万田さんには明白なアリバイがあるのです。それに第一、二人を殺すような動機がない。いましがた劇場の方へ聞きこみに行かせた刑事の一人から、電話がありましたがね。昨夜のエレベーター番の裏方の話によると、最後にエレベーターで下に降りたのは、被害者二人だけだった。そのほかに劇場を出たものは、一人もなかったと、証言しているんだそうですよ。

万田さん自身も、昨夜は打ち上げパーティに顔を出さず、楽屋でひと眠りしてから、演出部屋の連中と、朝まで飲み明したと言っておられるし……。

ところがあなたのアリバイときたら、誰も証明する者がないじゃないですか。それに、奥さんと汐見君との仲を嫉妬して、誰よりもあの二人を憎んでいたのは、貴方だけなんだ！」

「しかし……」

「まだはっきりした証拠がある。あなたのその、手首の傷は、いったいどうしたんです？　いくら隠したって犬に嚙《か》まれた痕であるぐらい……」

「ああ、止めてくれっ！」

赤沼は、とつぜん両手で顔をおおって絶叫した。

「私だ。私が殺《や》ったんだ！　不貞な妻と彼女を誘惑した男に復讐《ふくしゅう》するために！」

猟犬のような勝ち誇った微笑が、主任警部の頰の緊張を解きほぐした。

「やっと自白しましたね。もっと早くそれを言ってくだされば、手数がはぶけたのに……」

しかし、口の方は、いささかも追及のホコ先をゆるめなかった。

「犬といえば――ねえ。あなたもずいぶん残酷なことをしたもんじゃありませんか。何もあそこまでやらなくてもよかったと思うが……」

「魔がさしたんだ！　そうとしか言いようがない……」

赤沼の麻薬患者のような虚脱したうめき声に、それまでねむっていた修三の神経が、ギクッとして眼をむいた。

「自分自身で、なぜあんなことをしたのか、わけがわからないくらいなんだ。……ふだんの私だったら、とても犬に喰わせるなんて、怖ろしいことはできない。……そうだ。警部さん、昨夜にかぎって私の心の中に、悪魔が住みついてたんだ！　悪魔が……」

ガチャリと無気味な手錠の音が鳴った。

修三は、ハッとして反射的に自分の手首を押えた。ほんの一瞬ではあったが、まるで彼自身が逮捕されでもしたような、ふしぎな錯覚に陥ち入ったのである。

7

「被告ヲ死刑ニ処ス」

この国の裁判は、公正にしてかつ峻厳《しゅんげん》なるものであった。

二人の男女を同時に殺害し、その上飢えた猛犬の餌食にしたという残虐きわまりないこの殺人事件に対して、検察官はいささかも情状酌量の余地なしと論告した。物的証拠も状況証拠もすべて揃っていた。凶器のピストルも、その後老練な刑事の手によって、赤沼の書斎の本棚のブックケースの中に隠してあるのが発見された。弾丸の口径も、弾道のそれにぴたりと一致した。

弁護士でさえ、被告が事件の起るまでは、きわめて意志の弱い善良な性格であったことをタテに、減刑を嘆願したに過ぎなかった。

当の赤沼鉄兵自身も、すなおに罪状を認めて、一審の判決にあっさりと服してしまった。

彼が逮捕されて、刑の宣告を受けるまでは、ほぼ一年半近い歳月が流れたが、その間、被害者と加害者が、ともにいわゆる知名人の部類に属するだけに、各新聞が華やかな記事で紙面を埋めたのは、当然であった。この報道は誤ってはいたが……

しかし、その裁判の記事を誰よりも熱心に、一行の読み落しもなく読んでいた人間が、何を隠そう、老優万田修三であることに気づいたものは少かったであろう。

あれから『人間座』の芝居も、三回の本公演が打たれた。修三は、ストリンドベルヒの「令嬢ジュリー」で下男の役、イプセンの「ヘッダ・ガブラー」ではレーヴボルグの役、サルトルの「悪魔と神」では、ゲッツの役——と、そのいずれにも主演して、彼が出演する芝居は、どれもこれもが大当りをとった。一公演ごとに修三が舞台で示す演技のさえは、神技に近いと、劇評家たちは絶讃を惜しまなかった。

しかし、カーテン・コールにさいして、観客の拍手が、嵐のように舞台に送られるのを聞いても、彼の耳はうつろなひびきしか感じなかった。その万雷の拍手のなかですら、赤沼鉄兵が最後に主任警部にたたきつけた言葉が、ひときわ鋭く、彼の鼓膜を脅かしたのである。

〈もしもあのとき、おれがあんな妖術を使わなかったとしたら、赤沼はもっと別な手段で死体を処理していたかもしれない。例えば舞台で赤沼の役を演ずるとして、おれがやる場合と他の俳優が演ずる場合とでは、おのずとその表現が異なるように〉

修三は、いつも観客席のカブリツキに、赤沼の幻影がすわっていて、彼の演技の一挙手一投足を、じっと見つめているような妄想に襲われた。

「あの事件に関しては、責任の半分は、お前にもあるんだぞ。お前も殺人の共犯なんだぞ」

——赤沼の怨《うら》みを含んだ眼がそう言っているように思えるのである。

修三は、ノイローゼになった。夢にまでうなされるようになった。

そんな折も折、裁判の公判で、死刑の宣告。——その「死刑」という二字の文字が、彼にとっては銀鈴のような救いの響きを感じさせた。

〈そうだ。あいつが死んでしまえば、それで何もかもおしまいだ。おれを脅迫する幻の声もそれで消えるのではないか〉

修三はふと、赤沼の最後の場面に、どうしても立ち会いたいという衝動に駆りたてられた。この眼で赤沼の死を見とどけるまでは、安心できないような気がした。

〈それには――どうすればいいか?〉

あの事件以来、修三は例の秘密の遊びからは遠ざかっていたが、三分の好奇心と七分の切実な願望とに迫られて、彼が選んだ変身の相手は、実に赤沼鉄兵の死刑執行者――つまり絞刑吏だったのである。

風をまじえてうす曇りのその朝――午前七時――。

死刑囚、赤沼鉄兵は、独房から引き出されて、刑務所長から執行の言い渡しを受けた。

死刑場は、灰色の高い石塀にかこまれた砂地の隅の方にある陰気な建物である。赤っぽい瓦の屋根に雀《すずめ》が数羽とまってチュンチュンとさえずっていた。

「いいか、気を落ちつけてな。落ちつけてな」

重い足を運んでいく、赤沼の腕を両側から押えた看守が、ときどき義務的な抑揚のない声でささやく。

建物の入口をくぐると、そこは一坪半ほどの板敷の部屋になっていて、中央に黒ずんで陰気な仏壇がそなえつけてあった。蠟燭《ローソク》、香炉、盛り物台、線香などが阿弥陀《あみだ》仏の像の前に供えてある。これは受刑者の宗旨によって、キリスト教ならば、聖母像や聖書に変るのだが、教誨師《きようかいし》が数珠を示しても、赤沼はかすかに首をふっただけだった。

絞首台は、まだうす暗い朝のたたずまいのなかで、十三段の階段の上に、黒々とそびえ立っていた。高い天井の棟木《むなぎ》のあいだからは二条の縄が先端に輪をつくって垂れ下っている。台の下は地面が深く掘られ、汚物を水で洗い流せるように、コンクリートで固めてあった。さらにその底にもう一つ窪《くぼ》んだ穴があるのは、受刑者の脱糞《だつぷん》をうけるためのものである。

もう既に立会席には、検事と刑務所長が威儀をただしていた。台の横の石段を降りると、死刑囚が絶命するまで脈をとる、嘱託の医師が、懐中時計を手にして待機している。執行吏の姿に変身した修三は、看守と同じ制服を着て、ハンドルを握りながら、台の上に準備を整えていた。

やがて、赤沼が蹌踉《そうろう》とした足どりで、木の階段を上ってきた。〈いまこそこの手で〉修三の心臓は、激しく動悸《どうき》した。跳ね板の上に手錠をかけられたままの哀れな犠牲者が立った。

修三は馴《な》れた手つきで、その頸《くび》に縄を巻き、コブをつくった。囚人の顔が彼の方をふり向いた。その顔に目かくしの布をかけてやろうとしたとたん、修三はあッと叫び声をあげた。膝がガクガクと、熱病やみのようにふるえてきた。

何ということだ！

死刑囚もまた、変身していたのである。いま——彼の目前に、いや死の一歩手前で凝然と立っているのは、赤沼鉄兵ではなかった。修三そのもののあの老醜した顔、みすぼらしい姿が立っていたのである。

「おお、お前は……」

思わず相手に呼びかけたその言葉が、実は彼自身に対して言っているものだけに、修三はゾッとなった。

〈これはどうしたことだ。どうした神の手違いだ〉

縄を頸にかけられた修三は、さも悲しそうな眼差《まなざ》しで、絞刑吏に変身している修三の方を見た。冷たい汗が脇の下をはった。足もとがよろめいた。だが、——そのとき立合席から、サッと刑務所長の右手があがった。刑を執行せよ、という命令である。

「どうしたのだ！」

と、つづいて厳しい叱責の声が、追ってきた。

修三は夢中でハンドルを押した。跳ね板は凄《すさま》じい音をたてて、左右に開いた。バターン——死刑囚の姿は、暗黒の穴に向って一個の石塊のように落ちていった。次の瞬間、二条の縄がピーンとはりきった。

「死んだ！」

というおそろしい実感が、彼の手に手ごたえとなって響いてきた。

修三は眩暈《めまい》がした。そこが刑場であることも考えず、あわてて自分の名前を呼んでみた。

しかし、——ここにも新しい変化が起っていた。あのスーパーマンのような魔力は、いつのまにか失われていたのである。どんなに頬をつねろうとどんなに皮膚をこすっても、メーキャップを落すような簡単なわけにはいかなかった。陰険な鷲鼻《わしばな》の絞刑吏の人相から、もとの修三に戻ることはできなかった。彼は自分で自分を殺してしまったからである。

かくして、老俳優万田修三は、この世から永遠に消滅した。

推理作家協会四十年

中島　河太郎

中島河太郎（なかじま・かわたろう）

一九一七年鹿児島市生まれ。一九九九年五月五日逝去。日本推理作家協会七代目（一九八五～一九八九）理事長。柳田國男に師事して民俗学を学ぶ。終戦直後から推理小説の研究評論を展開。一九五五年『探偵小説辞典』で江戸川乱歩賞を、六六年『推理小説展望』で日本推理作家協会賞を、九九年日本ミステリー文学大賞を受賞。ミステリー文学資料館初代館長。『日本推理小説辞典』『日本推理小説史』全三巻のほかアンソロジーを多数編纂。

日本推理作家協会はその前身、日本探偵作家クラブの設立から数えて、昭和六十二年六月に、満四十年を迎えた。

探偵作家クラブの設立とその後の経過については私が、改組後の日本推理作家協会の歩みについては山村正夫氏が、すでに「協会三十年史」に述べていることだが、新会員の倍増した現在、その概略を付け加えておくのも徒爾《とじ》ではあるまい。

戦時中、探偵小説は検閲当局のきびしい指導の下に閉塞を余儀なくされた。国を挙げて外敵と戦っているとき、日本人同士の殺戮《さつりく》をテーマにしたことが忌諱《きき》に触れたため、作家は防諜《ぼうちょう》小説、冒険小説、秘境小説、軍事小説、捕物帖《とりものちょう》などに趨《はし》って、探偵推理は影を消してしまった。

戦後はその禁が解かれ、かえって歴史・時代小説が進駐軍に排除され、現代風俗小説は振わなかったので、探偵小説の復刊、探偵雑誌の創刊が相次いで、読物界の寵児《ちょうじ》となった。

昭和二十一年の春ごろから、探偵小説の愛好家や作家志望者で、江戸川乱歩宅を訪ねる人が増えた。そこで乱歩は在京作家にも呼びかけ、月一回探偵小説について話しあう機会をもちたいと考えた。

四月に探偵専門誌の「宝石」が創刊されたので、その発行元の岩谷書店が借りていた日本橋の川口屋銃砲店ビルの広間で、第一回の会合が開かれた。これが六月で、翌月の会で土曜会と命名され、ゲストを招いての講話があった。

二十二年二月からは、乱歩の自筆謄写刷の「土曜会通信」が配られ、三号まで続いたが、これが現在の会報の前身である。

間もなく土曜会を単なる趣味の会合にしないで、英米のような作家クラブを設立しようという機運がもりあがって、土曜会開設から一周年の二十二年六月二十一日に正式に探偵作家クラブが設立された。土曜会の名は以後クラブの例会の名称として残されることになった。

クラブ規約の目的の条に、「本会は探偵作家を中心とする同好者の機関であって、探偵小説の進歩向上とその国際的交流を計り、内外探偵小説並に犯罪科学の研究を行い、兼ねて犯罪防止の諸施策に貢献せんことを期するものである」とあって、その後半が今となってはおかしい。戦前の探偵小説がエロ・グロ趣味の猟奇読物であったことの反省から、防犯への協力を謳《うた》わざるを得なかったところに、当時の作家の肩身の狭かったことが窺《うかが》われる。

発会当初は戦前派の作家二十名が維持会員となり、幹事はその中から選ばれ、会長に乱歩が就任した。その年の十月には物故作家慰霊祭を兼ねて講演と探偵劇の会を開催して気勢をあげた。

探偵クラブ賞の制定はクラブの重要な事業の一つで、前年度発表の全作品から最高作品を選ぶ建て前であった。第一回では在京の選考委員だけで、規定になかった新人賞をきめたかと思うと、翌年からは廃止し、第三回では乱歩が探偵映画賞の部門を提案可決されたのに、四回以後一度も審議したことはないなど、授賞基準も前年度の最高作品ときめたかと思うと、その翌年には既受賞者は対象外としたり、長篇と短篇の扱い方も一定せず、これほど方針が毎年ぐらついた賞は珍らしい。

選考規程をきめずに、その都度幹事会の出席者の発言の強弱に左右される有様だったから、試行錯誤ばかりを重ねたことになる。

二十三年から毎年刊行され、現在も継続している年鑑も不手際の限りであった。前年度の優秀作品を収録し、付録として展望、作家名鑑、雑誌社名鑑を載せる程度を「年鑑」と名づけたのはおかしく、刊行の際のカバーには「傑作選」といったり、「ベスト15」といったり、現在は「代表作選集」と名付けているが、まったくいい加減な表題のつけ方であった。

私は長年、編集に当ったが、所収作品の採録は当然、クラブ賞の短篇候補作が優先すべきであるのに、出版社が「宝石」の版元であったため、幹事が自選したり、発行元関係者が自作を平気で入れ換えて、編集側のクラブの自主制は顧みられなかった。定見のないイージーな編集ぶりに苦情をいっても採りあげてもらえなかった。

クラブの二大事業ともいうべきこれらの運営が宜《よろ》しきを得なかったのは乱歩の性格とクラブの資金の乏しさゆえであった。乱歩はお祭り好きで、前にも述べた物故作家慰霊祭を兼ねた探偵劇の会をはじめとして、二十四年に読売新聞と共催で、ポーの百年祭記念講演会を、二十七年には五周年記念祭を、二十九年には黒岩涙香三十三周年祭と乱歩の還暦記念祝賀会を、三十四年にはポー生誕百五十年、ドイル生誕百年、上田秋成没後百五十年を記念したミステリー・フェスティバルなどを実施した。こういうことの乱歩の企画力と財政面の工夫は緻密で見事であった。有力作家の旧作を提供して貰《もら》い、それで探偵雑誌の増刊号を出させて印税を会の費用に充てる案を出すなど、経済の面に明かったし、赤字が出れば自分で負担しただろうと思われる。

二十九年に第三代会長として木々高太郎が就任し、副会長に角田喜久雄が就任した。その際、角田は乱歩から時々金を寄付してくれたら、仕事はしなくていいのだと冗談まじりにいわれたという。何かの催しなどでクラブの費用が足りないとき、補助したのは乱歩と角田であった。

クラブを社団法人化し協会に改組するにあたって、基本財産を提示しなければならなかった。乱歩の百万円、角田の五十万円という信託預金を基本に、当時副会長で経理を担当した私は基金獲得に奔走した。各出版社と会員に頼る他はなかった。松本清張の百万を筆頭に各作家が応じたが、木々だけは五十万を申込んでおきながら、協会が設立されたあともとうとう出さなかった。

木々はクラブの運営に口を出しながら、自腹を切ることはなかった。少数ながら木々派を結成して、脱会を仄《ほの》めかして乱歩を脅したから、お山の大将をもって任じている乱歩にとっては、分裂は痛手であったから、木々にはてこずらされた。

土曜会は昭和二十一年から三十七年まで、百八十六回続けられた。ゲストを呼んでの講話や見学会を終ると雑談となり、その折り新入会員が紹介された。毎月の例会で顔を合わせるから、お互いに知りあいがふえた。

クラブの会則によれば会員の資格は、「探偵作家、同翻訳家、同評論家、探偵小説及び犯罪科学の研究者」となっていたが、創設の功労者乱歩は、誰かれかまわず会員の勧誘をした。バーのマダムまで加入して、会員に頒《わか》ったポー像入りの指輪をひけらかしたものである。乱歩から見れば、少しでも会員をふやし、賑《にぎ》やかにしようという軽い気持であったろうが、私は苦々しい思いであった。

作家クラブは乱歩クラブだと外部から囁《ささや》かれるほど、クラブは乱歩を中心にして動いていた。乱歩ほど推理小説を愛し、クラブに愛着をもっていた人はいない。だが乱歩が金主であればあるほど、運営の正しいあり方に口を挟むことは憚《はば》かられた。

どんな会でも長く続けば、初期の情熱が衰えるのは自然であろう。二十九年に乱歩はその還暦祝賀会の席上、百万円を寄付して、推理小説発展の事業基金にしたいと申し出た。とりあえず信託預金をして、その利息で江戸川乱歩賞の賞金にあてることにした。

利息は六、七万が見込まれたが、賞金が五万円だったので、その他の雑費を賄《まかな》うには窮屈だった。寄付金としてクラブに寄託すると、半分くらい税をとられることが分ったので、万全の処置をとらずにはおかない性格の乱歩は苦慮した。安全な形で保管運営するには、クラブを社団法人に組織変更するのが得策だと分ったが、あいにくこの方面には暗い作家の集まりだったので、所轄官庁の文部省に直接折衝してみることにした。

三十五年に役員が改選され、私が経理担当の副会長、大河内常平が幹事長、山村正夫が書記長となり、組織変更の運動に奔走することになった。三年がかりで文部省に申請書類を提出し、三十八年一月三十一日に社団法人の認可がおりた。その際、名称をどうするかで、私たち若い方は「探偵」よりも「推理」を主張して譲らず、いまの名称にきまった。

協会設立後

協会設立後の十年間の歩みについては、「三十年史」所載の山村氏の記述が委曲を尽くしている。次にその目次を掲げておこう。

一、日本推理作家協会の発足
二、最初の理事会審議事項
三、設立祝賀金と事務所の設置

四、活発化した活動
五、江戸川乱歩の協会葬
六、乱歩賞選考委員問題と内規の発表
七、協会財政の危機打開
八、会長、理事長制の実施
九、軌道に乗った運営
十、内規の再検討と協会賞の改革
十一、事務所の独立
十二、整備された組織

初代理事長の乱歩は、五月の設立総会を終えると、身体の不自由を訴え、八月には第二代理事長として松本が選任された。新理事長の抱負は、協会の性格をグループ的なものにせず、法人団体に似つかわしい集団にしたい。個人中心なサロン的なものより、客観体のあるものにしたいというので、従来の親睦会的ムードは一挙に消え去った。

その代り定款や内規に従い、常任理事会や理事会の討議を経て、万事進められるようになった。各種委員会も設置されたし、従来の行き当りばったりで、一部の発言に左右される弊がとり除かれた。

はじめは経済的な苦境にあったが、その打開策も講じられ、安定した運営ができるようになったのは何よりであった。ただ四十五年に理事長と並んで代表権をもつ会長を置く案が審議され、文部省の認可を得たが、やはり一時の弥縫策《びほうさく》にすぎず、次期から採用されなくなったのは当然であった。

昭和五十五年に三好徹が理事長に選任され、石川喬司、海渡英祐、菊村到、都筑道夫、山村正夫が常任理事に指名された。

協会賞正賞のポー像の作製費が大幅にアップしたので、愛着はあるものの、これをやめて時計にした。

六月に遅れていた『日本推理作家協会三十年史』が中島、山村の共編で刊行された。

香住春吾氏から協会運営についての質問があり（三七八号）会報、会費の改訂、事務所の購入、有力会員の退会などをただされたのに対し、理事長がそれに答えたが（三七九号）たしかに決算書だけでは一般会員に購入の経緯は分りにくいだろう。五十四年度の決算報告に際して、『常任理事会からの報告』が海渡理事からなされて、経理の内容を懇切に説明するようになった。

これについて石沢英太郎氏が『土曜会的親睦団体から、やや職能的色彩を加えた日本探偵作家クラブと組織的に広がってゆく過程に、失われたものもあったであろうし、獲得したものも多くあったに違いない。そのことは香住春吾氏の疑念に対する三好徹氏の回答によく表われていた。』（三八五号）といわれたのは、親切な見方であろう。

また氏は海渡氏の事業報告の説明文に対し、『私は社団法人の事業報告を何度か読んだが、かくも親切な説得力のある説明文に接したことがない。』といわれ、事務局がこれまでなおざりにしていたことを優しくたしなめておられる。

六月、ストックホルムで開催された世界推理作家会議に、夏樹静子が代表として参加した。各国の推理小説というテーマでスピーチした。が、次回日本での開催は時期尚早で見送られた。

五十六年の改選で理事長に山村正夫が選ばれ、生島治郎、石川喬司、大谷羊太郎、菊村到、中島河太郎が常任理事に指名された。

すでに会員や賛助会員の出版社との親睦をはかってゴルフ大会や麻雀《マージャン》大会が催されていたが、推理小説研究の自由な討論の場として、土曜サロンが九月から開設された。

戦後間もなく設立した関西探偵作家クラブは、日本探偵作家クラブに合流し、関西支部となり、協会でも引きついだが、長年活動を停止しているので一応廃止することになった。

五十七年十月には協会賞内規を一部改めた。その改訂については、検討委員の一員であった佐野洋氏の報告が詳しい。（四一一号）

また八十歳以上の会員を名誉会員とすることもきまった。

五十八年の改選により、山村正夫が理事長に再選され、常任理事は留任した。

七月、江戸川賞の祝賀パーティは第三十回より講談社との共催とし、経費の一切を同社が負担する。さらに出席者の会費は無料とし、協会員には全員招待状を出すということで、覚書をかわすことになった。
同好会について会員にアンケートを求め、十名を越えた参加者のあるものを承認し、左記の幹事を委嘱した。
土曜サロン（八三名）加納一朗
麻雀（二五名）生島治郎、大沢在昌
ゴルフ（二一名）海渡英祐、佐野洋
囲碁（一五名）斎藤栄、三好徹
将棋（一三名）権田万治、斎藤栄
六十年五月、事務局で使用するコンピューター導入委員会が設けられ、加納、佐野、中島が委員となったが、結局ワープロ購入で結着した。
六十年の改選により、理事長に中島河太郎が選任され、常任理事に生島治郎、石川喬司、大谷羊太郎、加納一朗、伴野朗（後に泡坂妻夫）が就任した。
六十一年十一月、協会編纂《へんさん》の傑作集を、光文社より文庫化したいという申出を承認した。『代表作選集』は講談社文庫で、毎年一冊ずつ刊行しているが、光文社文庫は年三冊くらいの予定である。
六十二年の改選で、理事長は中島河太郎が再選され、常任理事に生島治郎、井沢元彦、石川喬司、大沢在昌、北方謙三が就任した。
七月、内規の一部を改訂した。

目下、頭を悩ませている二つの問題がある。一つは国際交流で、かつてガードナー、アルレー、クイーンらが来日した。日本でも近年、夏樹静子さんが世界推理作家会議に参加し、戸川昌子さんが東欧圏のミステリー会議に招かれた。また三好徹氏は昨年、ソ連作家同盟のミステリー部門の作家と会談したが、今年は日本作家数名を招請したいというので、協会が全会員から希望者を募ったところ、予想外に多かったので、常任理事会で審議の結果、三好団長のほか六名の参加をきめ、旅費の一部を補助することにした。国際交流の糸口が開かれたことはまことに嬉《うれ》しい。

日本作家の英訳、仏訳がぼつぼつ現われるようになったが、まだごく一部にすぎない。日本のように海外作品に貪婪《どんらん》な国はまたとあるまいと思われるが、なんとか隘路《あいろ》を打開して本邦の作品を紹介したいものである。それにはまず海外作家との接触、出版社との交渉が必要と思われるが、その熱心さを買いかぶられたあまり、国際的な会議の開催を要請されても、現在の組織陣容ではとうてい受け入れられそうもない。

痛し痒《かゆ》しの悩みである。もう一つは本協会の蔵書の問題である。事務所にある書架は二重に収めても溢《あふ》れんばかりである。私は以前、推理小説図書館の構想をたてたが、それにはよほどの容積が必要であろう。

国会図書館や近代文学館が、推理小説に冷淡である以上、やはり本協会が自力で蔵書の充実と保存を計る他はない。満杯になった書籍雑誌の半ばだけでも、委託倉庫に移すのも一つの方法ではないかと考えている。

いま一般に公開していないが、ゆくゆくは公共性をも顧慮しなければなるまい。現在、蔵書目録を編みつつあるが、過去の作品はもとより、現在作家の著作でも欠本が多い。いずれ目録の完成と共に、欠本の御寄贈を願えればと思っている。

本協会編集の『代表作選集』、講談社文庫、光文社文庫による傑作選シリーズの刊行にあたって、執筆者の印税の一部を協会に寄付してもらっているので、多大に恩恵を蒙《こうむ》って財政的に安定している。ひとえに寄稿家諸氏に感謝したい。

夜の腐臭

生島　治郎

生島治郎（いくしま・じろう）

一九三三年上海生まれ。二〇〇三年三月二日逝去。日本推理作家協会八代目（一九八九～一九九三）理事長。早川書房の編集者を経て、一九六四年最初の長編『傷痕の街』を刊行。本格的なハードボイルドとして注目を集める。六七年『追いつめる』で直木賞を受賞。『黄土の奔流』のような冒険小説も。会田刑事を中心にした「兇悪」シリーズは『非情のライセンス』としてテレビ化。異色の恋愛小説に「片翼だけの天使」シリーズ。

ホテル・ウィンザーは、横浜の海岸通りを山手《やまて》のほうへ少し登った丘の中腹にあった。明治時代に建てられて以来、震災にも戦災にも耐えぬいたというこの茶褐色のどっしりした建物は、どことなく、潮風に銀髪をなぶらせながら海辺にたたずんでいる、しつけのいい老執事《バトラー》を思わせる。

ホテルの広い車寄せを私は楽しみながら、ゆっくり運転していった。ホテルの前には人影がなく、私を迎えたのは、くずれかけたテラスの敷石のすみから顔を出しているひとむらの金魚草だけだった。

金魚草のかたわらで車を止め、私はホテルのまわりにくい回転扉を、押した。外では六月の陽光がさしているのに、ホテルの中はうす暗く、十二月の雨のしめった臭いがただよっていた。

私はロビーを通って、フロントの前へ行った。そんなに足音をたてた覚えはないのだが、ロビーの一隅で新聞を読んでいた二、三人の老紳士たちが、いっせいに私を非難がましいまなざしでみつめた。私はそれを無視して、フロントの上の呼び鈴を押した。

呼び鈴はカン高い音をたて、その音をあわててとめようとするように、奥からタキシードを着た老人がせかせかした身ぶりで出てきた。

「お泊まりでございますか？」

老人の声は呼び鈴の音よりもカン高かった。私はロビーのほうを盗み見たが、老紳士たちはその声を聞き慣れているらしく、もう新聞に視線をもどしていた。

「泊めてくれるかね？」

と私は尋ねた。

「ええ、お泊めいたします」

すっかり頭のはげあがった老人は、なぜそんなことを聞くのかというふうに、私をみつめた。

「いや、格式のあるホテルだから、ふりの客は泊めないのかと思ってね」

「昔はそうでございました」

宿泊名簿を私のほうへ回してよこしながら老人は溜息《ためいき》をついた。

「限られた、てまえどもでもよくお身元を存じあげているお顧客《とくい》さまだけをお泊めしていたのですが、今ではもう、この辺にもホテルがたくさんできまして、営業上そんなぜいたくは申しておれません」

「なるほど」

私は宿泊簿に記入した。職業欄のところに私立探偵と正直に書こうかと思ったが、思い直して自由業と書いた。私立探偵では、この昔風のクラークには刺激が強すぎるだろう。しかし、その親切がかえって老人の疑惑をそそったらしく、彼は丁重だがせんさくがましい口調で尋ねた。

「自由業と申しますと？」

「デザイナーだよ」

と私は答えた。

「室内装飾のほうでね」

なるべく、老人には見当もつきそうにない職業を、えらんだつもりだったが、それは失敗だった。老人は急に青年のように生き生きと目の色を輝かせはじめた。

「それは、それは。わたしも以前は室内装飾家になろうと志したこともございます。それで、このホテルの室内装飾にホレこみ、ほんの一時のつもりでここへはいったのが、ついつい長くなりまして……」

「ほほう、それじゃわれわれの大先輩というわけだ」

私は内心うろたえながら相づちを打った。

「いえ、大先輩なんてとんでもない。デザイナーとしてはわたしは失格者です。けっきょく、なりそこなったのですからね。室内装飾家として生活するには、わたしは四十年ほど早く生まれすぎたようで……」

老クラークはかすかに首をふった。首をふるたびに、生き生きした目の光はどこかへ消えてゆき、彼は老人くさく唇をすぼめた。

「ぼくは四年ほどおそく生まれすぎたようだ。先輩たちがもうすっかり地盤を固めていて、ぼくら若いデザイナーの進出する余地はない」

私のでたらめな答えは彼を満足させたらしかった。

「とんでもない。お好きな道で生活できるのは羨しいことですよ」

さっきの疑惑のこもった口調とはうってかわったやさしい声でそう言いながら、彼は私にほほえみかけた。

鍵を受けとって、エレベーターのほうへ行こうとした時、ロビーにはなやかな色彩がこぼれた。ピンクと白の縞《しま》模様のブラウスに、ブルーのコットンのスカートをつけた娘が、老紳士たちをけちらすような足どりで、足早に通ってゆく。

まだ二十歳《はたち》にはなっていないだろう、その簡素な服装と、ものおじのしない態度が、かえって、育ちのよさを思わせる娘だった。大きな勝ち気そうな目、ふっくらとした唇、歩くたびにすんなり伸びた小麦色のふくらはぎの上を、かげろうに似た筋肉の翳《かげ》があわただしく現われては消えてゆく。

「あの娘はひとりでここへ泊まっているのかね?」

私は低声《こごえ》で老クラークに聞いた。

「ええ、きょうはおひとりですが、お父様とごいっしょにお越しになることもあります」

「そのお父様というのは、なにものだね？」

「M電機の社長の、鳥飼十三郎さまです」

残念ながら、あなたとは身分がちがいます、という意味を言外ににおわせながら、老クラークは答えた。


部屋へはいってバスをあびると、私はタオルを腰に巻きつけ、窓ぎわへ寄って窓をあけた。湯あがりでからだが熱しているせいもあったが、部屋の中にこもっている古めかしく陰気くさいけはいを追い出したかったのだ。それは、黒皮の背が少しすり切れかかったソファや、ひびのはいった天井のしっくいや、オーク材の分厚い扉からただよってくるらしい。

窓をあけると、その古き良き時代のなごりは流れ出し、代わりに初夏の緑の風がはいってきた。風には、夕方と潮の匂いがまざっている。

深呼吸をして、ふと下に視線を落とすと、ホテルの玄関前の芝生を、例の娘が歩いてゆくのが見えた。どこかへ外出するらしく、籐《とう》で編んだ手さげを右手でふりまわしている。その屈託なげな無邪気なそぶりが、ふいに、さっきのクラークの目つきを、思いださせた。

「あなたとは身分がちがいます」と教えている目つきだった。

たしかに、M電機社長の令嬢といえば、私とは身分ちがいの身の上だ。私立探偵には大きな屋敷も、暖かい家庭も、社会的地位もない。第一、職業として認められているのかどうか。アメリカでは私立探偵になるためには、警察の許可証がいるが、日本ではその必要がない。だれでも、あしたから、いや、きょうからでも私立探偵になれる。その代わり、だれからも、のぞき屋並みの、えたいの知れない存在としてしか認めてもらえないのだ。

それでも、私立探偵社へ所属すればまだ職業としての安定は望めよう。新入社員の素行調査や身元調査、紳士録の作成、競争会社の産業スパイ、夫婦間の秘密に関する調査――会社から個人まで、私立探偵の利用価値はだいぶ認識されるようにはなった。しかし、私のように、個人でフリーに調査活動をやろうという私立探偵に対して、世間の目は、まだまだ冷たかった。

私が道ならぬあいびきの証拠を求めて温泉マーク街をうろつくようなまねをしないで、毎日なんとか飢えずにすんでいるのは、大学の先輩で弁護士の及川浩一氏のおかげだった。彼は、刑事も民事もやる腕ききの若手弁護士で、その弁護資料としての調査いっさいを私にひき受けさせてくれているのだ。

このホテルへやってきたのも、及川氏の口ききで依頼された調査をようやく三日前にかたづけ、骨休めの必要を感じたからである。調査というのは、今度発売される家庭用の冷暖房器の新価格を、産業スパイを使って探っている競争会社をつきとめてくれ、というもので、依頼主は及川氏が顧問弁護士をしているM電機だった。

今、芝生を横切り、丘を降りてゆく娘は、依頼主であるM電機を支配する人の愛嬢であり、見送っている私は臨時やといのとるに足らぬ探偵にすぎない。それでも、彼女に向かって口笛を吹く権利ぐらいあるだろう。私は口をとがらせ、鋭く口笛を鳴らそうとしたが、吹いてくる風のせいか、それともヒビのはいった私の古くさいプライドのせいか、口笛はかすれた音しか出なかった。


その夜、午前一時近くなって、私は、伊勢佐木町《いせざきちょう》通りの裏をさまよっていた。仕事から解放された喜びと、九時ごろから飲みつづけてきたウイスキーの酔いが、私の足をふらつかせている。立ち止まって時計をながめ、私は溜息を吐《つ》いた。もうホテルへ帰って寝たほうがいい時間だった。しかし、私はまだなにか満たされないものを感じていた。仕事から解放された喜びを、じゅうぶんに感じさせてくれるなにかが……。

それは、あのカビくさいホテルの部屋では求められそうもなかった。ふいに、頭の中を、小麦色の足が通りすぎ、私はあわてて頭をふった。それがたとえ、私の求めているものであっても、思い出してはいけないものだった。

その幻影からのがれるように、私は歩きだした。今のところ、それを忘れるために手に入れられるのはアルコールしかなさそうだ。もう一軒だけ寄って行こうと、私は思った。

ちょうど、歩いてゆく正面に、緑色のネオンが見えた。ほかのバーはもう閉まっているのに、そこからだけ、かすかにジャズの音色が路上に流れてくる。扉を押すと、その音が急に高まって、耳が破れそうになった。せまいバーの中は、人いきれとタバコの煙でむっとしている。

目が慣れると、私はようやくうす暗いフロアの片隅にあいている席をみつけ、そこへ泳ぎついた。

ウイスキーのストレートを注文したが、ボーイの耳もとでありったけの声を出してどならなければ聞こえなかった。テーブルはびしょぬれで、すわった椅子の背はこわれている。私はなんとなく、ホテルのカビくさい黒皮のソファがなつかしくなった。

ここは、十代の男女のたまり場らしかった。ミュージック・ボックスから次々とありったけの音量にあげたツイストやサーフィンのリズムが流れだし、フロアの上では、まだ幼顔を残しているくせにからだだけはたくましい若者たちが、腰をぶつけんばかりにして踊っている。男も女も頭からびっしょりと汗にぬれていたが、向かい合って相手をみつめる目は、もっと別のもので、なまなましくぬれているように見えた。

私は、運ばれてきたウイスキーにおそるおそる口をつけた。案の定、ウイスキーは気のぬけたソーダ水のようにたよりない味がする。

それでも、それを一口にあけた時、私は、自分がじっとみつめられているように感じて、ふり返った。腹の中をカッと熱いものが通りすぎたが、ウイスキーのせいではなかった。すぐうしろに、あの娘がすわって、私のほうをじっとながめていた。

娘はもうすっかり酔っぱらっているらしかった。上体がゆれ、イスからころげおちそうになると、あやうげにテーブルに右手をついてようやく身を起こしている。私のほうをじっと見ているのも、なんとか視点を定めようとしているせいで、その目に私がうつっているかどうかはあやしかった。

「よう、ヨッコちゃんじゃねえか、めずらしいなあ、どこへ行ってたんだよ」

ふいに声をかけながら、踊りの列の中からひとりの若者がこちらへやってきた。あまり清潔とはいえないハンカチで、ニキビのいっぱい吹きでた額のまわりをふき、娘の肩に手をかける。着ているTシャツは汗でぴったりと肌にはりつき、その下のたくましい筋肉を浮き彫りにしていた。

「やっぱりヨッコちゃんだ。よせヨウ、忘れちゃやだね、おれだよ。健介だ」

「ケンスケ?」

娘は視点の定まらぬ目をあげて若者をみつめ、当惑げに眉根を寄せた。

「そうだヨウ。半年前までダチコウといっしょに遊んだじゃんかよ。あんたが見えなくなったんで、みんな心配してんぜ」

若者は娘のわきの下に手をかけ、ぐいとひき上げた。

「まあ、いいやな。久しぶりだ。おれと踊ろうよ」

娘の足がもつれ、テーブルの上に尻もちをつきそうになるのを、若者は楽しむようにニヤニヤしながら、両手でささえる。

私は立ち上がり、若者のそばへ寄ると、その腕をはずし、娘をイスに腰かけさせた。

「なんだい、あんた?」

むりにはずされた腕を、さすりながら、若者が不服そうに聞いた。

「おれは、この鳥飼さんとこの社員でね、お嬢さんのお供をしてきたんだ」

「鳥飼さんってだれだよ?」

「このお嬢さんのことじゃないか」

「ヨッコが鳥飼さんだって?」

若者は黄色い歯をむきだして、笑った。

「冗談じゃねえ。ヨッコの名字は桜井でよ、お嬢さんはお嬢さんでも、飲んだくれの沖《おき》仲仕《なかし》のお嬢さんだぜ。おれはガキの時分からよく知ってんだ」

「きみは人ちがいをしているな」

と私は静かに云《い》った。

「この人は、ぼくの社長のお嬢さんだよ」

「ウソつけ、てめえ、おれがバンかけた女を横どりする気か」

「横どりもなにも、だいいち、このお嬢さんは酔いすぎていて踊るのはむりだ」

「トボけた野郎だ」

若者はいきなり、右の拳を大きくふって私の顔をねらった。かなり正確なスウィングだったが、惜しむらくは、スピードに欠け、顔面のガードが丸あきになった。私は身を沈め、左で軽くボディーを打ってから、右のストレートを鼻っ柱に命中させた。若者は背中で、踊っている連中を押し分けるようにしながら、フロアまですっ飛んでいった。

私はとどめの一撃《フィニッシュブロウ》を与えるためフロアまで進んだが、それは失敗だった。背後から、後頭部に手刀を受け、私はフロアにつんのめった。どうやら、若者には仲間がいたらしい。

四つんばいになり、頭をふって意識をとりもどすと、私はあたりの様子をうかがった。これ以上、相手の人数がふえてはとても勝ちめがないと思ったが、健介と名のる若者の仲間はひとりだけらしかった。あとの連中は、珍しいショーでもみるように、フロアから遠ざかり、部屋のすみの椅子にすわって好奇の目を光らせている。

健介ともうひとりの若者は、私のそばに近づいて、腹をけりあげようと足をあげた。私は、身を横にすべらせ、健介の足をよけると同時に、もうひとりの足をつかんでフロアにひきずり倒した。そして、すばやく自分は立ち上がり、その仲間の頭をけりつけた。若者は奇妙な叫び声をあげ、頭をかかえると動かなくなる。

「よう、おっさん、年のわりにはやんじゃんか！」

だれかが黄色い声でひやかし、壁ぎわの連中がどっと笑った。

ガチャンと音がし、ふり返った私の目に、健介がカウンターでビールびんをたたき割る姿がうつった。そのギザギザのついた割れ残りのびんを右手にかまえ、健介は血走った目で私をにらむ。

私は、そばにあった椅子をひきよせ、両手でかまえた。突っこんでくる健介のからだをその椅子で押し、たたらをふんで、カウンターまでさがるところを、右手に椅子をたたきつけるつもりだったが、その計算がわずかにはずれ、椅子で健介のからだを押した時、右腕のつけねに激しい痛みが走った。彼の凶器が腕をひき裂いたのだった。その代わり、健介もバランスをくずし、フロアの上でよろめいていた。横ざまにふるった私の椅子が、そのあごをとらえ、彼はそのままフロアにのびた。

「よう、チャンピオン!」

壁ぎわから出てきただれかが、私の腕を高々とあげたが、私はそれをひきはなし、あの娘のそばへ行った。娘はテーブルの上に突っ伏している。私はそのからだをかかえるようにして立たせた。

「歩けますか?」

と聞くと、かすかにうなずく。ここにぐずぐずしていると、いつ健介の仲間がはいってくるかわからない。私は娘をかかえてそそくさとバーから出た。

娘が私に口をきいたのは、車を止めてある通りまで、彼女をどうにか歩かせ、車に乗せてホテルへ帰ろうとする時だった。

「どこへ行くの？」

と彼女は尋ねた。

「ウィンザー・ホテルに泊まっているんでしょう。ぼくもあそこに泊まっているんだ。ホテルへ帰ろう」

そう答えると、彼女はいやいやをした。

「あたし、家へ帰りたいわ」

「家ってどこです？」

「東京なの。目黒よ。あたし、パパとけんかして出て来ちゃったの」

「それじゃ、家まで送りましょう」

ホテルの柔らかいベッドが目先にちらついたが、こうなってはそこに横たわるのは当分おあずけだ。

私は車を第二京浜《けいひん》国道のほうに向けた。

娘は隣の座席で首をたれ、気持ちよさそうに眠りこけている。ふっくらした唇を心持ちあけ、車の動揺にしたがって首をふらつかせているのは、幼女のようにあどけなく見えた。

私は時速七十で、車を運転し続けた。午前二時の国道は、いつもなら快適なドライブを約束してくれるのだが、今はカーブを切るたびに右腕が痛んだ。それでも、傷はたいいしたことはないらしく、血もとまったらしい。

六郷《ろくごう》を渡り切ったところで、娘は目をさました。からだをふるわせて、小さい声で云う。

「寒いわ」

私は車を端によせ、上着をぬいで羽織らせてやった。

「あら」

ワイシャツににじんだ血のあとを見て、娘が声をあげた。

「さっきのけんかでけがしたのね」

「たいしたことはない。もう血もとまった」

それでも娘は自分の手さげから、ブルーのかわいいハンカチをだして、腕に巻いてくれた。そうしながら、低声でクスクス笑いだす。

「なにがおかしいんだ?」

「あたしさっきまで、酔っぱらっていてよく見なかったけど、あんたってトール・ダーク・アンド・ハンサムなのね」

「まだ酔いが残っているんじゃないか」

と私は答えた。

「ぼくはたしかに〈背が高く《トール》〉で〈色は黒い《ダーク》〉だが、ハンサムじゃないぜ」

「でも、少なくともタフだわ。さっきのけんかでわかった」

「学生時代に、拳闘をやったことがある。もう五年も前のことだがね。今は少し肉がついてミドルぐらいだが、そのころはウェルターだった」

「五年前に大学っていうと、今、二十七、八、ってことかしら？」

私はうなずいた。

「まだお名まえをうかがってなかったわ？」

「ぼくのほうもきみの名まえを知らないぜ、名字だけは知っているが……」

「あたしの名はヨリコ。ニンベンに衣をかく依子よ」

「すると、さっきの若い男が云っていたように、愛称はヨッコかな？」

「そうよ。偶然の一致ね。それとも、ほんとうにあたしが沖仲士の娘に見える？」

「きみの身分はウィンザー・ホテルのクラークに聞いた。M電機の鳥飼社長のお嬢さんだろう」

娘はそれに答えず、ただ含み笑いをするだけだった。その声はハスキーで、ひどくおとなっぽく聞こえた。

「あなたの名も教えて？」

「上着の内ポケットに名刺がはいっている」

彼女は羽織った上着のポケットから名刺をとりだしてながめた。

「久留須茂樹――いい名まえね。それに、私立探偵ってスリルのある職業だわ」

「スリルはあるさ」

「いつ食えなくなるかわからん商売だからな」

と私は答えた。

それから三十分後に、私は、きれいに銀髪をなぜつけた老紳士と向かい合って、ソファにすわっていた。

「なんとお礼を申しあげてよいか」

よく響くバリトンで紳士は云い、頭を下げた。

「あの子はどうも気ままなところがありまして、困っているんです」

「おかあさまはお亡くなりになったのですか？」

「妻ですか？　妻は半年前に亡くなりまして、今はこの屋敷には婆《ばあ》やと娘とわたしの三人きりです。それで、あの娘も寂しいのだと思いますが」

鳥飼氏の着ているこげ茶のナイト・ガウンからは葉巻きと孤独のにおいが伝わってきそうだった。彼は重い疲労を吹っきるように何度もしわぶきをくり返す。

その時、着替えをすませた依子が居間へ入ってきた。

「パパ、久留須さんは疲れていらっしゃるのよ。早く休ませてあげて」

「そうだったな」

老紳士は私のほうを見て微笑《ほほえ》んだ。

「これからホテルへ帰られるのはたいへんでしょう。さっき、ホテルのほうへは電話しておきました。今夜は、わたしの宅でおやすみください。お気に入るかどうかわかりませんが、寝室の用意もしておきましたので……」

私はけんめいに断わったが、鳥飼氏と依子はくりかえし泊まってゆくようにすすめた。しまいには私も根負けのした形で、その申し出を受けることにした。実際には、横浜までのとんぼ返りドライブは、今夜の私にはもはや苦痛でもあった。

鳥飼氏の客用の寝室は、ホテル・ウィンザーの私の部屋よりも居心地がよさそうだった。床には青磁色の深々としたじゅうたんが敷いてあり、その上にモダーンなデザインの小ぢんまりした三点セットが置いてある。部屋の右手には壁にそってマホガニー色のサイドボード、その反対側にベッドがにぶい黄金色の毛布と柔らかそうなまくらをのせて私を誘惑していた。

サイドボードの上の壁にはめこみになった大きな鏡が、ベッドの寝姿をみつめる一つ目小僧を思わせて、あまり趣味がいいとはいえないが、あとは私の気に入った。

寝室の前に廊下をへだてて付属している小さなバスルームでシャワーを浴びると、私は素裸のままベッドへもぐりこんだ。たちまち、深い眠りが私を包んだが、さっきはげしくからだを動かした筋肉のほてりが、意識のどこかを刺激していたらしい。私は夢を見はじめた。広い野原を私はなにものかを追って走っていた。追っているのがなにかはわからなかったが、それを自分がはげしく求めていることはわかっていた。野原の端に小高い丘があり、そこで相手はつまずいてころんだ。私は腕を伸ばし、そのからだを抱きあげた。弾力のある小麦色のからだだった。依子だな、と私は思った。いつの間にか、依子と私は素裸で抱きあっていた。まだ小さい堅い乳房が私の胸をつっつき、私は依子をしっかり抱きしめると、ふっくらとした唇をうばった。依子はクスクス笑いながら身もだえする。

クスクス笑っている声が耳もとで現実になり、私は目をさました。あおむけに寝ている私のからだの上にのしかかるようにして、依子はクスクス笑っている。依子は夢の中と同じように素裸だった。私はゆっくりと依子をからだの上からすべり落とすと、上半身を起こした。部屋には淡いブルーの照明がつけられてあり、それがシーツの白をきわだたせている。その白と対照的な小麦色のからだをすんなりとベッドに横たえた依子は、深海で泳ぎに疲れたからだを休める人魚のように見えた。

「こんなことをしちゃいけないよ」

われながらしわがれた情けない声だった。

「なぜ?」

あどけなく依子は聞き直した。

「あたし、久留須さんが好きなのよ」

こうしていけない理由はたくさんあった。しかし、どれも今の私を押えるほど強い理由ではなかった。私はふりむくと、いきなり依子の唇に自分の唇を押しつけた。私の指先が動き、依子のからだに小さなせんりつが走った。唇を首すじから小さな乳房へとつした時、私をなにか光がとらえた。自分の良心の光かと思ったが、そうではなかった。壁の鏡が揺れたのだった。

私は上半身を起こした。

「どうしたの？」

依子がかすれた声で尋ねた。

「からだじゅうが汗になった。ちょっとバスルームで流してくる」

タオルを腰に巻きつけると、私はすばやく廊下へ出た。バスルームへは行かず、いきなり隣の部屋のとびらをひきあける。部屋の中は暗かったが、明るく見えるところが一カ所だけあった。私の寝ていた部屋との境になっている壁に、それは四角く青い光を放っていた。その光が、銀髪の男の横顔を照らしている。私は壁を探り電灯をつけた。

部屋が明るくなると、鳥飼氏はガウンの肩をすぼめ、おびえたようにしわぶきをくり返した。私は彼のかたわらへ近寄り、四角い窓から隣をのぞきこんだ。淡いブルーの照明の中で、ベッドにあおむけになり、あどけなく天井をみつめている依子の姿が見えた。

「思ったとおりマジック・ミラーですな、これは」

と私は云った。

「水族館の魚を見物するように、自分の娘さんが男とたわむれるのを見るのがあなたの趣味ですか？」

私の問いに、鳥飼氏はゆっくりと頭をふった。

「あれは娘ではない。わたしの妻だ……」

「なるほど、そんなところだろうと思った。半年前から、横浜のハイティーン・グループからヨッコという名の娘が消えたらしい。つまり、半年前に奥さんが亡くなってすぐ、あんたがヨッコを妻として迎えたというわけですか？　それとも、拾ってきたと云うべきかな？　飲んだくれの沖仲仕の娘を」

鳥飼氏は私を弱々しくみつめ、うなずいた。

「そう、彼女《あれ》は沖仲士の娘だった。しかし、わたしがもう失ってしまったものをふんだんに持っている娘だった。

彼女を横浜で見た時、わたしは彼女の手を借りてわたしの失ったものをとりもどそうと決心したのだ。わたしは彼女に交換条件を出した。わたしは彼女に自分のふんだんに持っているもの——金を提供し、彼女はわたしに、つまり……」

彼はそこでことばをつまらせ、醜く顔をゆがませた。

「つまり、青春を提供してくれと云ったわけですか」

私は彼の顔のしわが数えられるほど顔を近づけて意地悪く尋ねてやった。彼は顔をそむけた。

「しかし、それはむりなことだった。彼女はわたしの金を楽しむことはできたが、わたしは彼女の青春を楽しむことはできなかった。彼女はずいぶん努力してくれたが、ダメだった。わたしはもう六十歳だ。むりのできないからだなんだ」

「それで、その代償行為として、彼女に男を屋敷にひき入れさせ、そのアバンチュールをのぞいていたわけですか……」

私のからだをうそ寒いものが駆けぬけた。目の前に、金の重みに打ちひしがれ不能になった男がうつろなしわぶきをくり返している。タオルを腰に巻いたまぬけな姿で、この豪華な居間に立ちつくしている自分がのろわしかった。

私はもう一度、マジック・ミラーの窓から隣をのぞきこんだ。依子は、私の帰りがおそいので、たいくつしたのか、唇に手をあて小さなあくびをしていた。

趣味を持つ女

阿刀田 高

阿刀田高（あとうだ・たかし）

一九三五年東京生まれ。日本推理作家協会九代目（一九九三〜一九九七）理事長。一九七八年最初の短編集『冷蔵庫より愛をこめて』を刊行。いわゆる「奇妙な味」で注目を集める。七九年『来訪者』で日本推理作家協会賞短編部門を、同年短編集『ナポレオン狂』で直木賞を、九五年『新トロイア物語』で吉川英治文学賞を受賞。二〇〇三年紫綬褒章を、〇九年旭日中綬章を受章。日本ペンクラブ会長（〇七〜一一）。山梨県立図書館館長（一二〜）。

「外国では見知らぬ人のお葬式にそっとお花を供える習慣がありますのよ。わたくし、モンパルナスの墓地で、よくそんなご婦人を見かけましたわ」

もし、だれかに奇妙な〝趣味〟の理由を尋ねられたら、野口京子はきっとこんなふうに説明しただろう。

だが、京子が本当に海外で生活したことがあるのかどうか、そのへんの事情となると、近所の人はだれも知らなかった。

京子は数年前からM市内の暁マンションに弟と二人で暮らしている。人づきあいは極端に少ないほうで、二、三のご用聞きを除けばほとんど人の出入りはない。

京子の勤め先はどこかの研究所か図書館らしく、その収入の中から弟を大学に通わせていた。この弟も、家にいるのかいないのかハッキリしない、とてももの静かな青年だ。ずいぶんと気弱そうな顔立ちで……。

野口京子は、また、

「むかし、最愛のフィアンセに死なれたことがあって……あのときのことを思い出すと、とても他人事《ひとごと》のような気がしませんの」

と、近所の花屋に漏らしていたらしいけれど、この点についても、果して彼女にそれほどドラマチックな別離があったのかどうか、本当のところを知る人はだれもいなかった。

マンション内の噂《うわさ》では、弟の面倒をよくみる、感心な……しかし、どこか風変りなハイ・ミスとして通っていた。

齢《とし》は四十歳くらいだろう。

髪をショート・カットにしたり、ピンク色のワンピースを愛用したり、いつも若造りに装っているので、ちょっと見には実際の年齢よりよほど若く見えたが、エレベーターの中で顔を合わせたりすると、化粧品の下に塗り込められた小皺《こじわ》やしみがありありとうかがえて、かえって隠された年齢の多さがグロテスクに感じられた。

「だれかいい人がいないのかねえ」

「あのご面相じゃなあ」

「しかし、あれは悪女の深情けってタイプだぜ」

と、これも周囲の無責任な噂だが、こんな評判さえも彼女について語られるのはめずらしかった。

〝女は人の噂にのらなくなったら、もうお仕舞いだ〟というのが真実ならば、野口京子は着実にその〝お仕舞い〟のほうに近づいていた。

彼女は牡蠣《かき》のようにひっそり暮らしていたし、マンションの踊り場会議でも、京子がピンクの衣裳《いしょう》でスタスタ出かけて行くのを目撃しない限り、だれもこの女のことを思い出したり、悪口のタネにしたりすることはなかった。しかもマンションの壁は厚く、頑強にできている。灰色の容器はけっして京子の生活を外に漏らそうとしなかった。

だから……彼女の〝趣味〟が、いったいいつごろから始まったものか、だれも知るはずがない。それどころか、京子にそんな〝趣味〟があることさえ、だれも気がつかなかった。本当に、一緒に暮らしている弟さえも……。

十月の、ある秋晴れの朝、クリーニング屋の店員が、マンションの廊下でまっ黒な衣裳をつけた京子に出会った。

――今日はやけに地味な服装だな――

と、思った。

だが、クリーニング屋はすぐにその理由《わけ》を覚《さと》った。

時刻は十時過ぎ。出勤の時間にしては少し遅すぎたし、京子は腕に重い菊の花束を抱えていた。

――知合いの家で不幸があったんだな――

と、店員は考えた。

女の眼《め》は黒く落ち凹《くぼ》んで、いかにも通夜の翌朝といった感じである。

「おはようございます」

と、声を掛けたが、

「今日はなんにもないわ」

と、京子は無愛想に言って、いそがしく立ち去った。

マンションを出た京子は、そのままバス・ストップに向かったが、バスがなかなかやって来ない。イライラした様子でしきりに腕時計を見ていたが、からのタクシーが来るのを見つけると、サッと手をあげた。

「S町の交差点まで」

運転手は、さながら天野屋利兵衛《あまのやりへえ》のように断じて口をきかず、京子のほうも終始無言でしっかりと菊の花束を抱いていた。

十数分ほど走って車はS町に近づいた。

「そこで結構よ」

京子が車を止めたのは、大通りから住宅街らしい小径《こみち》に通ずる角だった。電柱に黒枠の紙が張ってあって、そこに指を差した手形と、それから〝山内家〟の文字が記してある。

京子はその手形をチラッと横眼で見たが、案内に頼ろうとするふうもなく、トコトコと小走りに土の道を踏んだ。

やがて黒白の幕が見え、ビニールをかけた花輪が五、六基、風に揺らめいている。京子はその門の前に立った。

家の内ではちょうど告別式の読経が終ったところらしい。

生垣の門から猫の額ほどの庭へ弔問客用の通路が作られていて、遅れて到着した会葬者が二、三人、焼香の順番を待っていた。

京子はその列にはつかず、花を抱いたまま玄関のほうへまわり、そこでちょっと待っていたが、すぐに靴をそろえて家の中へあがり込んだ。線香と花の匂いがたちこめている。

祭壇の前にジーパン姿の男が現われ、

「では、よろしゅうございますか？　出棺の用意をさせていただきます」

と、言った。

葬儀屋はいつも慇懃《いんぎん》で、もの静かで、そのくせ動作は事務的で、テキパキとすばやい。

男は祭壇のうしろに隠れ、花籠や供物を動かしてから、

「おそれいりますが、男のかた、二、三人、ちょっとお手伝いをお願いします」

と、呼び掛けた。

棺《ひつぎ》は庭に面した廊下に引きおろされ、男が蓋を開いた。

老婆が口を〝へ〟の字に凹《へこ》ませ、ぎごちない合掌のまま眠っている。

「さ、最後のお別れです」

葬儀屋の声にうながされて、親族の者たちが一人、二人と棺のまわりに集まった。

「おばあちゃん……」

若い娘が膝を折り、箱のふちに寄り添った。涙がポトンと白装束の胸に落ちた。あちこちで涙まじりの鼻汁をすする音が続いた。棺の中は供えの菊花で花壇のように変っていく。

男たちは緊張した面持ちで立っているが、眼のうちに、無気味な残骸を見つめる好奇の色がないわけでもない……。

「さあ、もうよろしいですか」

葬儀屋が見まわしたとき、いつの間にか京子も棺のすそに立っていた。

京子は眼をしばたたきながら、

「おばあさんにお世話になったものです」

と、小さく囁《ささや》いたようだ。

だが、その声がどれだけ周囲の人に聞こえたかわからない。京子は胸の花束をそっと死者の足もとに押し入れた。

「では、これでお別れ、お別れ。ご親族のかたは石で釘《くぎ》を打っていただきますから」

葬儀屋が無情に蓋を閉じ、手早い動作で釘を一本だけ打った。

カチカチ、カチカチ……。

いったいどういう意味を持つ風習なのだろうか。親族の者たちが石を握って、頭を出したままの釘を打つ。この儀式が終ると、今度は葬儀屋が金槌《かなづち》を使って、

トントン、トントン……。

と、本格的に釘を打ち始めた。

「では、またお手伝いをお願いします」

棺は黒い背広の男たちに抱えられて、外の霊柩車《れいきゅうしゃ》に向かった。人の群が戸外に動く。

そのとき、廊下の隅で、

「おい、ここに置いた香典の束、知らないかい？」

「いいえ、知りませんけど……」

喪服の男女が口を尖《と》がらせていたが、京子は頭をさげたまま通り過ぎた。

玄関をまわって外に出ると、棺はすでに車の中に納《おさま》っていて、路地の先まで人の列ができている。

その人の群をかきわけてドブ鼠《ねずみ》色の背広を着た男が馳《か》け込んで来たが、もう葬儀の終ったことに気づくと、列の中に立って胡散《うさん》くさそうに周囲を見まわした。

少し気取った言いかたが許されるならば、葬儀は放射状のドラマなんだ。

故人が中心にいて、弔問者はそれぞれ中心へ連らなる心の糸を握りしめている。参列の人たちはおたがいに横の親しさがあるとは限らない。見知らぬ人が隣で手を合わせていても、だれも不審に思うものはいない。その人はその人なりに、こうして合掌しなければならない事情を胸に抱いているのだろうから……。

まったくの話、人間の一生はあとでたどりようもないほど多岐に渡っている。だから、故人がどこでだれとどんな関係を結んでいたか、とてもわかりやしない。

会葬者名簿の中に見慣れぬ名前を発見して、

「この人、だれかな」

と、思案をめぐらした遺族もきっと多いことだろう。〝山内家〟のおばあさんは、ここ数年来、中風で寝たっきり。ほとんど外の人と接触がなかった。病気で倒れる前も、長いこと〝隠居〟の立場だったから、この期間にもあんまり多くの人と交際があったとは思われない。

しかし、それよりさらに昔の時間までさかのぼってみれば、おばあさんは支那事変の従軍看護婦として外地へ赴いたこともあったし、終戦後は大きな病院の内科婦長を勤めたこともあった。どこかで、だれかに思わぬ親切をほどこしていることも、おおいにありうることであった。

おばあさんの葬儀はつましい、ささやかなものだったけれど、そのへんの事情まで考えれば、見知らぬ弔問客が現われても、そう奇異な印象はない。少なくとも〝山内家〟の人たちは、そう思った……。

京子は豪華に屋根を飾った車が走り去るのを見送ると、心の糸を断ち切るようにクルリと踵《きびす》を返し、人の列を離れた。そしてさっさと急ぎ足で表通りに戻り、ちょうどやって来た市内循環のバスに飛び乗った。

バスは繁華街の停留所で、京子を吐いた。洋品店、レコード・ショップ、和菓子屋、フルーツ・パーラー、うなぎ屋が軒を並べ、四つ角では新装開店のパチンコ屋がスピーカーをガンガン鳴らして、呼び込みの声を流している。

銀行の脇の歩道にポスター屋が店を広げ、その隣で日に焼けた男が、縫いぐるみの動物を山のように積んで、

「一つどう？　一つどう？」

と、通行人に気弱な声を掛けていた。

京子はその前で足を止めた。本当はもう少し先のデパートまで行くつもりだったが、ここで間に合うものなら、それでもいい、といったふうに……。

「どう？　お子さんに一つ」

「ええ……」

「デパートの三分の一の値段だよ」

「ええ……」

京子はワニの縫いぐるみを手に取ってみた。自動車のリアー・シートに置くような、大きなクッションである。

「ワニさん。それはいいね。留守番の坊やが喜ぶよ。ぜったいに……」

商人は、葬式に出た母親が子どものためにおみやげを捜している、と飲み込んだ。

ワニさんはギョロ眼で京子を見あげている。

京子はしばらくそのワニの顔をながめていたが、それをポンとビニール・シートの上に戻して、今度は亀の縫いぐるみをつかんだ。

「はい。もし、もし、カメよ、カメよ、カメさんよ」

「亀って……子どもが好きかしら?」

「そりゃもう、断然人気者だよ。浦島太郎の話もあるしね。テレビの漫画にも出てくるし……」

でも爬虫類《はちゆう》はどこかグロテスクで、大人の趣味にあわないところがある。嫌われたら、つまらない……。

「そっちのキリンは、いくら?」

ちょっと首のまわりは太めだが、なかなか愛敬《あいきよう》があってかわいらしい。

「二千円なり。大まけをして千八百円でいいよ」

京子は腕を〝く〟の字に曲げて抱いてみた。二の腕に届くほど長い首だ。

「千五百円にしてよ」

「まいったなあ。それじゃあ、オレの儲《もう》けがないよ。よし、じゃあ決まった。千六百円。美人の奥さんに大サービス……」

「いいわ。包んで」

お客は素っ気ない声で承諾した。

大きな荷物を抱えた京子は、道を反対側へ渡って、自宅のほうへ行くバスを待った。

「ワニさんのほうがよかったかしら」

と、独りごちながら……。

ブロック塀から横手の物置きまで、ボロ隠しのように幕が張ってあった。それでも隠しきれずに三輪車が片方の車輪をのぞかせていた。

路地には五、六歳の子どもを連れた、若い母親たちが大勢たむろしていて、みんなウサギのように眼を赤くしている。

そのかたわらで、子どもたちが不思議そうに母親の顔を見比べている。おしゃまな顔つきの女の子だけが、母親と同じようにハンカチを握りしめ、何度も何度も大げさな身振りで眼を拭っていた。

プレハブ住宅の玄関に簀子《すのこ》が掛かり、

〝忌中。俗名、市岡昇。享年六歳……〟

と、書いてある。

「いきなりダンプが飛び出して来たんですってねえ……」

一人の母親が眉を曇らせて言った。

「そうなんですのよ。信じられないわ。お父さまがご一緒だったんでしょ」

「お父さまはゴルフの練習場でクラブを振っていらしたのよ。昇ちゃんは一緒について行ったけど、退屈なもんだから一人で外に飛び出して……」

「お父さまとしたら、やりきれませんわねえ」

「本当に……」

「さっきも泣いていらしたわ」

門の前に受付けの小さな台があって、その脇に協同組合や農業団体の名を掲げた花輪が立っている。

父親はきっとこのどれかの事業に勤めるサラリーマンで、趣味はゴルフ……。どこにでもいるような平凡な男にちがいあるまい。

花輪のかげでドブ鼠色の服を着た男が、母親たちの話を聞きながら、退屈そうになまあくびを嚙《か》んだ。

会葬者が一人、受付けに走り寄って香典の袋を差し出している……。

突然、家の中から慟哭《どうこく》が起こった。

路地に並んだ人たちが首を伸ばした。子どもたちがバラバラと植木のあいだをくぐり抜けて庭へ入った。

午後の日射《ひざ》しの映る縁側に、少し小さめの棺が置かれ、蓋が開いている。

「昇ちゃん、昇ちゃん」

母親が堅い頰に、やつれた頰を寄せている。少年の頭は包帯に被《おお》われ、片眼はその下に隠れていた。

黄と白の菊花が次々に棺の中に投げ込まれた。

ここの葬儀屋はめずらしく年が若い。素知らぬふうに顔を外に向けて秋の日和《ひより》を仰いでいたが、泣き声が弱まる頃を計って、

「では、棺を閉じさせていただきます」

と、宣告した。

スッと一人の女が棺の足もとに近づいた。キリンの縫いぐるみを腕に抱えて……。

「幼稚園で仲よくしていただいて……」

あとは声にならない。

小肥《こぶと》りの父親が、崩れる母親を支えながら、女のほうへ眼を向けた。

「これをいっしょに抱いて行って」

キリンは棺の胸の脇に落ちた。

父親が軽く女へ黙礼をした。

棺の蓋が木の音をきしませて視界をさえぎると、少年も、キリンも消えてしまった。

カチカチ、カチカチ……。

「みなさん、おすみになりましたか？　では失礼いたします」

トントン、トントン……。

型通りに出棺の準備が整い、父親と若い葬儀屋が棺を運んだ。

女はそっと玄関へ移り、棺のあとを追うようにして外へ出た。

門の脇でドブ鼠カラーの男と、女の眼があった。女は視線の片すみで男を見た。

男は、トコトコと歩く女のうしろ姿を眠そうな眼で追ったが、すぐに門の中へ入って、
受付の小机の脇へ立った。

「おい、ゲンさん」

こう呼ばれて、パチンコを弾《はじ》いていた男が振り返った。

男は相変らずドブ鼠色の背広を着ている。眠そうな顔つきも変らない。

「なんだ。ギョロか」

〝ギョロ〟と呼ばれた男は、多分眼つきから来たあだ名なのだろう。ギョロギョロと眼《まな》差《ざ》しの厳しい男だ。

「こんなとこで油を売ってちゃ、いかんのう」

ギョロ眼が笑うと、急に人なつこそうな顔になる。根はやさしい男なのかもしれない。

「そうだ。まだ勤務時間中じゃからのう。もう帰るのか」

「ああ」

「じゃあ、一緒に行こう。もうタマもなくなる」

「この店は入りやしない」

「知ってる」

〝ゲンさん〟は、最後の一パツを勢いよく弾くと、あとも見ずに立ちあがった。

出口のところで遊び人風の店員が、二人の姿を見てギョッとしてお辞儀をした。

それには見向きもせず、外に出て、

「いま、なにを追っかけている?」

と〝ゲンさん〟が尋ねた。

「この秋は不作だな」

「結構じゃないか」

「開店休業につき……宿題のやり直し」

「宿題？」

「ああ。おミヤ入りした強姦《ごうかん》殺人があっただろう」

「去年のやつか」

「そう」

「殺人係《ころし》の連中は、しつこいね」

「盗みとはわけがちがうさ。ゲンさんのほうはなんだい？」

〝ゲンさん〟は、よじれた黒ネクタイを撫《な》でながら、片頬をゆがめ、

「香典ドロボウ」

と、答えた。あんまり華やかな事件ではない。

「多いのか」

「ウーン、ちょくちょく。額は小さいが、あちこちでマメに稼ぎやがる。葬式はやたらにあるし、どこで仕事をやる気かわかりやしない」

「それで黒ネクタイ……か」

「さよう。毎日焼香に歩いている」

「いまに抹香くさくなる」

「しかし……葬式の好きなやつって、いるもんかなあ」

「坊主と葬儀屋だな」

「ウン。好きじゃなくても、毎日葬式に出ていると、来世の功徳がいいとか……」

「聞かねえな」

「あちこちの葬式でいつも会う女がいるんだ」

「なんだ。ゲンさんのことじゃないのか。そいつが本ボシだろう、香典ドロの……」

「オレもそう思った。シッポは出さないし、手口もわからん」

二人は繁華街の交差点に来ていた。西陽《にしび》を受けて影法師が長い。

〝ゲンさん〟の体がキクンと動いた。猟犬が獲物の匂いを知ったときのように……。

「どうした？」

「ちょっと……先へ帰ってくれ」

ドブ鼠カラーは、もうあとも見ずに交差点を渡り始めていた。

――あの女がデパートへ入って行く――

〝ゲンさん〟は、そのうしろ姿を追った。

〝ギョロ〟が下唇を突き出して、それを見送った。

――どうも……少しだけ匂うんだがなあ――

〝ゲンさん〟は走りながら記憶の糸をたぐった。

初めて見たのは、どこかのばあさんの葬式のときだった。そう、山内家と言ったかな。その家で香典が盗まれている。

それから同じ日の午後、交通事故の坊やの家。ここでは被害はなかった。

――あそこはオレが初めから眼を光らせていたからな――

その次の日は、居酒屋の親父《おやじ》の葬式、もと校長さんのところ、子宮癌《しきゅうがん》で死んだサラリーマンの奥さん、自殺した鉄道の助役、銀行の課長のお袋さん……。ここ二、三日のうちに到《いた》るところであの顔を見ている。厚化粧で、変な眼つきで……。今日はピンクの服装だが、見損うわけがない。

被害があったのは二軒だけだが、警察の見張りに気がついたのだろうか。どうみても世間知らずのハイ・ミスで、とてもこすっからい窃盗犯には見えないが……あいつは囮《おとり》で、だれか相棒がいるのか……。

〝ゲンさん〟はデパートの入口で女に追いついた。

女はまっすぐに案内係のところへ歩み寄って、

「スポーツ用品はどこ?」

「エスカレーターで六階までおあがりくださいませ。あがって右手のコーナーになってございます」

ドブ鼠の背広は、三、四メートル遅れてピンクのワンピースに続いた。

女はうしろを振り向こうともしない。

――どう見ても絵にかいたようなハイ・ミスだがなあ――

あの年齢になってまだピンクの服を着たがるのは、脳ミソが少しいかれている証拠だ。生理のときにうっかり万引きぐらいするかもしれない。嫉妬にかられて痴情事件を起こすかもしれない。しかし……職業的な窃盗犯となると……男は首をかしげた。

運動具の売り場はすぐに見つかった。

売り場は閑散として見通しがよすぎる。男は少し離れたところに立って、女の肩の動きを見守った。

あやしい素振りは少しもない。

「ありがとうございます」

店員からペチャンコの紙包みを受け取った女は、エスカレーターを逆に戻り、デパートを出るとわき眼も振らずにバス停に向かった。

――あの服装なら葬式に行くはずはない。もう今日は市内で葬儀はないはずだし……。家に帰るのかな――

それでも男は女のあとを追い続けた。

女はバスをおり、暁マンションの中へ消えて行った。

それとなく近所の評判を尋ねてみたが〝弟の面倒をよくみる、風変りな女〟という以外、これといった噂はなく、とくに金に困っている様子もなければ、最近急に生活が派手になったという話もなかった。

――眼《がん》づけが狂ったかな。まあ、いいさ。もう二、三日様子を見てみるか――

〝ゲンさん〟は署に電話を入れ、今日はこのまま家へ帰ることにした。途中でちょっとパチンコ屋へ立ち寄って……。

だが……翌朝、出署すると事態が少し変っていた。

〝ギョロ〟がニヤニヤ笑いながら〝ゲンさん〟の席に近づいて来た。

葬式を出す側に立てば、それぞれ掛け替えのない悲しさがあるものだろうが、側《はた》から見るぶんには、どれもこれも似たような風景ばかりだ。

黒白の天幕。線香の匂い。そして女たちのすすり泣き……。儀式の手はずにもそう大きな変化はない。

その日〝池内家〟の葬儀に、強いて変ったところを捜すならば、会葬者の中に若い学生が大勢いることだった。詰襟・金ボタンの青年たちが三、四十人も道路に溢《あふ》れていた。

焼香の手つきもぎごちない。

どの顔もみんな仲間の死を現実として捕らえきれないような、戸惑った表情を映していた。

若い女子学生は、おびえた仔羊《こひつじ》の群のように寄り合っていた。ひときわ激しく泣いていたのは、故人と親しかったガール・フレンドなのかもしれない。

野口京子の姿はまだなかった。

庭の植込みの脇に〝ゲンさん〟と〝ギョロ〟が立っていた。〝ゲンさん〟は眠そうに、〝ギョロ〟はギョロ眼を吊《つ》りあげて……。

「来るかな?」

「一緒に暮らしてたのは弟じゃなかったらしいな」

「ああ。近所にはそう言いふらしていたらしいが……」

「なるほどね。学資を出して一人前にしてやって……か」

青い制服を着た男が二人のほうへ近づいて来た。ハゲ頭の、貧相な感じのおっさんだ。

「ここにいると聞いたものだから……」

こう言ってオドオドと頭をさげた。

「ああ、あなたが……あの、市役所の……」

〝ギョロ〟が口ごもった。相手の職業をなんと呼んでいいか、言葉につまったようだ。

「はあ、そうです」

「もう一度聞くんだが……」

と、ギョロ眼でハゲ頭を見すえた。

「はい」

「あなたの勘に間違いはないんだな」

「はあ……。長いことこの仕事をやってるからねえ。このごろの若いモンじゃ、どうだったか……。多分駄目だったろうね」

「なるほど」

「わっしもひと目でわかったってわけじゃないんです。なんだか少し変だと思ってね」

「うん」

「炉から引き出したときは、もう骨はガサガサに崩れてっから。それでもなーんだかおかしい気がしてサ」

「刑事の勘と同じだ」

「足とはべつのところに足の骨が一つあるようだし……。ホトケさんの足はチャンとあるようだし……」

「うん、うん」

「そしたら次のホトケさんのときは、気のせいか知らんけど、手が一つ多いみたいだ。その次のときには、なんだか腰骨がいっぱいあるみたいだし……」

〝ギョロ〟が〝ゲンさん〟に言った。

「菊の花束なら手首くらい隠せる。キリンの首は腕の形に曲がっているし、足を一本入れるとなると……」

「ワニの縫いぐるみかな」

「まあ、そんなとこだ」

ハゲ頭は汗を拭き拭き、

「それで、まあ、一応警察のほうへ相談してみようと思ったです」

門のあたりに足早に進む女の姿が見えた。

「香典ドロどころじゃない」

「〝弟〟は女の世話にはなったけど、いつまでも束縛されたんじゃかなわない。女の魂胆はみえみえだ。逃げようとしたが、女は逃がしてなるものか……」

二人が話すうちにも出棺の準備が進んでいく。

また裂くような慟哭が聞こえてきた。

女が棺に寄るのを見て、二人はスッと縁側に近づいた。

京子は眼がしらを押さえている。

「スポーツマンでいらしたのに……。お空の上で精いっぱい遊んでくださいね」

ギョロ眼が振り向いて、青い服に尋ねた。

「今までの骨は手と足と胴と……それだけだな」

「はあ」

ハゲ頭がそううなずいたとき、女の手が、少しいびつにふくらんだラグビイ・ボールを、そっと棺のほうへ差し出した。

生きている樹

北方　謙三

北方謙三（きたかた・けんぞう）

一九四七年唐津市生まれ。日本推理作家協会十代目（一九九七〜二〇〇一）理事長。一九八一年『弔鐘はるかなり』がハードボイルド第一作。八二年『眠りなき夜』で吉川英治文学新人賞を、八五年『渇きの街』で日本推理作家協会賞を、九一年『破軍の星』で柴田錬三郎賞を、二〇〇四年『楊家将』で吉川英治文学賞を、〇六年『水滸伝』で司馬遼太郎賞を、〇七年『独り群せず』で舟橋聖一賞を、一一年『楊令伝』で毎日出版文化賞特別賞を、一六年「大水滸伝」シリーズで菊池寛賞を受賞。一三年紫綬褒章を受章。

1

よく写真に撮られる場所だった。

いや、撮られていた、と言うべきなのか。私が知っている二十五年ほど前のトド原には、まだ白骨のような立ち枯れの木が、多くあった。その景観だけでも、充分に写真的な価値があったのだ。

ほとんどの木が、いまは倒れてしまっている。

海は穏やかだった。長い、海老《えび》のような恰好《かっこう》をした砂嘴《さし》の内懐《うちぶところ》に抱かれた海が、本格的に荒れることは、ほとんどないのかもしれない。

雪には、まだ早い季節だった。それでも、肌に触れてくる空気はかなり冷たい。

私は、革ジャンパーのポケットに手を突っこんで、早足で砂地を歩いていった。四輪駆動車で来ていれば、カメラバッグを担いでここを歩かないでも済んだかもしれない。

レンタカー屋のランドクルーザーは、出払ってしまっていた。

吐く息が白くなる。腰を、カメラバッグの角が軽く打つ。湿った砂でもやわらかくて、時々足をとられた。冬になれば、雪で閉ざされて、ここは歩けなくなってしまうのだろうか。

雪で閉ざされた知床《しれとこ》半島を、スノーモービルで走り回っている男がいる。車輪の代りにスキーを履いた、オートバイのようなものだ。その男の撮影をするために、私は四日間行動を共にしたことがある。山の写真をよく撮っていた私に、雪はめずらしいものではなかった。時速五十キロとか六十キロとかで走る、スノーモービルの方がずっと面白かった。

スロープを利用して、曲芸のような走り方さえできる。羅臼《らうす》に戻ってきた時、私は一端《いっぱし》のライダーになっていた。海上を走るジェットスキーも、普通の乗り方は一時間でマスターできた。

乗り物の操縦に関しては、かなりの才能だと自分でも思っていた。

途中から、私は左にコースをとった。ほとんど標高のない半島である。丘陵を越えて反対側に出るというより、草原を横切るといった方がよさそうだ。

外海は、さすがに荒れていた。

水平線のあたりに見えるはずの島は、見えなかった。曇っているせいなのか、私がほとんど標高のないところにいるからなのか、わからない。距離にして十六キロ。三浦《みうら》半島の突端から、房総《ぼうそう》半島を眺めるようなものなのだ。

しばらく、波の打ち寄せる海岸線を歩いた。潮の流れを感じることはできない。波はただ寄せては返しているだけのように見える。全長二十キロにも及ぶ砂嘴ができるまでに、どれほどの時間が必要なのだろうか。

まだ生きているトド松の林があり、その中に小さな小屋が見えた。潮の流れがちょっと変ると、このトド松も塩害で死に、立ち枯れてまた新しい名所ができるのかもしれない。いまのところ、林は生きている。下草も豊富だった。

「島、あの辺かい？」

小屋の外に出ていた老人に、私は声をかけた。膝のあたりまである、長い綿入れを着ている。一見したところ漁師だが、船などは見当たらなかった。半島に抱かれた内海では、岸からの漁も可能なのかもしれない。

「見えるはずだよな、このあたりから？」

「島って」

「国後《くなしり》島さ」

「見えたからって、行けるとこじゃねえよ」

「行けないから、見に来てる。ここらが一番近いって話を聞いたよ」

関心なさそうに、老人が海のむこうを指さした。晴れていれば見える、という意味なのだろうか。指のさす方を辿《たど》っても、鈍色《にびいろ》の海があるばかりである。

「番小屋かね、そこは？」

「なんの番をするってんだ。観光客も、ここまで来やしねえよ」

「海老が獲《と》れるんだろう。半島のかたちが海老みたいで、獲れるものが海老だってのが、面白い」

　老人は、私の下手《へた》な冗談に、なんの反応も示さなかった。

「番小屋じゃないのか」

「俺の家さ。こんなとこに家があっちゃ、悪いかね？」

「別に。だけど冬は暮せないだろう」

「人の家見て、暮せねえってのはどういうことだ。冬でも、俺はここで暮してる」

「電気は来てない。水も、出るわけないよな。とすりゃ、暮すのは難儀なことだろうと思ってさ」

　難儀などという言葉を、あまり意識もせずに会話で使うようになった。そう気づいたのは、四十の誕生日が近くなったころのことだった。気がついたからといって、やめようとは考えなかった。だからそれ以後は、かなり意識的に使っているとも言える。

　カメラバッグを砂の上に降ろして、私は煙草《たばこ》をくわえた。

「このあたりで、泊れるとこは？」

「標津《しべつ》だな」

「これから帰れってのかね？」

野付《のつけ》半島の、かなり先端部まで来てしまっている。先になにもないことはわかっていた。竜神崎《りゅうじんざき》という灯台のところへ戻るか、そこからちょっと離れた開拓村に行くしか家はないだろう。車は、灯台の下に駐《と》めてある。

「標津から歩いてきたってわけでもねえだろうが」

「車のとこまで戻るのも、億劫《おっくう》でね」

「じゃ、そこらで野宿でもしな」

「泊めてくれんのかね、あんたのとこに」

「旅館じゃねえや」

老人は、見かけよりは若いのかもしれなかった。躰《からだ》の動きはしっかりしている。私を無視するように、林の奥へ早足で去っていった。

特別に撮りたいものがあって、私はここまで来たのではなかった。知床半島の、短い秋の撮影をある週刊誌から依頼された。ことのついでに、二十五年前訪れたことのあるここへやってきたのだ。同行した編集者と助手は、もう東京に帰してしまっている。

林のそばを歩き回って、私は小さな枝を拾い集めた。丸太のようなものは、まったく見当たらない。拾われてしまっているのだろう。林を諦めて、外海の浜をしばらく歩いた。濡《ぬ》れているが、薪《まき》になりそうな丸太が、何本か見つかった。潮流のぶつかる場所には、大抵こういうものがかなり打ちあげられているのだ。

小枝が足りるかどうか、微妙なところだった。それが燃え尽きる間に、太い薪に火が移れば、夜明けまで焚火《たきび》を続けられるだろう。雨が降らなければの話だ。

砂の上に拳ほどの石を敷きつめ、小枝を組み合わせた。まず小枝だけ燃えあがらせる。それから新しい小枝を足す時に、太い薪の端も火の中に入れる。そうしなければ、火の勢いがいつまでも強くならない。小枝は、それで多分なくなってしまうだろう。

焚火の準備をすると、私はカメラバッグを担いで、林の周辺を歩き回った。知床半島を回ってきたばかりで、秋の景色には辟易《へきえき》しているのかもしれない。カメラを出そうという気は、一度も起きなかった。

日暮れは、さすがに早かった。

戻ってくると、組んだ薪のそばに老人が立っていた。

「ここで、火を燃やそうってのか？」

「悪いかね？」

「勝手に、そんな真似《まね》されちゃ困る」

「俺も、火がなけりゃ困るんでね」

「泊ろうってのか、ここに？」

「心配しなくても、あんたの部屋に押しかけたりはせんよ」

私は、枯れた色の草の上に、カメラバッグを置いた。すでに周囲は薄暗くなりはじめている。

「まあ、いいさ。おまえ、焚火が難しいってことを、知らねえんだ。やってみろよ」

私はジッポを出し、枯枝の一本に火をつけた。炎がちょっと大きくなるまで待ち、組んだ小枝の真下に突っこむ。すぐに、ほかの枝に火が移った。パチパチと、気持のいい音があがり、炎が風に煽《あお》られて踊った。

大きな薪を突っこみたくなるのを、私は耐えた。湿っているのだ。敷いた石が充分に熱くなり、熾《おき》もできてからの方がいい。

十分ほどで、炎は小さくなってきた。私は周囲に散った燃えさしを小枝で中央にかき集めた。熾はかなりある。燃え残った部分が、また炎をあげはじめる。太い薪の端を、私はようやく熾の上に出した。二本を組み合わせる。それから、残してあった小枝を全部足した。

あとは、炎の状態に注意しながら、待っているしかなかった。老人の姿は、すでに消えている。私はカメラバッグに腰を降ろした。ジュラルミン製で、必要な時は足継ぎにもなる。

依頼されれば、どんな写真でも撮ってしまうというカメラマンだった。スタジオで、音楽に乗って躰を動かすモデルを撮影していることもあれば、戦場で戦闘部隊と行動を共にしたこともあった。戦場の写真は話題になったので、硬派のカメラマンと思われることが多いが、コマーシャルや料理の写真を撮ることもあるのだ。仕事を選ばないので、そこそこの収入はあった。独身で、贅沢《ぜいたく》をしたいと思うことはなにもない。仕事を選んでも生活はできるだろう、と先輩のカメラマンからしばしばたしなめられたりもしている。

見えるものは、すべて写してしまえばいいのだ。そこから、人間のほんとうの在りようを見つけよう、などと考えているわけではなかった。どこか白けている。熱くなりきれない。その状態が、十五年も続いてきただけの話だった。

炎が小さくなった。私は、外にはみ出した小枝を、中心に集めた。太い薪に燃え移ったのかどうか、はっきりはわからない。火からかなり離れたところで、じゅうじゅうと音をたてながら水気が滲《にじ》み出している。

小屋に、明りはなかった。老人は、闇の中でじっとしているのだろうか。灯台の灯《ひ》が、時々明りを送ってくる。あの灯台も無人で、暗くなる時間に自動的に灯がともるようになっているらしい。小さな小屋が付いているので、その下なら雨はしのげそうだった。もっとも、私のいるところから、五キロほどはあるだろう。遮るものがないので、光が届いてくるのだ。

炎が小さくなった。もう、燃え残りの小枝はほとんどない。ただ、太い薪に火は移っているようだ。燠も充分にある。

しばらく待ち、炎がなくなったところで、私は息を吹きつけた。何度かくり返す。太い薪から、見知らぬ動物の舌のように、炎が出てきた。

なんとかなりそうだった。

私は煙草に火をつけた。暗いところで喫《す》う煙草はうまくない、とよく言われるが、私はそう思っていなかった。

波の音が聞える。林で、小枝が擦《こす》れ合う音も聞える。それに、じっと耳を澄ましていた。ほかのもの音は、なにも混じりこんでこない。

きのうの夜は、旅館で酒盛りをやっていた。私の助手は、少しの酒で性格がしつこくなるタイプで、編集者に押しつけて私はひとりで飲んでいた。殴りつけられたことが何度かあって、私には決して議論を吹っかけようとしなくなってもいるのだ。

炎が、かなり大きくなってきた。私は、一番太い薪を、火のそばに横たえた。そうしているだけでも、中の水気がいくらか抜けて、火が移りやすくなるのだ。

眺めていると、火というのはいつまでも飽きなかった。一瞬でも、同じかたちのままの炎はない。思わぬところで、不意に燃えあがっては消える。

こうやって、毎夜のように焚火をしたことがあった。もう、二十年も前のことになる。私は学生で、大学は明けても暮れてもストライキだった。ヘルメットにヤッケという姿でピケットラインに立った。吹きっ晒《さら》しでは、焚火でもないと耐えられなかったのだ。薪はすべて、机や椅子を解体したものだった。ピケットラインのバリケードも、机や椅子だった。

下っ端の活動家のひとりに、私は数えられていた。左翼だったというわけではない。すでにあるものをぶち毀《こわ》すということに、魅了されていたのだろう。デモにもストライキにも参加していれば、活動家には見えたはずだ。

学生同士の抗争も、激しかった。対立するセクトに拉致《らち》され、ひどい私刑《リンチ》を受けたことがある。私ともうひとり、たまたま一緒にいた男。私は、そこそこ殴られると、このあたりが適当だろうという気分で、自己批判をはじめた。怪我《けが》を避けるために、そうしろという通達が上部から出ていたのだ。ところが、私と一緒だった男は、自己批判を最後まで拒み続けた。顔のかたちが変るまで殴られ、何度も気絶しては、水をぶっかけられた。

あの男が、なぜ自己批判をしなかったのか、いまも時々考える。守るべきものを持った時、人間は信じられないほど強くなる。ずっとそう思い続けていた。私には思想がなく、あの男には肉体を賭けても守らなければならない、明確な思想があった。

それだけだったのだろうか。私が片腕でもひねり潰せそうだった男が、思想のためだけにそれだけ強くなれるものなのか。

意地を張るという言葉がある。それは表面的な感じだが、その状態にある人間の内面は、内側に内側にとむいているのではないのか。つまりは、亀が首と手足をひっこめたようなものだ。出す機会さえも、失ってしまっている。

そう考えるのは、私の心のどこかに、負けの意識があるからかもしれない。二十年経《た》っても、消えていかない意識だった。

熾が、カサッと音をたてて崩れた。

焚火は、もう心配はいらないようだ。少しずつ薪を足していく。それで充分に暖はとれる。私は枯草を集めて、その上に腰を降ろし、カメラバッグを背凭《せもた》れにした。眠くはなかったが、眼《め》を閉じた。風はいくらか弱くなったようだ。それでも、枝の擦れ合う音はしている。

2

明りが近づいてきた。

懐中電灯ではなく、ランタンのようだ。ロウソクのかたちが、次第にはっきりしてきた。

「うまい具合に燃えてるじゃねえか」

老人の声はくぐもっている。風が熄《や》んで、穏やかな夜になっていた。私は、小さくなった炎に、新しい薪を足した。燠はたっぷりあるので、充分暖かい。

「絶対にうまくいかねえ、と思ってた」

「運だな。うまくいく時ばかりとはかぎらないから」

「いつも、こんなことやってんのかい？」

老人は、私と並ぶようにして腰を降ろした。ウイスキーの瓶をぶらさげていて、無造作に私に突き出してくる。国産の、安物だった。私は直接瓶に口をつけ、ひと口胃に流しこんだ。胸から鳩尾《みずおち》にかけて、灼《や》けるような感じが拡《ひろ》がってくる。

「時々、やるね。昔は、いつもと言ってよかったかもしれない。いまは、ほとんど東京で仕事をすることが多いんでね」

「写真家だな」

「御大層なもんじゃない。カメラをいじくって、適当にシャッターを押す。するとなにか写っていて、いくらかの金になる。それだけのことさ」

「つまりは写真家じゃねえか。なに気取ってやがんだ」

「そうだな」

私はもうひと口、ウイスキーを胃に流しこんだ。最初ほど、灼けるような感じはなかった。

「そこの林を、トド原にしようとたくらんでるやつらがいやがる」

もぎ取るように私の瓶をひったくって、老人が言った。

「ちゃんと生きてる樹《き》なのによ。それじゃ商売にならねえってわけだ。枯れて、二、三年もたちゃ、樹はみんな白くなるからな」

「二十五年も前、俺はトド原へ来たことがあるよ」

「あん時のやつは、もうねえさ。十年も二十年も、枯れた樹が塩水の中に立ってられると思うかよ。あれから、新しいトド原ができた。地盤が沈下したとかいうことでな。林に塩水が入ってきて、樹を枯らしちまったのよ。都会から見物に来るやつらにゃ、面白い眺めなんだろう。なにせ、白い樹が、骨みたいに突っ立ってやがるんだからな」

「ここでなけりゃ、起きないことなんだろう？」

「樹が生きてるってことも、ここでなけりゃ起きねえよ。こんなとこで、樹が生きられるなんてな」

考えてみれば、確かにそうだ。地盤の中に吸いこまれた水に、塩は含まれていないのだろうか。

「次々に、殺されていくんだ、ここの樹はよ」

「まるで、誰かがやってるみたいだね」

「やってるのさ」

老人が、また瓶を回してきた。空腹に、生《き》のウイスキーはこたえる。それを見透したように、老人が肉の塊をとり出した。布にそのまま包まれている。綿入れの中にでも隠して持ってきたのだろうか。歩いてくる時は、持っているのは見えなかった。

「鹿の肉だ」

「ほう。獲ってもいいのかね？」

「この間、中標津《なかしべつ》まで行った時に、知り合いから貰《もら》った。肉ってのは、こうして布で包んでなきゃならねえのさ」

「初耳だな」

「布で包んで、血を吸ってやるのよ。俺のは、特別だ。普通のより、よく血が出てる」

「なぜ？」

「毎日、そこで布を洗って、それから包んでやる。塩がついてんのよ。塩は、よく血を吸いやがるんでな」

　理屈は通っている、と私は思った。血を吸いとらなければならない、というのがほんとうなのかどうかは知らない。

　血の滴るステーキは邪道だ、とある店の親父《おやじ》に言われたことがある。レアで焼いても、一滴の血も出ない。そうなって、はじめて食べごろの肉になると言うのだ。そのステーキ屋の肉は、確かに旨《うま》かった。

「なんか、切るもんがありゃいいんだが」

「ナイフがある」

　私はカメラバッグを開け、ガーバー製の小さなホールディングナイフを出した。

「果物ナイフじゃねえのか、こいつは」

「切ってみりゃわかる」

　言うと、老人はちょっと鼻を鳴らして刃を開いた。なんの抵抗もなく、刃は肉の中に入っていったようだ。

「どういうんだ、こいつは」

「よく研ぎこんである。熊の解体も、それ一本でできるって話だ」

「こんなもの、いつも持ち歩いてんのか、おまえ」

「必要な時はある。いまだって、あって助かったじゃないか」

「言えてる。こいつがなけりゃ、おまえは肉にありつけなかっただろうしな」

肉を切ったあと、老人は綿入れの袖で丁寧に刃の脂を拭った。一切れで、二百グラム以上はありそうだ。

「ありがたいな。明日の一番の船でむこう岸に渡り、また戻ってこようと思ってたところなんだ。むこう岸で、なにかありついてからね」

「なんで戻ってくる？」

「車を置いてあるんだ。灯台のところ」

「御苦労なこった」

老人が、肉をひと切れ差し出してきた。

私は、ナイフで薪の端を割った。小枝がいいのだが、すべて燃やしてしまっている。細い、箸のような棒を二本作った。

「器用だな、おまえ」

「まあね。カメラマンってのは、大抵器用なもんだよ」

棒のさきに、肉を平らに刺した。棒も、あまり抵抗なく入っていく。

「いい肉だね」

「俺の手入れがよかったのよ。十日も、布にくるんでおいたもんだ。いらねえ水っ気はみんな抜けて、よく詰った肉になってんのさ。貰った時は、これよりひと回りは大きかったもんだ」

肉を、炎に翳《かざ》した。あまり強くても、表面だけが焦げてしまう。弱火だと、熱が通る間に、肉汁の旨いところが抜けてしまう。

はじめだけ、両面を炎に当て、それから少し離れたところに棒を立てた。老人も、同じようにしている。

「そこの林を、トド原にしてしまおうとしてる人間がいるって？」

煙草を差し出し、私は言った。煙草を抜きとった老人の指は、枯れた太い枝のようだった。炎が、そう見せているのかもしれない。よく燃えそうだ。そんなことを考えた。

「樹を、枯らしちまってもいい、とおまえは思うか？」

「枯らすといっても、どうやって枯らすんだね？」

「溝を掘る。林のところまでな。それで海水を流しこむのさ。塩にやられりゃ、ひとたまりもねえわな」

「実際、標高がほとんどないところだしな。できそうな気はするが」

「枯れちまったら、潮流が変ったという理由をつける。それから、遊歩道を造って、観光客に見せびらかそうってわけだ」

「しかし、誰がそんなことを」

「みんなさ」

「みんなって？」

「見せりゃ、金が入ってくる。それで儲《もう》けられるやつらよ」

「思い過しじゃないのかね」

「いいや」

老人は、火にむかって煙を吐いた。皺《しわ》の中の眼が、さらに眩《まぶ》しそうに細められているような気がする。

肉は、ポタポタと脂を滴らせていた。時々、それに火が移ってじゅっと燃える。旨そうな匂いもたちのぼりはじめていた。

「俺は、絶対にここを離れねえ。そう決めたんだ」

「あの小屋、あんたが建てたもんか？」

「ひとりでな。簡単なもんよ。壁だって二重になってる。おまえは冬を心配してたが、俺は六十回以上も、ここの冬を過ごしてんだ。途中で兵隊にとられた。満州《まんしゅう》だった。樺太《からふと》にでも送りゃいいのによ」

「満州だって、寒いだろう？」

短くなった煙草を、私は火の中に投げこんだ。

「冬になりゃ、尾岱沼《おだいとう》にゃ氷が張る。船にも乗らずに、観光客はやってこれるってわけだ」

私の問いには答えず、老人はひとりで喋《しゃべ》り続けた。

「枯木についた、氷がいいんだってよ。おまえみてえなカメラマンも、何人もやってくる。冬の間、樹は眠ってるってのによ」

肉の、熱の当たる側を裏返した。脂が火の中に滴って、じゅうじゅうと音がした。唾が出てきた。それをただ呑《の》みこんだ。ここまでくれば、中までちゃんと熱の通った肉の方がいい。

「おまえ、あの林が全部枯れちまった方がいいと思うか？」

「いや」

「俺がガキのころから、林はあった。何カ所かに、植林ってやつをやってるがね。あんな林になるにゃ、何十年とかかるんだ。何十年だぞ」

「わかったよ」

「わかっちゃいねえ」

「俺は、この土地の人間ってわけじゃないからね。この土地の問題は、この土地の人間で解決するしかないだろう」

「おまえ、誰かに頼まれてここへ来たな。俺を説得しろって」

「冗談はよせよ。通りすがりさ」

「もし誰かに頼まれたことがわかったら、生きてられると思うな」

「物騒な爺《じい》さんだ」

「俺を、舐《な》めねえ方がいい」

老人が、カン高い声で笑った。林に棲《す》む鳥の啼声《なきごえ》。そんな気がしてくる。

「肉、そろそろいいんじゃないかな」

「待ちな」

老人が、自分の肉をとり、半分ほど棒を抜いて、唇に当てた。

「もうちょっとだ」

中の熱の通り具合を調べたらしい。考えてみれば、うまい方法だった。

ウイスキーを、胃に流しこんだ。

なぜ、こんなところへ来たのか。半分、癖のようなものだ、と思って私はいつも自分を納得させている。しかし、地方に出ると、しばしば、私はこういうことをやる。癖だけとは思えなかった。かといって、なにかいい写真をものにしよう、という気分があるわけでもない。

衝動のようなものだろうか。どこか、私の生活に満たされないものがあって、突然無目的な行動をしたくなるのではないか。

満ちていると言えば、すべてが満ちている。欠けているといえば、すべてが私から欠けている。

人間が生きるってのは、そんなもんさ。時々、そう呟《つぶや》くこともあった。

「いいぞ、そろそろ」

老人が言い、自分の肉を口に近づけて、息を吹きかけた。私も老人を真似た。

ひと口、噛《か》み切った。

「うまいな、これは」

「そうさ。俺が手入れした肉だ」

かすかに、塩の味がしみこんでいる。何度かウイスキーを呷《あお》りながら、私は肉を嚙むことに熱中した。

「いじ汚ねえ食い方をしやがる」

言って、老人は笑ったようだった。

「完全に、中まで熱が通ってる。しかも、焼けすぎじゃない」

「肉がいいからさ」

またたく間に、私は自分の肉を平らげてしまった。ウイスキーを呷る。のども胃も、まったく灼けなかった。

老人が、ゆっくりと自分の肉を片づけるまで、私は黙って待っていた。

「こんな肉にありつけて、おまえは運がよかったんだ」

「確かにね。いまそう思ってるとこだよ」

煙草に火をつけた。

焚火で焼いた肉。それもいいのかもしれない。かすかに、香ばしいような匂いもあった。老人が、綿入れの袖で口を拭い、私の煙草に手を出してきた。

「野付半島じゃ、牛や馬の放牧をしてるって話を聞いたけどな」

「見なかったのか、ここまでに」

「馬を何頭か。それだけだったね」

「海の方に行っちまってんだ、そいつは」

老人もウイスキーに手をのばした。半分以上あったものが、もう底をつきかけている。

私は薪を新しく足した。炎が小さくなり、それから少しずつ燃えあがってくる。十時を回っていた。ひと眠りすれば、すぐに夜明けということになるだろう。躰は、肉と焚火と酒で、充分に暖まっている。薪の量も、不足してはいない。

「俺は絶対に、ここから動く気はねえんだ」

「林を守るためかね？」

「俺を守るためさ。俺にゃ、誰も触らせねえ」

林と自分が一体になって感じられるのだろう、と私は思った。

腹が満ちると、喋るのは億劫になった。老人もそうらしく、聞きとれないような呟きを洩《も》らすだけで、話しかけてこようとはしない。

波の音。燠の崩れるかすかな音。風は熄んでいる。空は晴れはじめたようだ。明日は、きれいに国後島の姿も見えるだろう。

島を間近から眺めるために、ここにやってきたのではなかった。途中で別れた編集者や助手は、かつて日本であった島に、私がなんらかの関心を持った、と理解したようだ。

歩きたかっただけだ。強いて理由を付ければ、そういうことになる。この半島を選んだのは、偶然と言ってもいい。

二十五年前と言えば、私は高校生になったばかりだった。リュックを背負って、遠くまで旅行をしたい。そう思い、それを実行することもできた。あのころ持っていたなにかが、まだ心のどこかに残っている。いや、すでに毀れたものが、まだあると信じているだけなのか。

「つまんねえ話だな」

老人が言った。呟きというより、私に語りかける響きがあった。

「なにが？」

「でけえ荷物担いで、こんなとこまでやってくるってのがよ」

「俺のことか」

「そんなことばかりしてるとよ、まともな道を踏みはずしちまうぜ。まともに生きるのが、面白くなくなっちまうんだ」

「説教かね？」

「教えてやってるだけさ」

老人は、また私の煙草を一本とり、火をつけた。ランタンのロウソクが、短くなっている。

それが消える前にと思ったのか、老人が腰をあげた。

「朝まで、寒い思いはしなくてもよさそうだな。雨も降らねえだろう」

「心配はしてくれたんだ」

「こんなとこで凍え死にされちゃ、俺が迷惑するだけなんでな」

「肉、礼をしなくっちゃな」

「いいってことよ。どうせ、俺ひとりじゃ食いきれねえ。今夜が、一番の食い頃だったんだ」

カンテラを翳しながら、老人はゆっくりと小屋の方へ戻っていった。私はそれを、眼で追っていた。小屋から洩れる光が消えるまで見ていて、それから眼を閉じた。

すぐには眠れなかった。無理に眠ろうとも思わなかった。

眼を閉じていると、いろんな声が聞えてくる。自己批判しろ、と言う声。インター。空疎だが、煽情《せんじょう》的な部分はたっぷりと持ったアジ。催涙弾の発射音。

今夜は、二十年前を思い出す夜のようだ。十年前を思い出すこともあれば、五年前を思い出すこともある。

別れた女。いつか疎遠になってしまった友人。死んだ親父。思い出す時期によって、聞えてくる声もさまざまだった。

忘れたくない。それがなんだか、自分でもよくわからないが、過去に置き忘れてしまいたくないものが、確かにある。

そのために、私にはこういう舞台装置が必要なのかもしれない。東京という街は、私にとっては記憶を紛わせるものが多すぎる。

決して自己批判をしようとせず、半殺しの目に遭《あ》ったあの男は、どうしただろうか。集会やデモの隊列の中で、見かけることはなくなった。

いつの間にか、眠っていた。

時折眼を醒《さ》ましては、薪を足した。足すといっても、二メートルもある丸太だから、火の中心に少しずつずらしていくだけだ。

林の枝が鳴った。また風が出てきたのかもしれない、と私はぼんやりした頭で考えていた。そしてまた、眠った。

3

エンジンの音で、眼が醒めた。

車ではない。尾岱沼を走る、小舟のエンジンだろう。明るくなりはじめている。風が、エンジン音を時々消した。

焚火が小さくなっていた。長い薪が一本残っているだけで、ほかにもう燃やすものはなかった。熾だけはたっぷりあって、かなりの熱気を放っている。五十センチほど残っていた薪を火の中心に押しこむと、すぐに炎が大きくなった。

エンジン音が、ゆっくりと近づいてくる。冬になれば、対岸とは車で五分ほどの距離だと、聞いたような記憶があった。車は、スパイクタイヤでも履いて、氷の上を走るのだろう。

エンジン音がすぐ近くで聞えるようになるまで、二十分ほどかかった。一隻ではないらしい。人の声も入り混じった。

私は、火のそばを動かなかった。小舟は、どうやら砂にでも乗りあげた気配だった。

エンジン音は熄んだ。

五人の男と、十歳ほどのひとりの少年だった。林の中を突っ切るようにして、小屋に近づいていく。

穏やかではない気配があった。私の方には、ちょっと眼をくれただけだ。五人とも、ゴムの長靴を履き、赤く潮焼けをしている。漁師だろう、と私は思った。顔の表情までは、確認できない。

小屋の戸が押し開けられた。

私は腰をあげた。火に手を翳しながら、成行きを見守った。老人は、小屋の中にはいないようだった。

男たちが、私の方を指さしてむかってくる。三十くらいの男を先頭にして、みんな若かった。髪は短く、顔はやはり潮焼けをしている。華奢《きゃしゃ》な骨格をしているのは、一番後ろにいる少年だけだ。

「年寄りを見なかったかね？」

頭株《あたまかぶ》の男が、大声を出した。私は火に手を翳したまま、横をむいた。

「あの小屋の爺さんが、どこに行ったか、あんた知ってるだろう？」

十メートルほどのところまで近づいてきた。私は、頭株の男に、ちょっと眼をやった。

「訊《き》いてるんだよ、おい。綿入れを着た年寄りさ」

「知らんね」

「あんた、いつからここにいた？」

「きのうの夕方からさ」

「じゃ、見てるはずなんだがね」

「年寄りを捜して、なにをしようって気だ？」

「あんたの知ったことじゃねえだろう」

「興味があったんでね。そこの林を殺そうとしてるの、おまえらだな」

「なに言ってんだ、あんた」

頭株の男だけが、焚火のそばまで近づいてくる。

「俺たちは、年寄りを見つけなきゃならねえんだ」

「やめとけよ。帰れ」

「ほう。なんであんたに言われなきゃなんねえんだ。第一、ここで焚火なんか誰がしていいと言った」

「俺の勝手だろう」

「どこの誰だか、教えて貰おうか」

「断るね」

私は煙草に火をつけた。男たちの不穏な気配は、やはり変らない。

「まさか、爺さんと組んで、あんたがそそのかしたわけじゃあるまいな」

「帰れと言ってるだろう」

喧嘩腰《けんかごし》というやつだ。私は、火のついたままの煙草を、男の方へ弾《はじ》き飛ばした。

黙って、下をむいていれば済むことだった。実際、老人がどこへ行ったのか、知りもしないのだ。私がこだわっているのは、老人がどうのということではなさそうだった。

「これより先には行かせない、と言ったら？」

「なんで、そうする必要があるのか、まず知りたいね」

「林を、殺したくないのさ」

「わけのわからねえことを言うんじゃねえ」

「帰れって言われてることは、わかってるんだろう？」

「あんた、やっぱり知ってるね」

「たとえ知ってても、おまえらに言う気はないぜ」

「爺さんと、組んだのか？」

「勝手に想像するさ」

「組んだんなら、放っとけねえよ」

少し離れたところでやり取りを聞いていた四人が、私を囲むように進み出てきた。みんな若い。ひとりで五人の相手はできそうもなかった。

「誰かと、差しでやり合うってわけにはいかんのか？」

「なに寝言いってやがる。都会の人間ってのは、おっかねえもんだよな」

「田舎者《いなかもの》も、そこそこおっかないぜ」

自分で、面倒を求めている。それはよくわかっていた。これも、半分癖のようなものだ。残りの半分に、微妙なものが入り混じっている。

「爺さんがどこだか、俺に言わせられるかな、おまえらに」

「暴力は使いたくねえ」

「それは、こっちの科白《せりふ》だ。なにしろ、荒っぽそうなのが五人いる」

もう一本、私は煙草をくわえた。

五人を、これ以上先へは進ませない。そのことだけを決めていた。馬鹿げたことだとは思わなかった。私はただ、そうしたかった。したいことを、したいようにやって生きてきた。そう思っても、ほんとうはいつも自分を抑えてばかりだった。

炎が、さらに大きくなっている。薪が全部燃え尽きようとしているのだ。

あの時俺は、なぜ簡単に自己批判してしまったのか。いや、あいつはなぜ頑《かたくな》に自己批判しようとしなかったのか。

二十年前。それが二十年だという理由だけで、忘れ去ってもいいものなのか。俺はして、あいつはしなかった。俺は二、三発軽いパンチを食らい、あいつは半殺しにされた。

私はくり返し、そう考え続けた。

「林を殺すのは、よくないぜ、おまえら。それで、何人の観光客が集められる?」

「うちの爺さんと、どういう取引をしたんだ、あんた？」

「取引はしてない」

「そんなはずはねえだろう。俺たちの邪魔をしてるじゃねえか」

「ふっと、そんな気分になった。とにかく、俺は林を殺すのはよくないと思うぜ」

「林、林って、誰のことを言ってやがんだ。林なんて人間は、俺は知らねえぞ」

「俺はよく知ってるさ。おまえらのやろうとしてることもな」

「わかった。てめえの躰から訊き出してやろうじゃねえか。こうやって、いつまで喋ってても埒《らち》があかねえ」

「やっと気づいたのか、それに」

「逃がしやがったな、爺さんを」

「結構、足は速いからな」

ちょっと、男にほほえみかけた。それが引金になったようだ。男の手が、私の革ジャンパーの胸ぐらにのびてきた。

払いのける。同時に、焚火を蹴りつけた。熾が飛び散り、火の粉が舞った。躰が、動きはじめていた。頭株の男の顎《あご》に一発食らわせ、右の男を蹴りつけた。左の男にむけたパンチは、かわされた。

走っていた。ひとりが、腰に飛びついてくる。撥《は》ね飛ばした。私の態勢も崩れた。草の上に突っこみ、一回転して立ちあがった。身構える暇もなかった。拳が、腹に食いこんでくる。肘《ひじ》を返した。後ろから抱きつかれた。持ちあげて投げ飛ばそうとしたが、その前にさらに二発、続けて腹に食らった。膝が折れる。

「言いなよ、早く言え」

両脇から、しっかり押さえこまれている。腕も足も動かせなかった。

あの時もそうだった。こちらは二人で、相手は十六人いたのだ。逃げられないというのは、押さえこまれるとすぐにわかった。

すいません。自分の口から出た、卑屈な科白もよく憶《おぼ》えている。顔に二、三発食らったら、すぐだった。自己批判しますから。自己批判書を書いて、きちんと署名もしますから。B派の集会にもデモにも、もう出ません。

私を殴ろうとしていた男は、にやりと笑い、平手で軽く頰を叩《たた》いた。腐りかかった紫色の歯。歯と歯の間に溜《たま》った飯粒。そんなことまで、はっきり憶えていた。

あの男が殴られている間、私は部屋の隅に立たされていた。口から血が噴き出し、顔のかたちが変っても、ただ首を横に振るばかりだった。殴る人間が、五人、六人と入れ替っても同じだった。私の方は、一度も見ようとしなかった。私という人間が存在していないような時間が、どれほど続いたのだろうか。確かにあの時間、あの男にとって私はいない人間だった。

針金で後手に縛りあげられ、気絶しても水をぶっかけられては、また立たされていた。

「言えよ、おまえ。こうなったら仕方ねえだろうが」

喋っているのは、頭株の男だった。私は首を振った。

「どうにもならねえんだよ、てめえがいくら黙ってたって。爺さんひとりじゃ、なにもできゃしねえんだからよ」

私は首を振った。顎に、したたか一発食らった。折れそうになった膝を、なんとか立て直した。口の中で、血の味がする。

「どこに持っていきやがったんだよ、あれを。年寄りを騙《だま》して、面白いのかよ」

足が、ちょっとだけ自由になった。男の下腹を、私はすかさず蹴りあげた。躰を折った男が、上目遣いに私を睨《にら》みつけてくる。

続けざまに、腹と顔に何発か食らった。膝が折れた。両脇からしっかり支えられていなかったら、倒れて動けなくなっていただろう。

「てめえのようなやつにな、勝手な真似されてたまるかよ。もう、手加減はしねえからな。死んだって知らねえ」

男の呼吸の方が、私の呼吸より荒かった。眼が合うと、私はまた首を振った。

「じいちゃんだ」

少年の叫び声が聞えた。

私の両脇を抱えこんでいた男たちの口から、息が洩れるのがわかった。老人がどこにいるのか、私からは見えなかった。

「放してやんな、そいつは関係ねえ」

「だけど、親父」

「関係ねえんだ。俺はもともと、こんなもんを処分する気はねえし」

「たまげるじゃねえかよ。逃げ出したのだけでも、おふくろは泣いてるってのによ」

「いいから、そいつを放せ」

両手が自由になった。足は覚束《おぼつか》ないが、なんとか立っていることはできる。

「おまえらが欲しいのは、俺じゃなくてこれだろうが」

砂の上に、なにかが投げ出された。ひとりが拾いあげ、頭株の男に渡した。

老人は、私の後ろに立っていた。

「俺の息子どもだ」

私と眼が合うと、老人は笑った。

「孫もひとりいる」

「そうかい」

「俺は、家や山の権利証から、組合の預金通帳まで持ち出してな。判もある。つまり、全財産、持ち出したってわけだ」

「つまらんな、まったく」

「そこの小屋は、北海シマ海老の禁漁中の番小屋だ。俺は、そんなとこで冬は暮せねえ。とにかく寒いところだからよ」

「わかったよ」

ようやく足がしっかりしてきた。

私は煙草を出したが、パッケージごと潰れてしまっていた。新しい煙草は、カメラバッグの中だ。

「逃げ出してきたんだ。病院からさ。ここの番小屋で、密漁を張ってるのが俺の仕事でな。だから、ここへ逃げ出してきた」

「病院って?」

「俺は、死ぬんだよ。躰を切らなきゃなんねえ。切り刻まれて、それから死ぬんだ。てめえでよくわかる。生き延びられはしねえ病気だってな」

「違うよ、親父。それは違うぜ」

言った頭株の男が、長男になるのだろうか。老人は、そばへ来た孫の頭に手を置いていた。

「構わねえさ。たっぷり生きたからよ。戦死もしなかった。もっとも、戦死してりゃ、息子どもはひとりもこの世にいねえがな」

どうでもよかった。煙草を喫いたい気分だけが強くなった。

私は、自分のカメラバッグにむかって歩いていった。ちょっと不安定な感じだが、転ばずに歩くことができた。

バッグを開け、煙草をとり出して封を切った。老人も、パッケージから一本取った。

「林を殺そうなんて野郎は、ここにはいやしねえよ」

煙を吸いこむ。頭がクラッとした。

「俺が、林を守ろうとしたって、おまえ本気で信じたのか？」

「まあね」

「都会の人間にしちゃ、素直だ。俺はここで生まれ育って、ガキの時分から、この林を見てたんだ。海が荒れた日なんか、心配したもんだ。俺が死んでから、塩害にやられて枯れちまうかもしれねえと思うと、いたたまれなくてな」

「林って、なんのことだ、親父？」

長男が口を挟んだ。五人の兄弟は、よく見るとみんな似ていた。

「黙ってろ。俺はこいつと話してるんだ。あとで説明してやる。とにかく、息子どもが、死んだあとなんだかんだと奪い合いするような気がしてな。それも面白くなかった」

「要するに、いろんな心配をしたわけだ」

「そういうことになるかな。おまえがいて、正直なところ助かった。全財産と、肉の塊と、酒を持ち出して、ほんとにどこかに消えちまったかもしれねえんだ。自分ってやつを、見失ってたのよ」

外海のむこう側に、島影があった。

晴れた日だ。きのうはやはり、海上に霧でもあったのかもしれない。

「あれが、国後島だね？」

「ああ」

「きのうは、見えなかった」

「夕方だったからな」

私は頷《うなず》いた。理由はわからない。夕方だから見えないということで、いいような気分だった。

煙草を消した。老人の躰のどこが悪いのか、見ただけではわからなかった。

「ちょっとジタバタしてみたがな」

老人の節くれた手は、まだ孫の頭に置かれている。

「落ち着いた。おまえと酒飲んで、肉食って、火にあたってたらな」

「役に立ったわけだ」

「おまえ、殴られても、やたら踏ん張ってたじゃねえか」

「肉の礼をしてなかったんでね」

黄色い歯を見せて、老人が笑った。

「おかしな縁だよな。ひと切れの肉で、俺のために殴られた男がいたってことを、忘れねえようにしよう。病院に戻ったら、腹を切り裂かれなきゃならねえ。麻酔ってやつをかけんのさ。眠る時、おまえのことを思い出すことにするよ」

正直に、老人は怕《こわ》がっているようだった。それは、恐怖を克服したのと同じことなのかもしれない。

「行くぞ」

老人が息子たちに言った。
私は、老人の姿が林に隠れて見えなくなるまで、じっと立っていた。
それから、カメラバッグのカメラを出し、生きている樹の姿を一枚だけ撮った。

非常線

逢坂 剛

逢坂剛（おうさか・ごう）

一九四三年東京生まれ。日本推理作家協会十一代目（二〇〇一～二〇〇五）理事長。一九八〇年「暗殺者グラダナに死す」でオール讀物推理小説新人賞を受賞してデビュー。八六年『カディスの赤い星』で日本冒険小説大賞を、翌年同作で直木賞と日本推理作家協会賞を、二〇一四年日本ミステリー文学大賞を、一五年『平蔵狩り』で吉川英治文学賞をそれぞれ受賞。スペイン現代史に造詣が深く、『イベリアの雷鳴』以下で第二次世界大戦を描く。

1

関陽銀行栄町支店の支店長東堂新助は、ハンカチで汗をぬぐってテーブルの上に、深ぶかと頭を下げた。

「頼む、このとおりだ。なんとか力になってくれ。頼りにできるのは、あんただけなんだ」

栄進興業の社長井本重吉は、東堂の薄くなった頭の天辺《てっぺん》に、ふうと葉巻の煙を吐きかけた。

「銀行の支店長が、やくざに頭を下げて頼みごととはなあ」

「そ、そう言わずに頼む。あんたとわたしとは、この町で小学校以来の幼なじみじゃないか」

「よく言うぜ、街で会っても、知らん顔してるくせによ。幼なじみだってことを、あんたが覚えていたとは、今の今まで知らなかったぜ」

東堂は下から、井本の顔を拝むように見た。

「わたしはいつだって、忘れたことはないんだ。ただ普段はその、立場というものがあって、つい失礼しているだけで」

井本は唇をゆがめ、葉巻を極彩色の大きな絵皿の中に、投げ捨てた。和服の腕を組み、脂汗に濡《ぬ》れた東堂の顔をじっと見る。

やがて、井本は壁の時計に目を移し、頬を掻《か》いた。

「おれも酔狂で、この商売をやってるわけじゃねえ。ビジネスとして、考えようじゃねえか。あんたに力を貸すかわりに、こっちは金を貸してもらおう。例の旭町《あさひちょう》の、ゲームセンターの建設資金だ。異存はねえだろうな」

東堂は喉仏を動かした。

「ああ、もちろんだ。だからすぐにも」

井本は手を振って、それをさえぎった。

「要するに、あんたの娘と連れの男を、県外へ逃げないうちに押えりゃいいんだろ」

「そうだ」

「そして、娘が持ち出した金を取りもどす、と」

「そうだ、そのとおりだ。警察にかぎつけられないうちに、でないと、わたしの立場はどうなるか」

「まあ、なんとかなるだろう。昨日の山津波で、鉄道は止まったままだし、タクシー会社はストと来てやがるからな。二人がどこかで、車でも手に入れりゃ別だが」

東堂は揉《も》み手《で》をして、上目遣いに井本の顔を見た。

「それから、娘の連れの男だがね」

「ああ、なんとかいう、東京から来た一匹狼《いっぴきおおかみ》だな」

「そう、その男のことなんだが、そいつは連れもどしてくれなくていい。いや、二度ともどって来ないように、してほしいんだ」

井本は、にやっと笑った。

「おいおい、まさかばらしてくれってんじゃねえだろうな」

東堂が表情を変えず、返事もしないのを見て、井本の笑いはこわばった。

「おい、本気じゃないだろうな」

井本がたたみかけると、東堂は妙に静かな声で応じた。

「わたしは何も言わないよ。ただ、あいつが仕返しを思いついたりすると、面倒だからね。まあ、あの男が死んだからって、社会の損失にはならないし、むしろ世の中のためになるような気がするんだ。そうは思わないかね」

井本は、濡れ雑巾を突きつけられたように、顔を引いた。

「妙な謎をかけるのは、よしてくれ。おれんとこは、殺しはやらねえ。まあ、話にもよるがね」

「わたしは、あの男がこの町へもどって来さえしなければ、それでいいんだ」

井本は探るように、東堂を見た。

「分ったよ。その辺は任せてくれ。さっそく、若いもんに網を張らせよう。あんたは銀行へもどって、おれに融通する金の勘定でもしてろよ」

東堂がソファを立ったとき、デスクの電話が鳴った。井本も腰を上げ、上体を伸ばして受話器を取った。短く受け答えをすると、すぐに振り向き、社長室から出ようとしていた東堂を、呼び止めた。

「あんたに銀行からだ」

東堂は眉をひそめたが、取って返すと井本に代わって、電話に出た。

相手の話を聞いている東堂の顔が、みるみる色を失って醜くゆがむ。

「そんなばかな」

東堂は絶句すると、思わず受話器を取り落として、床にへたり込んだ。

井本は驚いて、その顔をのぞき込んだ。

「どうしたんだ」

東堂は唇を震わせた。

「今度は、銀行強盗にやられた」

2

「今日午後三時すぎ、明野《あけの》市の関陽銀行栄町支店を襲って、行員一人に重傷を負わせ、現金二千五百万円を奪って逃走した二人組の行方は、事件後四時間たった今も、依然明らかになっていません。目撃者の話では、銀行に押し入ったのはスキー帽で顔を隠し、ピストルを持った中肉中背の男で、他の一人は銀行の横手で車に乗って待機していた、ということです。外にいた仲間は、かぶっていたスキー帽から長い髪がはみ出しているのを目撃されており、警察ではこの仲間が女だったのではないか、と見ています。なお逃走した車は、一時間後に市内北部の建築資材置場付近で発見されましたが、車体の左前部がかなりへこんでおり、逃走中にどこかにぶつけたものと思われます。犯人はけがをしている可能性もあり、警察はその付近を中心に捜査を続けていますが、まだ手がかりを摑《つか》んでいません。なお国道、県道に張られた非常線にも、今のところ」

石上《いしがみ》吾郎は、左手を伸ばしてラジオのスイッチを切った。煙草《たばこ》に火をつける。人員整理反対ストとかで、タクシーが走っておらず、市内の交通は比較的すいている。しかしその分だけパトカーの数が目立ち、一般車はどことなくぎごちない感じで、ゆっくり走っていた。銀行強盗は、小さな地方都市にとっては大事件であり、被害金額が大きいことも手伝って、県警が乗り出して来たようだった。

市街地から、県境へ抜ける道のとっつきで、車が渋滞し始めた。道路に沿って誘導灯が並べられ、車の列はその中に一台ずつ、追い込まれて行く。非常線の検問だった。

二十分ほどで順番が来た。石上が窓を下げると、茶のコートを着たスポーツ刈りの人相の悪い刑事が、懐中電灯の光でさっと車内を一なめした。それから、石上の顔をまともに照らす。

「おたく一人かね」

石上は右手を出して、懐中電灯をわきへ押しのけた。刑事は小さく舌打ちしたが、心持ち光を横へそらした。

「おたく一人か」

少し声を固くして、もう一度同じことを聞く。

「屋根にだれも乗っていなければな」

石上が応じると、刑事はちょっとたじろいだ。

「まじめに答えてもらえんかな。銀行強盗のこと、知ってるだろう」

「知っている」

「それなら、気持ちよく協力してくれ。免許証だ」

石上は、コンソール・ボックスから免許証を出し、光にさらした。しかし、刑事がそれを取ろうとすると、さっと引っ込めた。

「これにさわる権限は、あんたにはない」

刑事はむっとした。

「何をそんなに、突っかかるんだよ。後ろ暗いことでもあるのか」

「トランクをあけてやるから、工具を出してこの車をばらばらにするんだ。タイヤの中から、シャブが出て来るかもしれんぞ」

「なんだと。おまえ、栄進興業のもんだな、そうだろう。今日はやけに、街をうろうろしやがって。やくざのくせに、でかい口を叩《たた》くんじゃねえよ」

「ひとをやくざ呼ばわりする前に、そこのバックミラーで自分の顔を見たらどうだ」

刑事はかっとして、石上の肩に手をかけようとした。そのとき、成り行きを見守っていた制服警官の間から、紺のスーツをきちんと着こなした、年配の男が出て来た。

「待ちたまえ。何をもめとるんだね」

スポーツ刈りの刑事は、ぜんまいを巻かれたように、ぴんと背を伸ばした。

「は、部長。この男の言動が不審なものですから、自分は」

年配の男は、車の方にかがみ込んだ。

「県警刑事部長の手沢です。失礼だが」

石上は、内ポケットから黒い手帳を出し、相手に示した。スポーツ刈りの刑事があわてて、刑事部長のためにそれを懐中電灯で照らした。

刑事部長は、すぐに体を起した。

「これは重ねがさね、失礼しました。ごかんべん願いたい」

スポーツ刈りは、咳払《せきばら》いした。

「部長、この男は」

「こちらは東京の、警視庁公安部の石上警部だ。時間の無駄をしたようだね、寺井君」

寺井と呼ばれた刑事は、驚いて顎《あご》を引いた。

「たいへんご無礼しました、警部殿。自分は職務に熱中するあまり」

石上は、それをさえぎった。

「この程度の挑発に乗るようでは、まだ修業が足りないな」

「申しわけありません」

恐縮する寺井から無感動に視線をそらし、石上は手沢を見上げた。

「どうも失礼しました。別に、試したわけじゃないんですが」

手沢は、肩をすくめるような仕草をした。

「いやいや、こちらこそ。それより、石上さんはどうしてこの町へ」

「手配中の、過激派メンバーの一人が、この町出身でしてね、ときどき、実家の様子を見に来るんです。こちらの公安にも、お願いはしてるんですが」

「それはどうも、ご苦労さんです」

「ところで、まだ犯人の足取りは摑めないんですか」

「なに、時間の問題ですよ。手配が早かったので、彼らはまだ、市内から出られずにいるはずです。少なくとも、県外に逃亡することは不可能ですな、この先にも何カ所か、検問所を設けているし」

石上はうなずき、ギアを入れた。

「後ろが詰まっているので、行かせてもらいますよ。捜査の成功をお祈りします」

寺井が最敬礼するのを尻目に、石上はゆっくりと車をスタートさせた。

県境へ向かって一キロほど走ったあと、国道を左にそれて山の方へ向った。やがて、鉄道の線路にぶつかったが、踏切は開いたままだった。山津波の、復旧工事がまだ続けられているらしく、左手の山の中腹がぼうっと明るく、エンジンの唸《うな》りや土砂の崩れる音が、かすかに流れて来る。

線路を越えてしばらく走ったあと、石上は県道からはずれて右手の未舗装の山道に、車を乗り入れた。バウンドしたヘッドライトが、両側からかぶさる雑草の下に、土をえぐるような轍《わだち》を捉えた。

石上は急ブレーキを踏み、フロントグラスに額をつけるようにして、タイヤの跡を見つめた。前日まで降り続いた雨のせいで、まだ土が軟らかく、その痕跡はたった今つけられたばかりのように、鮮かに残っていた。

煙草に火をつけ、深く一口吸う。少し間をおいて、それを三回繰り返した。灰皿に押しつけ、煙が立たなくなるまで、ていねいに揉み消す。それからギアをローに入れ直し、静かに車を発進させた。前の轍を踏み消すようにして、山道を登って行く。雑草や木の枝が車体に当り、いやな音をたてた。

五分ほど走って、やや広い平地までたどり着いた。石上は車を停《と》め、目をこらした。ヘッドライトの中に、かなり古い型の紺のブルーバードが、こちらに後部を向けてひっそりと、停まっているのが見えた。

3

石上は、ヘッドライトを消した。

あたりは闇に閉ざされ、前方の車からは一点の光も洩《も》れていないことが、確認された。もう一度ライトを点灯し、エンジンを切らずにドアをあける。車をおりて、ブルーバードに近づいた。周囲に目を配ったが、ヘッドライトの中に人影はなかった。

リアウインドー越しにのぞいて見たが、やはり人の気配はない。車の横手へ回り込もうとしたとき、石上は自分のではない別の影が、ヘッドライトの光を揺らしたのに気づき、さっと振り向いた。

「すみません。エンストしちゃったものですから」

逆光を浴びた人影の口から出た女の声に、石上は構えていた肩の力を抜いた。手をかざしてライトの直射を避け、少しずつ横に移動する。光と闇の境の所で足を止め、女を見た。

黒っぽいコートを着て、右手にスーツケースを持っている。カールした髪に光が躍っているが、顔の表情は見えなかった。

「それは大変でしたね。オーバーヒートか、それともバッテリーかな。ランプ類が、全部消えてますすな」

「たぶん、バッテリーが上がったんだと思います。あなたは明野市のかたですか」

女の問いに、かすかな緊張感がこもっていた。

「いや、東京の者です。仕事で、明野市から帰る途中でね」

女は、わざとらしい笑い声をたてた。

「わたし、あなたのこと、栄進興業の人かと思ったわ。栄進興業ってご存じ」

「ええ。明野市を根城《ねじろ》にする暴力団でしょう。わたしがやくざに見えましたか」

「え、いいえ、気になさらないで。わたしって、やくざと警官の区別もつかないくらいの、ひどいそそっかし屋なんです」

石上は小さく笑った。

「それなら、気にする必要はない。わたしはこう見えても、警察官でね」

女は喉をかすかに鳴らし、足元をふらつかせた。スーツケースを体に引きつける。

「うそ、うそでしょ」

「どうして。わたしが、手錠をちらつかせなかったからですか」

背後で、小枝が踏みつけられる、乾いた音がした。石上が体を回そうとしたとき、男の声が機先を制した。

「動くんじゃねえ。こっちは、ピストルを持ってるんだ」

石上は動きを止め、女を見た。女は、ボンネットに体をもたせかけ、肩であえいだ。

男は石上の上着の後ろ襟を摑み、ぐいと背中の中ほどまで引き下ろした。前襟が二の腕を締めつけ、石上は上半身の自由を奪われた。

「本当におまわりかどうか、証拠を見せてもらおうか」

男の声には、わざとどすを利かせているような、不自然な響きがあった。

「左の内ポケットに、手帳がはいっている」

石上が教えると、男は背中に銃口を押しつけ、左手で内ポケットを探った。手帳を引き出すと少し下がり、石上を視界に入れながら中身を改めた。

「こいつは、確かにおまわりだ。どうなってるんだ、これは」

「それはこっちが聞きたいね。あんたたちは、いったいだれなんだ」

石上が言うと、男はぐるりと半円を描いて前へ回って来た。いかにも向う見ずそうな、引き締まった体つきの若者だった。黒っぽいズボンに、オリーブグリーンのブルゾンを着ている。

「だれだと思う。もしかすると、あんたたちが探している人間かもしれないぞ」

「やめてよ、よけいなこと言うのは」

女がぴしゃりと言った。

「構うもんか。もうおまわりに、ピストルを突きつけちまったんだ、覚悟を決めるしかないよ」

「そんなこといいから、早くこの車で県外へ逃げましょうよ」

「こいつを、置いて行くわけにはいかねえ。一緒に連れて行くんだ。検問にぶつかったりしたとき、役に立つだろう」

　男はきっぱりと言い、石上のそばに寄って、用心深く体を探った。

「拳銃は持ってないよ。それを探してるならね」

「どうして持ってねえんだ、でかのくせに」

「われわれは、テレビのでかと違う。拳銃など、めったに持ち歩いたりしない」

　男はなおもしばらく探し続けたが、やがてあきらめて後ろへ下がった。ブローニングの小型拳銃を動かし、石上に合図する。

「よし、あんたが運転しろ。なあに、無事に県外へ逃げ出せたら、あんたには何もしないよ。ちょっと、眠ってもらうぐらいでね」

　石上は、静かに上着の襟を直し、車にもどった。男は後部シートのドアをあけ、まず女を乗せた。それから助手席に半身を入れて、石上に運転席にすわるよう指示した。

「ハンドブレーキには、まださわるなよ」

　男は念を押し、素早くブルゾンを脱いで助手席に乗り込んだ。拳銃を握った右手を石上に向け、その上にブルゾンをかける。

「さあ、行くんだ。この道を来たからにゃ、県境の抜け方は知ってるんだろ」

車は曲りくねった山道を、慎重にたどった。

だれも口をきかなかった。後部座席から、ときどき女の気ぜわしい息遣いが聞えるだけだった。

4

三十分後、車はやや広い未舗装の田舎道《いなかみち》に出た。

男は肩越しに女に声をかけた。

「おい、もう県境は越えたのか」

「まだよ。この道を左へ一キロほど行って、それから右手の山をもう一つ越えないと」

男はブルゾンの下の拳銃を動かし、石上に合図した。

「聞えたろう。さっさとやれよ」

石上は黙って、車をスタートさせた。道の左側は葦《あし》の生い茂った湿地帯で、右側は雑木林だった。道は林に沿って、右に鋭くカーブしていた。カーブを曲り切ったとき、上向きにしたヘッドライトの中に、人影が浮き上がった。

「停めろ」

男が怒鳴り、石上は急ブレーキを踏んだ。

前方四、五十メートルのところに、オートバイと二人の男の姿が見えた。オートバイの色は白で、男の一人は交通警官の制服を着て、ヘルメットをかぶっている。もう一人はコート姿だった。警官が、オートバイのヘッドランプをつけ、赤い標示灯をゆっくりと回した。

「くそ、こんなとこまで手配してやがったのか」

男は毒づいた。

石上は、低い声で言った。

「どうするね。道でも尋ねてみるか」

「黙ってろ。くそ、仕方がねえ、このまま行くんだ。あんたは公安のでかで、おれたち二人を重要事件の参考人として、本庁へ連れて行くとこだとでも言って、切り抜けろ」

「そんな作り話が、通用すると思うか。いくら相手が田舎刑事でも、そう甘くはない」

「黙ってろと言ったろう。連中を説得するのは、あんたの仕事だ。どじを踏んだら、遠慮なくぶっ放すぞ。さあ行け。もたもたしてると、怪しまれるだけだ」

石上は唇を引き締め、車をスタートさせた。近づくにつれて、コート姿の刑事がオートバイから離れ、かたわらの木の陰に体を隠すのが見える。コートの内側に手を入れたのは、たぶん拳銃を握っているのだろう。

石上は、五メートルほど手前で車を停め、警官が近づいて来るのを待って、ウインドーを下げた。

警官の顔は、警戒心をむき出しにしていた。

「免許証を拝見します」

石上は免許証を示した。

「銀行強盗の検問ですか」

「そうです」

警官は免許証を調べ、車内の三人に次つぎと目をくれた。

「どこから来たんですか。こんな間道をどちらまで」

「明野市から、東京へもどるところです。わたしは、警視庁公安部の石上と言います。この二人は、例の小包爆弾事件の重要参考人でしてね、あまり人目に立ちたくないんで、裏道を来たようなしだいです」

警官は、目をぱちぱちとさせた。

「警視庁公安部の、刑事さんですか」

「ええ。さっき、県警の手沢刑事部長とも、お話ししましたよ。この様子では、道路という道路にくまなく人手を割かれたようだが、さすがですな。感心しました」

警官はとまどい、木の陰の刑事の所までもどった。報告を受けた刑事は、車の中を疑《うたぐ》り深い表情でうかがいながら、そばへやって来た。右手は外へ出したが、コートの前ははだけたままだった。四十がらみの、いかにも猜疑心《さいぎしん》の強そうな小男だ。半白の髪が貧相に乱れ、額に振りかかっている。

「公安の刑事さんですって。何課ですか」

「一課です」

「一課というと、日共の担当ですな」

「いや、極左の担当です。警察庁の公安一課と間違われたんでしょう、わたしは警視庁の方でね。それとも、試されただけかな」

石上がからかうように言うと、刑事は苦笑するように、ふっと口元を緩めた。しかしすぐに、真顔にもどった。

「失敬しました。わたしは、県警捜査一課の戸島と言います。恐縮ですが、警察手帳を拝見できませんか。お分りいただけると思いますが、こういう場合念には念を入れませんと」

「構いませんよ」

今度は石上が苦笑を洩らし、内ポケットに手を入れた。軽く眉をひそめ、今度は反対側のポケットを探る。さらに外ポケットや、ズボンも確かめた。

「どうしました、ないんですか」

刑事の声が、急に硬くなった。

「どうもそのようです」

石上は探すのをやめ、助手席にすわっている男を見やった。男はこめかみをぴくぴくさせ、唇をなめた。取り上げた警察手帳をどこへやったか、思い出そうとしているのだ。

石上は目を落とし、うなずいてみせた。

「たぶんそのブルゾンのポケットじゃないかな」

「どうしてそんなとこに」

刑事は緊張した声で言い、無意識にコートの内側に手を伸ばそうとした。

そのとたん、緊張に耐えられなくなったように、男はブルゾンを左手ではぎ取り、右手に握った拳銃をさっと石上の頭に、突きつけた。

「動くんじゃねえ」

さすがに石上は、上半身をこわばらせた。刑事も手を胸の前に止めたまま、あっけにとられて二人を見つめた。後ろにいる警官も、看板にでもなったようにじっとしている。

刑事は、コートの襟を握り締めた。

「ばかな真似《まね》は止《よ》せ。気でも狂ったのか」

「うるせえ。少しでもおかしな真似をしやがったら、こいつの頭を吹っ飛ばすぞ」

刑事は男から、石上に目を移した。

「これはいったい」

石上は目を伏せた。

「面目ないが、不意をつかれてこの始末です」

刑事は男に、目をもどした。

「おまえたちだな、銀行を襲ったのは。後ろにいる女と、二人でやったんだろう」

「くそ、支店長のやつ、汚ねえ手を遣いやがって。銀行強盗だと。冗談じゃねえよ。確かに金は頂戴したが、そいつは貸付係をしてるこの女が、金庫からこっそり持ち出してくれたもんだ。それもたった一千万よ。二千五百万とはよくも吹いてくれたぜ」

　男がまくしたてると、刑事は驚いたようにちらりと女を見た。

「こっそり持ち出した金だと」

「そうよ。ついでに言っとくが、この女はあの銀行の支店長の娘だよ。やつは、自分の娘が金を持ち出したのをごまかすために、銀行強盗をでっち上げたに違いねえ。けちくせえ、田舎銀行の支店長の考えそうなことさ。ラジオを聞いて、まったくあいた口がふさがらなかったぜ。おまえら、あの支店長に一杯食わされてるんだよ」

　女は後部シートで顔をそむけたまま、みじろぎもしなかった。

　刑事は、急に物分りのよさそうな薄笑いを浮かべ、猫撫《ねこな》で声で言った。

「すると銀行強盗は、支店長の狂言だというのか」

「そうよ。こんな検問をする前に、よく調べてみろってんだ」

「なるほど、そりゃ面白い話だな。どうだ、銀行強盗が濡れ衣《ぎぬ》だと言い張るなら、本部へ来て納得がいくまで、話を聞かせてもらおうじゃないか」

　男はせせら笑った。

「その手に乗るか。今さらもう遅いよ。さあ、あんたも制服も道端まで下がるんだ。それから、あんたのピストルと手錠を、投げてよこしな。妙な真似をしたら、こいつの命はねえ」

刑事はちょっとためらったが、石上の顔色を見てしぶしぶ言われたとおりにした。

男は隙を見せず、素早く車から滑り出ると、反対側へ回った。拳銃で、石上に車から降りるように、合図する。刑事がほうった拳銃を、湿地帯の間に投げ捨て、手錠を石上の方に蹴った。

「これで、そいつら二人をつなぐんだ。それも制服の右手と、でかの右足首をつなぐんだ。さっさとやれ」

石上は黙って、命令に従った。交通警官は刑事の足元に這《は》いつくばり、恨めしげに男を見上げた。男は白バイに近づくと、ヘッドランプを消し、無線マイクのコードを引きちぎった。エンジンキーを抜き取って、闇へ投げ捨てる。

「おっと、忘れるとこだった。手錠の鍵もよこしな」

刑事は口惜《くや》しそうに土を蹴ったが、交通警官が声をあげたので、あわてて動くのをやめた。そして、男が手錠の鍵を投げ捨てるのを見送ると、いまいましげに言った。

「まったく、抜け目のないやつだな。しかし、どうやっても県外へは、逃げられないよ。検問は、まだこの先にもあるんだ。その顔ぶれとさっきみたいな口実じゃ、とてもごまかせやせんさ。今のうちにあきらめて、石上警部にその銃を渡した方が、身のためだぞ」

石上は振り向いた。

「戸島さん、でしたね。だめですよ、この男は。頭に血が上っちまって、何を言っても無駄だ。そのうち、自分で自分の頭を、吹っ飛ばすでしょう。それまで、気長につきあうしかないようだ」

刑事は、不服そうに頬をふくらませたが、何も言わなかった。男は二人のそばへ行くと、いきなり四つん這いになった交通警官の脇腹を蹴った。

「何をする」

刑事は、横ざまに転がった警官に足を取られ、バランスを崩した。そのこめかみを、男は銃身で思い切り殴りつけた。一声叫んで倒れかかる刑事を、なおも膝で蹴り飛ばす。それを、ほんの三秒ほどの間にやってのけ、石上がわずかに半歩踏み出したときには、男はすでに向き直って拳銃を構えていた。

「やめときな。あんたにはもう一度、警察手帳を使ってもらわなくちゃならねえ」

5

車が道をそれ、右手の山道にはいろうとしたとき、男は石上の左腕を拳銃で小突いて停めさせた。

「さっきのでかは、この先にも検問所がある、と言ったな」

「言った」

「ほんとにある、と思うか」

「さっきみたいな所にまで、網を張っていたぐらいだから、嘘《うそ》じゃないだろう」

男は座席の上で、いらだたしげに体をもぞもぞさせた。考えを巡らせながら、石上の顔をちらちらとうかがう。石上は無表情に、前を向いたままだった。

やがて男は、肚《はら》を決めた。

「確かに、あのでかの言うとおりだ。この顔ぶれじゃ、どう見たって不自然だ。要するに、女が乗ってるってのが、注意をひくもとよ」

後ろのシートから、やにわに女が身を乗り出した。

「あんたまさか、あたしに降りろって言うんじゃないでしょうね。このお金は、あたしが二人のために」

「うるせえ、わめくんじゃねえ。まあ、降りろと言いてえとこだが、まんざら他人でもねえしな。よし。そのかわり、後ろのトランクにはいるんだ」

女はびっくりして、体を引いた。

「トランクに。いやよ、絶対にいやよ」

「がたがた言うな。なにも、一晩中はいってろってわけじゃねえ。県境を越えるまで、ほんの小一時間の辛抱だ。おまえだって、つかまりたかねえだろ」

「でも、銀行強盗にされるなんて、計算外だわ。ラジオでは、行員に重傷を負わせたって言ってるのよ。警察へ出頭して、釈明した方がいいんじゃないかしら」

「おまえのおやじだぞ、そんな汚ねえ手を考え出したのは。とにかく、今さらあとには引けねえんだ。おとなしく、トランクへはいれ」

石上は咳払いをした。

「口で言うのは簡単だが、トランクの中で縮こまっているのも、楽じゃないぞ」

「黙ってろ。なんなら、おまえを入れてやってもいいんだぜ。さあ、少し山道を登るんだ。ここじゃ人目につきやすい。まあ、こんな所を通りかかるやつは、いねえだろうが」

石上は車を出し、道を数十メートル登って停めた。サイドブレーキを引く。

男は石上に向かって、顎をしゃくった。

「トランクのレバーを上げろ」

石上は、ハンドルを握った手を開いた。

「レバーは故障してるんだ。キーであけるしかない」

男は舌打ちした。

「キーを抜いて、おれによこせ。ライトは、つけたままにしとくんだ」

石上はエンジンを切り、キーを男に渡した。男は肩越しに、女に声をかけた。

「さあ、降りろ。ハンドバッグと、スーツケースを忘れるなよ」

「あたし、気が進まないわ」

「つべこべぬかすんじゃねえ。あの町から、逃げ出したいと泣きついて来たのは、どこのどいつなんだよ」

男が怒鳴りつけると、女は口をつぐんでしぶしぶ、ドアをあけた。

石上は、汗ばんだ手でハンドルを握り、じっと耳をすましていた。外へ出た二人が、枯葉を踏んで車の後ろへ回る気配がする。

キーが鍵穴を探るかすかな音。小さく、ののしる声も聞える。やがて、男が怒鳴った。

「おい、懐中電灯はねえのか。暗くて何も見えねえ」

石上は、グローブボックスから懐中電灯を取り出し、車を降りた。スイッチを押し、足元を照らしながら、後ろへ回る。

「光を上へ向けるんじゃねえぞ。ほら、こいつでトランクをあけろ」

男は光の輪の中に、キーを投げ出した。石上はかがんでそれを拾い上げ、トランクの鍵穴に差し込んだ。光を足元の地面にそらし、キーを回す。ぽん、とトランクの蓋の開く音がした。

「よし、工具やスペアタイヤはほうり出しちまえ」

石上は、トランクの中に手を入れてごそごそやっていたが、やがて低い声で言った。

「こいつは、少々重いな」

男はいらいらして、土を蹴った。

「なにを、もたもたしてやがるんだよ」

「ちょっと手を貸してくれ。こいつを外へ出すんだ」

「どれだよ」

「これだ」

石上は懐中電灯の光を上げ、トランクの中を照らした。女がひっと喉を鳴らした。

ていた。


「こ、こりゃ、なんだ」

男は、悲鳴に近い叫び声をあげた。トランクの中には、上半身を真っ赤に染めた女の体が、不自然に折れ曲っておさまっていた。

6

石上は、さっと光を男に向けた。

呆然《ぼうぜん》と突っ立っていた男は、まともに目を射られて思わず顔をそむけた。銃口が揺れた。すかさず石上は右足を飛ばし、男の右手をしたたかに、蹴り上げた。拳銃は、もののみごとに闇に吹っ飛び、男は後ろによろめいた。

「くそ」

男が、態勢を整えて向かって来そうなのを見ると、石上はトランクから掴み出していた拳銃を、素早く光の中に突き入れた。

「やめるんだ、坊や。少し頭を冷やすんだ」

男はつんのめりながらも、かろうじて体を引き止めた。口惜しそうに、拳銃を睨《にら》みつける。

「ちくしょう、あんたはいったい」

石上は、ひからびたような笑い声をあげた。

「さんざん、ラジオで聞かされただろう。それにさっき、支店長に一杯食わされたと、愚痴をこぼしていたっけな」

男は目をむき、口をぽかんとあけた。

「なんだと、すると銀行強盗ってのは」

「ほんとにあったのさ。関陽銀行をやったのは、おれたちだよ」

「おれたちって、あんたと、その、死んでる女の二人でか」

「そうさ。たった千五百万の、はした金だがな。ラジオで、二千五百万というからおかしいと思っていたが、おまえたちの話を聞いて理由が分ったよ。なかなか、ずるがしこい支店長だ。おまえたちの持ち逃げまで、おれにおっかぶせようというんだからな」

石上はちらりと女を照らし、すぐに男に光をもどした。その瞬間、縮み上がった女の姿がストロボのように、闇に残った。

男は唇をゆがめ、右手をさすった。

「くそ、おまわりが銀行強盗だと。いったいどうなってんだよ」

「公安の仕事というのは、なにかと物入りでな。まあおれの場合、少々ギャンブルに入れ込み過ぎたわけさ」

「するとその死んでる女も、婦人警官という寸法か」

石上はさもおかしそうに笑った。

「ばかを言うな。この女は、小包爆弾事件の首謀者さ。昔から、おれとはいい仲でな、持ちつ持たれつの間柄だったんだ。逃げる途中で車をぶつけやがって、肋《あばら》の骨が心臓に突き刺さった。ようやくおれの車に乗り換えたが、死体を捨てていくと足がつくから、トランクに押し込んで来たのさ」

男はゆっくり、首を振った。

「いやはや、あきれたもんだ。公安のでかが、過激派の女を使って銀行強盗か。おれが刑務所へはいって、こんな話をしても、だれも信じやしねえぜ、まったく」

石上は、かすかに光を揺らした。

「安心していい、おまえは、刑務所へ行く必要はない」

男は一瞬とまどいの色を浮かべたが、すぐに目を大きく見開いた。

「まさか、てめえは」

「血の気は多いが、血の巡りが悪いな。おまえに、こんな話をぺらぺらしゃべったあとで、どうぞ警察まで同行してくださいと、おれがそう頼むとでも思ったのか」

男は、何か叫ぼうとするように、口をあけた。

石上の握った拳銃が、乾いた小さな音をたてた。男は短く叫んで後ろざまに枯草の上に倒れ込んだ。腕が地面を這い、草を引きむしったが、すぐに動かなくなった。石上はそばへ行き、男の股間をぐいと踏みつけた。反応はなかった。シャツの胸に、赤黒いしみが広がり始めていた。

石上は、くるりと懐中電灯の光を回し、小さく悪態をついた。女の姿が消えていた。急いで車のそばへもどり、トランクの蓋をしめてキーを抜き取る。地面を光で一なめすると、後輪のわきにハンドバッグが落ちていた。スーツケースは見当らない。

バッテリーが弱って来たのか、ヘッドライトの光量が落ちている。急いで車に乗り込み、スイッチを全部切った。エンジンキーを回すと、かりかりといやな音がしたが、どうにかかかった。思い切ってアクセルをふかす。暗黒の中で、車は嵐のように唸った。

エンジンを切れば、今度はかからなくなる恐れがある。石上は手ごろな石を拾って来てアクセルにもたせかけ、自然にアイドリングするように、セットした。それから車を離れ、懐中電灯を頼りに山道沿いの雑木林に、分け入った。十メートルと進まないうちに、灌木《かんぼく》の小枝に白いスカーフが引っかかっているのが、見つかった。石上は、ぐるりと周囲を照らし、枯葉が蹴散らされて土がのぞいている方へ、足を進めた。さらに、十メートルほどもぐった所で立ち止まり、懐中電灯を消した。闇に目をこらしながら、じっと耳をすます。

後方から、車のアイドリングの音が、聞えて来る。頭上では、木を渡る風がかすかに葉ずれの音を、たてている。その合間に、赤ん坊がぐずるような、喉の鳴る音が断続的に流れた。女が恐怖のあまり洩らす、生理的な嗚咽《おえつ》の音だった。

石上はスイッチを押し、光の輪を左手の灌木の茂みに向けた。その陰に、黒いコートがうずくまっているのが見えた。

「さあ、出て来るんだ。かくれんぼする年でもないだろう」

女はのろのろと、体を起した。真っ白になった顔が恐怖にひきつり、生気を失った目がガラス玉のように、鈍く光を反射していた。

「やめて、お願い、撃たないで。あたし、何もしゃべりませんから」

卵を生んだばかりの、めんどりのような声で哀願する。

「無駄だよ。そういうわけにいかんことぐらい、分ってるだろう」

女は、胸に抱えていたスーツケースを、灌木越しに投げ出した。

「それ、あげます。一千万円はいってるわ」

石上は、喉の奥で笑った。

「この期に及んで、金を抱えて逃げるとはなあ。いいよ、ありがたくもらっておこう。どうせ、あの世へは持って行けないんだ」

女は、膝の裏を切り裂かれでもしたように、すとんと腰を落とした。口をぱくぱくさせるが、声にならない。唇の端から、よだれが流れ落ちた。

石上は灌木の上に体を乗り出し、のぞき込むようにして拳銃を上げた。懐中電灯を胸の前に掲げ、銃口を女の心臓に向ける。狙いを定め、引き金を引き絞った。

濡れたタオルを、コンクリートに叩きつけたような銃声がして、懐中電灯の光が宙に躍った。石上は横ざまに弾《はじ》き飛ばされ、木の幹に激突すると、一回転して枯葉の積もった地面へ、どっと倒れ込んだ。脇腹に食い込んだ鋭い衝撃が、たちまち燃える火の玉のような激痛となって、全身を焼き焦がす。

一瞬意識を失いかけた石上に、別の懐中電灯の光が注がれた。石上の目はショックと苦痛で何も見えず、まぶしい光を感じ取っただけだった。光はすぐにそれた。

妙に陰気な男の声が耳を打つ。

「あんた、関陽銀行の支店長のお嬢さんだね」

少し間をおいて、かぼそい女の震え声。

「ええ。あなたはだれ」

「あんたはあたしを知らないし、知る必要もないよ。あたしは闇の仕事で食ってる流れ者さ」

「どうして、ここへ」

「なあに、ちょっと栄進興業に頼まれて、あんたたちを探していたのさ。この山道に網を張っていたら、すぐ近くで銃声やら車の音が、聞えたもんだからね。あんたの連れはどっちみち、始末するつもりだった。かわいそうだがね」

長い沈黙のあと、女がやや強い口調で、

「町へは帰りたくないわ。そのスーツケースの中に一千万はいっているの。半分あげるから、あたしをどこかへ連れて逃げてよ」

男は陰気に笑った。

「たぶんそう言われるだろうが、その手に乗るんじゃないと釘《くぎ》を刺されてるんでね。さあ、行こうか。スーツケースは、あたしが持とう」

石上は、目をあけて闇を睨んだ。前方に、つけ放しの懐中電灯が転がっており、地面を照らしているのが、ぼんやり見える。その光のはずれに、倒れたとき落とした拳銃が横たわっていた。枯葉が踏みしだかれ、男と女が歩き出す気配がした。懐中電灯の光が、揺れながら少しずつ、離れて行く。

石上は枯葉を掻きむしり、地面に爪を立てると、拳銃に向かって這い始めた。

「待て、待つんだ」

石上の口から、つぶやきが洩れた。体が少しずつ前へずれ、ついに光の中に手がはいった。じりじりと、指が拳銃を求めて地を這う。

ようやく銃把《じゅうは》に手がかかったとき、曇った目の中ですっと光が消え、石上は底のない闇地獄へ、音もなく落ちて行った。

懐中電灯の光が、永久に動くことのない手に握られた拳銃を、いつまでも照らしていた。

人喰い

大沢　在昌

大沢在昌（おおさわ・ありまさ）

一九五六年名古屋市生まれ。日本推理作家協会十二代目（二〇〇五～二〇〇九）理事長。一九七九年「感傷の街角」で小説推理新人賞を受賞してデビュー。ハードボイルドの新鋭として脚光を浴びる。九〇年『新宿鮫』で吉川英治文学新人賞と日本推理作家協会賞を、九三年『新宿鮫 無間人形』で直木賞を、二〇〇四年『パンドラ・アイランド』で柴田錬三郎賞を、一〇年日本ミステリー文学大賞を、一四年『海と月の迷路』で吉川英治文学賞を受賞。

二十二マグナムの反動《キック》は、両手の中でむずかる獣のようだった。鈍く、小さい。イアプロテクターを通すと、低い天井のせいもあって、ボン、ボン、と聞こえる。右手の親指でハンマーを起こす。グリップの下に添えた左の掌《てのひら》をわずかに下げる。凹型のリアサイトに凸型のフロントサイトを浮かべ、黒点の下部を狙う。トリガーを絞る。ボン。

六発撃つと、英二はリボルバーをおろした。S&Wのポピュラーなタイプだ。暑苦しいイアプロテクターを外し、銃のシリンダーを開く。撃つつもりがない時は、そうするのが射撃場のマナーだと、本で読んだことがある。

唇をなめ、右側の壁に無器用に取りつけられたスイッチに触れた。プラモデルのようなモーター音がして、十メートルかそこら先に浮かんでいる標的がするすると近よった。

五つの同心円、ちゃちな紙標的だ。中央寄り、ふたつの円が黒く塗られている。直径四ミリ程度の丸い弾着が六つ、その黒い部分にあった。中心の「10」と書かれた円に四つ入っている。

ペーパークリップを外して、腰の高さにある台にのせた。

浅黒い小柄な兄ちゃんがのぞきこむ。この射撃場の従業員なのだ。薄いヒゲを鼻の下にたくわえているが、どう見ても二十か二十一、英二と大して変わらない年頃だ。気の良いネズミのような顔だちは、英二が以前バイトをした自由《じゆう》が丘《おか》のスナックのボーイに似ている。

兄ちゃんが目を丸め、ん、ん、と二度頷《うなず》いた。イアプロテクターは外そうとしない。新しい紙標的を英二に手渡し、古いのを持っていった。英二はそれをクリップに吊《つ》ると、二つ並んだスイッチの上を押した。

またモーター音がして、標的が遠ざかる。

スイッチの操作をうまくやらないと、標的は斜めになって奥の壁にはりつく。もう一度戻して、送りこむ。

水平になった。

英二は、銃を上げ、六本の薬莢《やっきょう》を台の上に落とした。木の小さな箱にはまだ三十発、弾頭を上にしたカートリッジが並んでいる。

細長いそのカートリッジを持ち上げ、シリンダーにあいた六つの穴に、順々に差しこんだ。

次は全部、十点に集めてやる。

英二の背後には四枚の紙標的と、ポラロイド写真が飾られていた。写真は、日本の夕レントやコメディアンが、このケチな射撃場で銃を撃っている姿をとらえている。

英二を燃えさせているのは、四枚の標的の方だった。二十発近い弾着が十点黒点に集まったものばかりだ。

どの標的にも横文字のサインが並び、下手《へた》くそな日本語が「名人」と但し書をつけている。

もうひとつ、英二を熱くさせていたのは、彼の左後ろにいるアンの視線だった。セミロングの髪にイアプロテクターをくいこませ、両手を組んで見つめている。アンにも、射撃場の男にも、拳銃を撃つのは初めてじゃない、といっていた。モデルガンや雑誌でしこんだ知識の浅さを悟られるわけにはゆかない。

初めて持った拳銃は、強化プラスティックに比べれば、確かに重かった。ハンマーを起こした時、トリガーを絞った時の感触は、頼りないモデルガンのそれに比べれば、歯切れよく、凶器という印象がある。

だが、メカニズムに違いがあるわけじゃない。ラッチを押す、シリンダーをスイングアウトする、エキストラクターでカートリッジを押し出す――東京のアパートの部屋で何千回とくり返した動作に、何ひとつ変わりはない。

気持が緊張していても、英二の手は、その感触を忘れてはいなかった。

六本のカートリッジを押しこめると、英二は拳銃をもたげた。

イアプロテクターを忘れている。

英二はさりげなく拳銃をおろした。バランスを測ってみたのだというように、手首をゆるめ、銃口をわずかに振った。

腰を何かが突ついた。

英二の頭の両側は壁だ。ひとりひとりが立つレンジの幅は、一メートルもない。つき出た二枚の壁が人間をはさむのだ。英二の目と気持は、標的にいっていた。拳銃をおき、振り返った。気の良いネズミが笑っていた。採点した紙標的を持っている。ボールペンの尻で突ついたのだ。

「アー・ユウ・ポリスマン？」

「ノウ」

答えると、自分の口元に笑みが浮かぶのがわかった。

「オーケイ、ベリイ・ファイン」

紙標的を振ってみせた。アンが黙ってこちらを見ている。ネズミは彼女の方にも、それを振ってみせた。

英二は、アンの方にはつとめて目をやらないようにして、向き直った。意識していると思われるのが癪《しやく》だった。

イアプロテクターをはめた。掌が汗で濡《ぬ》れている。緊張しているんじゃない、この射撃場が暑すぎるんだ。

ジーンズのヒップポケットからバンダナをひきずりだして手をぬぐった。

全部十点にまとめてみせたら、今度はダブルアクションに挑戦してやる。

気持が澄んだ。

英二は撃った。

「三十六発で四十ドルか、ぼるな」

「実弾射撃」と大書きされた看板が遠ざかると、英二はいった。

サンビトーレスロードは、だらだら坂でつきあたりのゲートに向かって左、つまり海側にホテルが立ち並んでいる。

第一ホテル、フジタタモンビーチホテル、リーフホテル、ホテルオークラといった具合だ。グアムはシーズンオフで旅行客はほとんどが日本人の新婚カップルだ。それも、さほどの数じゃない。

英二とアンはどこに行っても、「ハニイムーン?」と訊《き》かれる。アンの方が、英二より三つは年上で二十五なのだが、グアムの連中には、そんなことはどうでもいいらしい。

「それでも金を出して撃ちたがる客がいるのよ」

英二は遅れてついてくるアンに、貰《もら》ったばかりの認定証をひらひらさせた。白いサンドレスから赤味を帯びた肩がのぞき、サングラスをかけた目が英二をにらんだ。

「そんなもの早く捨てれば。文句をいったって、嬉《うれ》しがってるようじゃ同じよ」

「『エキスパート』だぜ、でも」

「お金さえ出しゃ、誰だってエキスパートよ。あんたをそんなことで喜ばすつもりで、連れて来たんじゃないわ」

「じゃあ、聞こうじゃん。俺をグアムまで招待してくれた目的を」

英二は立ち止まった。無人の観光バスがゆるゆると坂を昇っていく。夜十時を過ぎるとほとんど人通りはない。泊まっていた第一ホテルから電話で呼び出され、今出てきた射撃場の前で、アンとおち合ったのだ。アンは別のホテルに泊まっていて、昼間は英二と会おうとしない。

昨日、今日と、仕方なく英二はひとりで浜にいたのだった。日本からツアーで来た娘をナンパでもしようと思ったのに、いるのは新婚ばかりで、それも殆《ほとん》ど浜には出ようとしない。

レストランでは日本人のカップルを見かけはするのだが、昼間はまったくといっていいくらい姿を見かけなかった。おそらく部屋でいちゃつきあっているか、免税店あさりをしているのだろう。どちらも英二にとっては縁のない行為だ。

英二は焦《い》らついていた。

アンを最後に抱いたのは、三日前、グアムに発《た》つ前の晩だった。それきり、アンは飛行機の中でも離れた席を取り、話しかけようともしないのだ。英二からも話しかけることを許さなかった。

「もう少し待てないの」

英二のわきをすりぬけるようにして、アンはやりすごした。

「何をだい？　訊くのをか？」

英二はオーバーブラウスにしたアロハの前で手を組んだ。ホテルのアーケードで買ったものだ。アロハが二十二ドル、スイミングパンツが十六ドル、Tシャツが八ドル、これが英二の買ったすべてだ。

アンは頷いた。グレイのスモークレンズが閉まりかけたラーメン屋の灯を映している。ラーメン屋に日本語の看板、ペラペラの店員たち、ここはアメリカじゃない、日本だ。日本のチンケな盛り場だ。ちがうのは、ポルノショップと射撃場だけで、あとは何から何まで同じだった。

英二は眉根に皺《しわ》をよせてみせた。そうすると、自分が険悪な表情になることを知っている。

「俺に何をやらせようってんだよ、六本木からグアムくんだりまで連れてきといて、え？　そっちが声をかけたんだぜ」

アンの肩をつかんだ。日焼けに触れられたせいだろう、今度はアンが眉根をよせた。

「痛い！」

その表情がセクシーだった。

「行こうぜ」

英二は首を傾けた。自分のホテルの方角だ。腕をひっぱられた勢いで、アンは下り坂をよろめくように歩いた。サンダルのヒールがカツカツと音をたてた。

「待ってよ」

ふてくされたような声をアンは出した。唇を尖《とが》らせている。英二は、相手を屈させたのを感じた。部屋に連れ込んだあとのことを思った。

肌がほてっている。日焼けのせいだ。

「いえばいいんでしょ」

「ああ。いえばいいんだよ」

「じゃあ、いう」

甘えている声だ。今夜はできる、英二は感じた。

アンがいった。英二は手を離した。アンの腕も熱かった。ひどく熱い。

「ひと殺し」

「誰を」

訊き返せた自分を偉いと思った。

「男。明日、こっちに来るわ」

「あんたの男かよ」

「そう。スポンサー」

アンの声が醒《さ》めていた。

みっつの年の差だ。でかいぜ、凄《すげ》えでかい年の差だ。

英二は思った。

その女は、英二がコインロッカーにウォークマンを預けようとしている時、声をかけてきた。麻雀《マージャン》のカタに友だちがよこした代物《しろもの》だ。英二が今、いちばん気に入っているオモチャだった。それまではモデルガンだったが、こいつは持ち歩けない。

ディスコのシートで、誰かに盗《ギ》られるわけにはいかない。ホール&オーツの歌声が、英二をせきたてている。

〈マンイーター〉

男を食い物にする女の歌だ。英二には食い物にされるような金も名前もない。あるのは暇と、したいという欲望だけだ。

由美がバイトを始めた赤坂《あかさか》のパブの社長に食われちまって以来、英二はあぶれていた。そこの店は、二十人も女子大生をかかえていて、社長は他に六本木《ろっぽんぎ》でイタリア料理店も経営している。

由美は、自分がその中から目をつけられたので有頂天だった。メルセデスの五〇〇に乗っけられ、買って貰ったヴィトンのバッグに嬉々《きき》としている。

フラれてから、惚《ほ》れていたのに気づいた。スピロヘータがキッチンから検出されたとかで、潰れてしまったディスコでナンパしたのが半年前。山形から出てきて、たいしたこともない短大に通い、青山《あおやま》にオフィスがある小さなモデルクラブに籍だけはおいている。どこにでもいる、いまふうの顔だが、英二は気に入っていた。

年に一度、モデルクラブのカタログに載せるとかで、自費で撮影した写真を、英二にも一枚くれた。ウォークマンのビニールケースにいつでも入れている。

裏に電話番号が書いてある。ナンパした晩の別れ際にくれたのだ。

その日のうちに勝負をきめようとしなかったのが、由美のプライドにはよかったみたいだ。次のデートでキス、その次のデートでものにした。

「リッチ！」

由美の好きな言葉だ。贅沢《ぜいたく》が好きで、そんな気分にさせてくれる洋服や店が大好きなのだ。

「リッチなの、彼」

新しい恋人を、由美はそういった。それだけで、英二から離れていく立派な理由だというように。

由美とつきあい始めてからは、やるだけだったブスに興味がなくなった。すげなくして、全部切った。由美にフラれても、そいつらを惜しいとは思わなかった。

次にいい女を見つけるまでだ。もっといい女だ。

だから英二にしては珍しく、ひとりでディスコに乗りこんだのだった。

「百円玉、あるわよ」

鼻にかかったキザっぽい声だった。振り返ると、サングラスをかけた女が立っていた。

イタリアンカジュアルをきめている。瘦せ型で、中肉の由美より細い。いじめてやりたくなるタイプだ。

爪を切り揃《そろ》え、マニキュアを塗った指が硬貨をつまんでいた。

英二は店の入口に目をやった。金曜だ、混んでいる。男ひとりでは入れてくれないかもしれない。コインロッカーもやっとのことで空きを見つけたのだ。

最近ディスコは、クロークで貴重品を預かりたがらない。たいてい、店の中か外にコインロッカーを置き、客にそれを使わせる。

「ひとり?」

百円玉を受けとって英二は訊《たず》ねた。すぐにつけ加える。

「別にナンパしようってんじゃないんだ。連れの人がいてもいいけど、もし良かったら入る時だけ、連れになってくれないかと思って。男だけじゃ断られるから」

「いいわよ」

女はいった。連れについては何も言わなかった。自分から声をかけてくるぐらいだ、飢えているのかもしれない。

だが、悪い女じゃない。むしろ良すぎるくらいだ。由美にも負けない。

勝ってる。色気があるのだ。デキ上がった女の色気だ。開発されきってるにちがいない。英二は思った。

髪型は英二の好みだった。由美は、別れる直前、同じくらいあった髪をバッサリ切ってしまった。どうせ社長の好みなのだろう。いつだったかベンツから降りてくるその姿を、送っていった店の前で由美から教えられたことがあった。かた太りでがっちりしている。

黒のニットパンツに赤いセーターを着け、まるでヤクザみたいななりをしていた。店の入口で金を払い、中に入った。めちゃくちゃ混んでいて、すわる席もない。ボックスもいっぱいで、ステージもいっぱいで、それでもまだグラスを手にした連中が通路に溢《あふ》れている。

英二と女は、仕方なく通路の端に並んで立った。英二は気をきかせた。

「何飲む？」

女がサングラスを外して振り向いた。きれいな眼《め》だった。ドキッとした。

「？」

サウンドが大きすぎて聞こえないのだ。英二は女の髪に口を寄せた。

「何、飲む?!」

女が英二の腕をつかんだ。気持のいい香りがした。

「カンパリソーダ！」

英二は頷いて、通路を泳ぎ始めた。どうせ混みすぎていて、ウエイターはオーダーをとりには来ない。飲み物も食い物もフリー制で、入場料を払ったら、あとは好き放題なのだ。

汚れたグラスが山と積まれたバーカウンターに行くと、

「カンパリソーダとジントニック」

と怒鳴った。無表情なバーテンダーが返事もせず、かったるげに事務的な仕草で飲み物を作る。

英二は店を見回した。もう半袖を着たサーファーやイタリアンカジュアルの連中が多い。ミニスカートかコッパンだ。女は半分以上の数だが、女同士というのは少ない。客の中では、英二が一緒に入った女がずば抜けている。

グラスを受け取り、戻ろうとするとマイケル・ジャクソンがかかった。既にいっぱいだったステージに客がなお押しかける。

ウォークマンに今入れているテープだ。英二がそのアルバムで二番目に気にいっている曲だった。

気分がよくなった。

グラスを両手に持って、ひき返した。女はポシェットから煙草《たばこ》をとり出して火をつけようとしているところだった。壁にちょっと寄りかかった姿がきまっている。

ちょうどそのとき、通路のわきのボックスが空いた。すわっていたアベックが踊りに出ていったのだ。混んでいるディスコでは、席をいったん離れたなら、占領されるものと覚悟しなければならない。

女がこちらを見た。英二は首を傾けてみせた。マイケル・ジャクソンの囁《ささや》きがかぶる。

ストロボが点滅した。ネガのように反転する視界で、胸の前で煙草を手にした女がゆっくりと背を立て、近づいてくる。ゆったりとして落ちついた歩き方だ。それでも、そんなに気取って見えないのは、口元に浮かんだ笑みのせいだ。

英二は痺《しび》れた。

グラスを濡れたテーブルにのせ、誰かが置いていったブルゾンをわきへ押しやった。布張りの黒いシートに女を迎える。

プラスティックの灰皿を女の前にすべらせた。煙草をおき、グラスに左手をのばした。指輪は中指だ。

英二はグラスを合わせた。

「名前何ての?!」

「ア・ン」

「アン？」

女は頷いた。続いて、英二の顔をのぞきこんだ。

「エ・イ・ジ」

「よろ・しく」

親指を女が立ててみせた。英二も同じ仕草をした。ブスがやったら鼻もちならないが、アンがやると格好よかった。

少し黙って二人はステージを見つめていた。大して踊りのうまい奴《やつ》はいない。もっともいたところで、この混みようの中では披露のしようがないが。ラッシュの山手線とタメを張っている。

英二は素早く計算した。こんなタイプはチークを誘っちゃ駄目だ。がっついていると鼻であしらわれる。ステージで踊っているうちに、チークタイムになる。そこで向こうから自然に身をまかせてくれればよし、さっさとステージを降りたら、深追いはしないことだ。

「踊る？」

女は返事の代わりに腰をうかした。

混んでいる時のステージは大てい、中心になった内側にすき間ができているものだ。英二は、女の手をひいて、閃《ひらめ》く手や肩をやりすごした。

中央付近に、ようやく二人分のすき間を見出《みいだ》した。向かいあって踊った。

踊りもうまい。足はぴったりと床を踏みしめているのに、腰がゆれる。左右に、上下に円を描いた。

初めは気取っていた。だが英二が彼女の肩の動きに合わせて、彼女が左の時は右、右の時は左と、リズムを合わせてやると、のってくるのがわかった。

唇がわずかに尖り、眉根に皺がよる。目が足元を見つめ、絶頂のときのような表情をうかべた。腰の動きが大きくなった。

ときおり、喘《あえ》ぐように口を開いて、英二の顔を見上げた。英二ものってきた。膝をゆっくりと深く曲げながら、腰を大きく振った。左右だけではなく、前後に、それも、前に出す時は、突くように出す。

アンの目がうるんでいるように見えた。肩を閉じ気味に、さしのべるように両手を広げた。英二は両手を太腿《ふともも》に当て、じらすように腰をひいた。ライド・オン・ベイビー。サウンドが昇りつめる。彼女も昇りつめていくような苦しげな表情だった。イルミネーションが走り、ストロボが明滅した。アンの顔が歪《ゆが》んでいる。英二も苦しくなった。汗が背中を、わきを、伝いおちる。

両手で髪をかき上げた。額がびっしょり濡れている。苦しい体をしいたげるように腰を振りつづけた。リズムがいい。もっと、もっと、もっとだ。

サウンドがフェードアウトした。イルミネーションも瞬《また》きをやめた。ミラーボールが回り始める。スローバラード。

アンが両手を広げた。英二は受けとめた。すぐに自分が高まるのを感じた。アンの腰がそれを感じとった。

くぼみが暖かく押しつけられた。


「グアムに行ってみない」

ホテルのベッドに寝そべり、ウォークマンを聞いていると、アンがいった。シーツをひき上げ、英二を見上げる。目元が汗か涙で光っていた。どちらにしても凄かった。

「金ないよ」

「わたしがある。パスポートは？」

「去年とった。ゼミの連中と台湾に行ったとき」

「学生なの?!」

ヘッドホンを外し、女の煙草を一本くすねて英二は答えた。

「就職きまんなかったから留年したんだ」

「今は？」

「別に。あちこちでバイトしてる」

「ねえ」

アンが英二の膝に手をかけた。

「明日、パスポート持ってらっしゃいよ。ヴィザとっといてあげる。チケットもホテル代も私が持つ。ううん、少しぐらいならお小遣いもあげるわ」

「どうして？」

「どうしてでもいいでしょ。知りたい？」

「うますぎる。でも売りとばされるほどの人間じゃないしな」

いうと、アンは弾《はじ》けるように笑い声をたてた。

「わかってるじゃない。じゃあ交渉成立ね。損は絶対させないわ」

どうせ持って行くものなど何もない。英二は六畳ひと間のアパートを思った。今から行ったっていいくらいだ。そうだ、ウォークマンだってここにある。英二はヘッドホンを取り上げた。今はＦＭを受信している。〈マンイーター〉がかかっていた。

大ヒットだな、英二は思った。この女も、〈マンイーター〉も。俺は食われないよ。だって食うところがないからな。

英二はニヤッと笑った。アンがディスコでしたように、親指を立ててみせる。アンが笑い返した。色っぽくて、どこか凄みのある笑いだった。同じ仕草をしてみせると、髪をかき上げた。

何をしようとしているかはわかった。英二の体を期待が高めた。アンが英二の両脚の間に顔を埋《うず》めた。

英二はベッドから降りてカーテンを開いた。同じホテルでも、あの時いった渋谷《しぶや》のラブホテルとは全然違う。

天気がよくてタモン湾がきれいに見えた。夜なのに、水平線がくっきりと見える。沖あいで白く光っているのは、リーフに砕ける波頭だ。

昼間、ウォークマンを持ってひとりでビーチに出たときは、まるで写真みたいだ、と思った。週刊誌のヌードグラビアだ。茶色い肌と白い砂、底がぬけた空。

なんで水色を、水の色と書くのかよくわかった。

バドワイザーを買ってビーチにすわりこみウォークマンを聞いた。気軽な旅行者だ。真夜中の便に乗るために、成田でアンに会った晩、英二はウォークマンと歯ブラシを持っているだけだった。服だって、着ているポロシャツとジーンズで充分だ。がたがた詰めこんでいくのはおのぼりさんのすることだ。

ゼミの連中といった旅行とはちがう。だいいち、アンにパスポートを預けていたって、英二は半信半疑だった。

彼女が電話番号を教えてくれたわけでもない。ただ、

「成田《なりた》の日航のカウンター前で会いましょう」

といって別れただけだった。なのに、本当に彼女は現われた。ヴィトンのでっかいスーツケースにサマーセーターがカウンター前で目についた。

同じヴィトンでも由美の買ってもらった奴とは、てんで大きさがちがう。ひょっとしたら凄《すげ》え金持ちのお嬢さんかなにかじゃないか、英二は思ったものだ。

不思議なのは、グアムのひらべったい空港に着くと、英二に三百ドルくれてホテルに行くようにいったことだ。てっきり一緒のホテルに泊まると思いこんでいた英二はあっけにとられた。だが、アンは一刻も惜しいかのように、さっさとタクシーに乗りこんで行ってしまった。どこのホテルに泊まっているかも教えようとしてくれない。会う時はこちらから連絡するの一点ばりだった。

ホテルの部屋代はすでに前払いですんでいる。名前も英二の名だ。パスポートを渡し

たのだから、フルネームを知っていておかしくはないのだが、英二は狐《きつね》につまれたような気分だった。ホテルの部屋にいても、電話を待つより他はない。

何しろグアムの空港に着いたのは明け方だ。英二は昼過ぎまでぐっすり眠った。それから起きて、しばらくぶらぶらしていたが、馬鹿くさくなると海に出た。

海でぼうっとしているのは悪くない気分だ。何か自分にあっているような気がする。写真みたいな景色が、本当のものだとわかるのに、背中が真っ赤になるだけの時間が要った。

それから顔も腕も脚も、真っ赤になった。二日目の夕方、部屋でぼんやりテレビを見ていると電話がかかってきた。

「あなたピストル撃ったことある?」

いきなり訊くのだ。

「あるよ」

「どこで?」

「どこでだっていいだろ。慣れてるよ」

「じゃ撃ちにいかない?」

そういって射撃場前を指定したのだ。

今、アンは英二の部屋のベッドで喘いでいる。一度すると、狂ったように自制がきかなくなってしまうのだ。英二が離れたあとでも、ちょっと背中に触れるだけで、魚のようにピクンピクン痙攣《けいれん》する。そんなアンの体が英二には驚きだった。それに比べれば、由美なんか子供のようなものだ。

　レースのカーテンを閉めて、英二はサイドテーブルに尻をのせた。冷えた合板が心地よかった。セーラムにペーパーマッチで火をつける。訊ねた。

「何やってるんだ、その男」

「……何が？」

「だから、俺に殺させたい男だよ」

アンは寝返りをうって英二を見つめた。また目元が濡れている。泣くのだ。よくなってくると、思いきり泣く。

「どうして訊くの？　びびったの？」

「そうじゃねえよ。どんな奴を殺すのかな、ってさ」

アンは英二の部屋に入ると、黙ってベッドにすわり、ドレスを脱いだのだ。ひとこと訊いただけだった。

「殺してくれる？」

英二は、うん、と頷いてジーンズを脱ぎすてた。我慢できないくらいしたかった。終わると、少し醒めた。それに好奇心もあった。

アンはヘッドボードに枕をたてかけ、その上に背中をのせた。太腿が濡れて、フロアスタンドに光っていた。

「ちょうだい」

片手をさし出した。英二は吸いかけのセーラムをはさんでやった。セーラムは長い。英二から目をそらすと、ベッドの足元の壁にはめこまれた鏡を見た。髪をかきあげ、素っ気なく煙を吐く。ちいさいが格好のいい乳房が映っていた。乳首が小さい。英二は乳首の大きい女は嫌いだった。

「いろんな店をやっているの。金はくさるほどあるくせに欲ばりなのよ」

「嫌いになったのか」

英二を見ると、灰の長くなった煙草をさし上げた。ガラスの灰皿を渡してやる。ひらべったい腹にのせた。冷たい、気持いい――と呟《つぶや》いた。

「もともと好きじゃなかったもん、嫌いにもなんない。手、切ろうと思って」

「死ななきゃ切れないのかよ」

「まあね。ちょっと恐い人だし――」

「ヤクザ?」

「じゃないわ。友だちはいるけど」

「ヤベえな」

「段取りはつけてあるのよ。私の部屋に、明日そいつが来るの。こっちで会う約束だから。そしたら、強盗のふりをして入ってきて殺してくれりゃいいわ」

英二はちょっとすねた。

「そんな簡単にいくかよ」

「ドアはそっと開けとくわ。あいつきっとすぐやりたがるから、しかけたところを撃ってよ」

英二はアンを見た。アンは立ち上がってバッグを取った。白いエナメルのバッグだ。とめ金を開け、中からリボルバーをとり出す。

「どうしたんだよ、それ」

「買ったの。口が固いし、どこから出たかわからないような仕組みになってるわ」

見たこともないメーカーの代物だった。安っぽく、本当に弾丸が出るかと思えるほどちゃちなデザインをしていた。

シーツの空きにぽんと置いた。

「指紋はつけちゃ駄目よ。あとで拭いて、やるときはこれをはめて」

軍手もバッグから取り出した。英二は拳銃から目を離せずにいた。それ自体の重みで、ベッドに沈んでいる。

「本気だな」

「あったり前よ。じゃなきゃ何であんたをここまで連れてくるのよ。しばらく楽しく遊ばない？　これが片づいたら、そっと東京で会ってさ」

「スポンサー殺してか？」

アンは笑った。

「何だよ」

「金があるのよ」

「どこに」

「そいつが持ってくるの。グアム帰りってさ、アベックだと税関甘いのよね。こっちでごっそりハシシ買うんだって」

「葉っぱか?」

「そう。きっと胴巻きにいれて一千万ぐらい持ってくるわ。手切れ金よ」

「自分で決めてんだな。手切れ金の額」

「そう。自分の体を提供してきたんだもん」

アンはケラケラ笑った。

「何でアンっていうんだい」

「昔ね、そう呼ばれてたのよ」

「今はちがう名か、そうだろう」

「そうよ」

英二はベッドに移った。拳銃を拾い上げ、サイドテーブルにのせる。

ゴトリ。

「本名教えない気だな」

目の前に、アンの乳房があった。

「東京で教える」

アンは口をすぼめた。

「何で俺を選んだんだよ」

「やってくれそうだったから。根性入ってるって顔に見えたの。ディスコで会ったとき」

二時間前に聞いたら喜んだろう。今は嬉しくなかった。

「とんでもねえ女だよ」

「やめる?」

英二はアンを見つめた。

「幾らよこす」

「二人で分けよ」

アンの掌がのびて、英二の肩にそっと触れた。冷たい掌だった。ヒリヒリする日焼けに気持いい。

「あんた好きなんだ」

アンは歌うようにいった。

「だから別行動とってたんだ」

英二は自分にいいきかせるようにいった。

「そう。あいつが来るまでね」

「殺《や》ったあとどうするんだよ」

「あんたは先に東京に帰るの。わたしはほら、警察とか、いろいろあるじゃん。恋人を殺された憐《あわ》れな女の役やってさ」

「いつ？」

「明日の晩。殺ったらその足で空港に行けばいいわ。チケットも用意してある」

赤い紙きれをバッグからとり出して、英二に押しつけた。

「たいしたタマだな」

「そんなに悪くいわないでよ。自分が抱いた女でしょ」

アンはまた口を尖らせた。

「負けたよ」

ごろっと英二は横になった。アンがその上にのしかかっていった。

「あいつ、夕方にこっちに着くわ。食事したり、何だりで、九時か十時にはホテルの私の部屋にいる。あんたが来るのは十二時頃よ」

「ハジキ持って、ロビーを通ってかよ」

「わたしのホテルはさ、ロビーが五階にあるの。通りからだと一階に見えるけど、ビーチからは高いのよ。あんたのホテルのビーチから、浜づたいに来ればいいのよ。それでビーチ側のエレベーターを使って上がればいいわ」

アンのホテルは坂のとっつきにあって、そういえば斜面に建っている。

「ビーチでしょ、ホテルのプールがあるでしょ、わきに階段があってさ、こっち全部芝生」

アンは英二の胸の上に地図を指で書いた。

「階段昇ってくとホテルの廊下にぶつかるのよ。左に曲がって少しいくと、エレベーターホールがあるわ。そこが二階だから七階までまっすぐ上がって。七一四」

「途中で誰か会ったら？」

「大丈夫よ、全然、人がいないんだから」

「絶対、あんた疑われるぜ」

「平気、平気。まさか日本から来た女が人殺しするなんて思ってもいないわよ」

「金、どうするんだよ、持って逃げなきゃ疑われるぜ」

「逆よ。持ってったら殺さないでしょ。わたしが悲鳴をあげたもんだから、何も盗《と》らず、撃って逃げたっていえばいいわ」

「その一千万も？」

「あいつホテルの金庫にも預けないから、わたしが隠しとく。警察に絶対、ばれないって。自分の体に巻きつけときゃいいんだもん。わたしがピストルさえ持ってなきゃ疑われないわよ」

「万一、人が来たら？」

「両隣、誰も泊まってないんだ。ピストルの音は聞こえないわよ。わたしが悲鳴あげんのは、あんたがビーチづたいに逃げたあと」

英二は唇をかんだ。ちょっと考えれば周到な計画のように思えた。

拳銃を取り上げ、シリンダーを開いた。つるんとしたシリンダーは、カタログやモデルガンで見慣れた、コルトやS&Wのものとはちがう。ところどころ錆《さ》びて、地金がのぞいていた。

五発の二十二口径弾が尻を見せていた。二十二口径ならたいした銃声もたてないだろう。確かにうまくいきそうに思えた。

五百万あれば、またどっかの海でのんびりできる。一千万だったら——。

英二は自分の顔の真上にあるアンの瞳を見つめた。悪くない。全然悪くない。

「ね、やろうよ」

「やろう」

アンが唇を押しつけた。

背中が、顔がひりひりする。用心して、今日はあまり陽《ひ》にあたらないようにしてきたのに、焼けてしまったのだ。

クォーターバックの体がエンドゾーンを舞った。タッチダウン。

早口の解説も喚声もない。かわりに、サバイバルの歌声が流れている。英二はウォークマンのヴォリュームを上げた。グアムのＦＭは無駄な喋《しゃべ》りもコマーシャルもほとんどない。サウンドの奔流が耳を満たす。

ベッドの上にアグラをかき、テレビ画面にぼんやりと目をあてていた。

今の英二は時間を潰すこと以外には何もない。

夕方ビーチを上がると、ひとりでレストランに入った。ロブスターとステーキが盛り合わせになっている皿を頼んだ。ビールをオーダーすると、チョビヒゲをはやした現地人のウエイターはキリンビールを持ってきた。

「キリン・イズ・ナンバーワン」

声をひそめて囁いた。

ロブスターは色がどぎつくて、しつこくまずかった。ステーキは見てくれだけで味がなかった。

部屋に帰ると、アーケードで貰ったビニール袋に水着とシャツをつっこんだ。テレビをつけ、ウォークマンのヘッドホンをかけた。

待っていた。

待っている間にいろいろ考えていた。拳銃はジーンズにはさみ、上からアロハをたらしている。

カルチャー・クラブにサウンドがかわった。英二はあまり好きじゃない。踊りにくいのだ。まだホール&オーツの方がいい。

〈マンイーター〉

聞きたい。だがテープを持ってきてなかった筈《はず》だ。ウォークマンのビニールケースをのぞいた。マイケル・ジャクソンとフォリナー、それに写真だ。

由美が気取っていた。英二は写真を指で弾いて、ケースにしまいこんだ。

腕時計をのぞく。そろそろ出かけてもいいだろう。夕食のあとで、チェックアウトはすませていた。ホテル側は驚かない。早朝の便に乗るために、夜チェックアウトする日本人は多いのだ。

ウエスタンベルトに、ウォークマンを吊った。腰の右側によせた。左側は拳銃がさしこんである。

ロビーに降りて、キィをドロップした。ビーチに出て、英二はホテルを振り返った。

今夜は少し曇っている。また来ればいい。

今度は女を連れて。

リーフにせきとめられて、波はほとんどない。引き潮がおいてゆく海草を踏んで、英二は歩き出した。ふかふかの絨緞《じゆうたん》のようだ。

潮の香りが少しだけした。

曇っていても、道は辿《たど》れた。夜空が、東京と比べものにならぬほど明るい。

アンの泊まっているビーチにまで着いた。

教えられたとおりに階段を昇った。手順は幾度も反芻《はんすう》して頭の中で形になっていた。

プールのわきを通ると、塩素がにおった。

午前零時を過ぎて、部屋の灯《あか》りはほとんど落ちている。

不思議と緊張はしていなかった。

英二はベージュに塗られた階段を昇り、エレベーターホールにいきあたった。誰とも会わない。

七階まで昇った。エレベーターの中で、ビニール袋から出した軍手をはめた。興奮しているのがわかった。

七階のエレベーターホールに出ると、足音がないのを確認して、素早く歩いた。

七一四号。

細めにドアが開いていた。アンの叫び声が洩れてくる。

英二はそっとドアを押し、部屋に入りこんだ。右手がバスルーム、それを過ぎればベッドだ。

ナイトスタンドに、こちらを向いたアンの姿が見えた。男の上に後ろ向きに乗って、体をゆすっている。男の顔は見えない。アンの背に隠れている。

英二は拳銃を抜いた。後ろ手でドアを閉める。かけ金がかかった。

カチリ。

アンが動きをやめた。英二は腕をもたげた。アンが英二を見つめた。

銃声は平手を叩きあわせたぐらいにしか聞こえなかった。

二発。アンの体がベッドの下に転げおちた。額に赤い穴があくのを英二は見ていた。

ベッドの男がさっと身を起こした。まず、アンの死体を見た。それから目をみひらいて、英二と銃口を見つめた。

英二は笑い出したくなった。

あの男だ。由美が乗り換えた、パブとイタリア料理屋の社長。だぶついた腹をしている。

「偶然だね。おじさん」

英二の言葉の意味が男にはわからなかったようだ。わかる暇もなかった。

英二は大股で踏みこみ、男の口に銃口を当てた。上に向けて一発。

悲鳴をあげかけて、男の頭がのけぞった。ヘッドボードにゴツンと当たる。銃声は前より小さかった。

やったね。英二は自分をほめてやりたい気分だった。

拳銃を男の手元に落とした。あおむけになって床にのびている、アンを英二は見おろした。少し勿体《もったい》なかった。目尻にまた涙が光っていた。

ツインのベッドの片方は、まだ全然使われてなかった。そこに尻をのせ、英二は部屋を見回した。

どこかにある。クローゼットか、ちがう。胴巻きに入れて金を持ち運ぶような男が、そんなに離しておく筈がない。

見つけたのは、男の枕の下だった。白くて厚みのある帯のような形をしている。両端にマジックテープがついていた。中央のファスナーを開くと、緑のドル紙幣がぎっちり詰まっているのが見えた。

英二を包む空気がふんわりと暖かくなった。空調の唸《うな》りも、死体の静けさも、耳から消えた。

人生っていいもんだな。指が緑に染まりそうな、リッチの固まりだ。何にも負けない、最高のオモチャだ。

英二はジーンズのベルトを外した。邪魔になるウォークマンがもどかしくなってベルトから抜くと、ベッドの上に放り出した。リッチの固まりを腰に巻きつけて、上からジーンズをはく。

腰の重みが、英二の気持を軽くした。

ビーチを伝って第一ホテルに戻った。タクシーにのりこんで空港を命じる。英二は最高の気分だった。

やったね。

軍手はビーチのゴミ缶に押しこんだ。証拠は何もない。どこから見ても心中だ。

運転手に五ドルのチップをはずんで、空港の前で降りた。百ドルやってもいいくらいの気分だった。

懐には一千万のキャッシュ。

俺は食い物にしようがないっていったろ、アン。食うところがないからさ。

胸の中でアンにいった。

ビニール袋からパスポートをとり出して、英二は気づいた。

ウォークマン。アンの部屋、アンのベッド。由美の写真が入っている。電話番号も書いて。体からすうっと力が抜けていった。

もう戻れない。あの部屋はオートロックなのだ。

〈マンイーター〉

英二は不意に聞きたくなった。たとえウォークマンがここにあっても、聞ける筈のないヒット曲を。

夜気の暑さに英二は震えた。

あるジーサンに線香を

東野　圭吾

東野圭吾（ひがしの・けいご）

一九五八年大阪市生まれ。日本推理作家協会十三代目（二〇〇九〜二〇一三）理事長。一九八五年『放課後』で江戸川乱歩賞を受賞してデビュー。九九年『秘密』で日本推理作家協会賞を、二〇〇六年『容疑者Xの献身』で直木賞を、一二年『ナミヤ雑貨店の奇蹟』で中央公論文芸賞を、一三年『夢幻花』で柴田錬三郎賞を、一四年『祈りの幕が下りる時』で吉川英治文学賞を受賞。「探偵ガリレオ」シリーズや「加賀恭一郎」シリーズなど映像化されたものも多数ある。

三月一日　新島《にいじま》先生から急に日記をつけてくれとたのまれた。先生にはいろいろと世話になっとるし、いやとはいいにくいのでひきうけた。しかしなんでわしが日記なんぞつけにゃならんのだろう。わしみたいにじいさんになってから日記を書いたところで、ろくなことを書けやせん。ぶあつい日記帳をくれたが、全部書くまで生きられるかどうかもようわからん。だけども先生にはいろいろと世話になっとるから、いやとはいいにくいのでひきうけた。だいたい日記なんか書くのははじめてだ。どう書いていいか、さっぱりようりょうがわからんでこまる。先生にそういったら、なんでもええから、その日にあったことを全部書いてくれということじゃった。全部なんか、とてもわしの頭じゃおぼえられませんといったら、おぼえとることだけでいいといわれた。それでこうやって書いとるが、今日どんなことがあったかちっとも思い出せん。なんもなかったような気がする。おぼえとるのは、病院で新島先生から日記を書いてくれといわれたことだけだ。そのことはもう書いたから、今日はもうこれでええことにする。久しぶりにえんぴつを持ったので手がいたくなった。こんなにまとめて字を書いたのは、工場での班長日誌いらいだ。あしたから毎日書かにゃならんと思うと気がおもい。漢字もぜんぜん思いだせんでいやになる。前はもうちっと字を知っておったはずだ。けど先生には世話になっとるし、いやとはいいにくいのでひきうけた。

三月六日　久しぶりに日記を書く。前に先生にきいたら、毎日は書かんでもええ、思い出した時に書いてくれたらええということじゃったので、ずるずると書かんままですぎてしもうた。わしはずぼらなので、毎日書くつもりをしたほうがええかもしれん。先生はやさしいのでなんもいわんが、きっとわしがさぼると先生にめいわくかかるんじゃろう。

今日はわりと書くことがある。まず朝からひざがしくしくと痛んでどうもならんかった。このところ毎日こうでいやになる。ももひきを二まいはいたが、ききめがあるのかないのかようわからん。きやすめみたいな気もする。ちかごろではつえを使って歩くのもしんどくなってきた。山田《やまだ》さんはウバ車にもたれかかって歩いたら楽じゃとおしえてくれたが、どうも気が進まん。

それから昼間買い物に出た。家を出る時になって、どうしてもさいふが見つからんので弱った。それがさんざんさがし回った後で、右手に持っておったことに気づいた。このところこういうことが多い。どうやらぼけてきとるようだ。ちょっとしたことを思い出せんで苦労するちゅうことが、一日になんべんもある。そのうちに岡本《おかもと》さんみたいになってしまうかもしれん。岡本さんはつい今しがたメシを食ったことをわすれて、朝からばんまでメシメシというとるという話だ。あそこの嫁がいいふらしとるので近所の人はみんな知っとる。わしはあんなふうになりとうない。それにわしは一人ぐらしじゃから、そんなことになったとしてもだれも助けてくれん。そうなる前に死にたい。もうこのとしじゃから死ぬことはちっともこわくない。思い残すこともないし、人様にめいわくをかける前に死ねたらええと思う。

三月十日　今日は本屋に行って辞書を買って来た。矢張り漢字をちょっとは使わんといかんと思ったからだ。平仮名が多いと子供が書いた日記みたいに見える。それで本屋に行った訳だが、どういう辞書を買って良いのか分からず苦労した。すると本屋の娘が何かお探しですかと聞くので、こうこうじゃと説明したら、此《こ》れが良いですと言って、赤い表紙の辞書を推薦してくれた。字が大きくて見易《みやす》いだろうと言うのだ。開いて見たら、成程見易い。老眼鏡を掛けたら何とか読める。感謝してそれを買って帰った。今それを使って此れを書いとる。一字一字調べて書くので時間が掛かって仕様がない。目も疲れた。今日は此の辺で仕舞いにする。

三月十一日　今日も本屋に行った。昨日店の娘が、何か分からないことが有ったら聞きに来てくれと言ってくれていたからだ。わしは、日記を書くのに一々漢字を調べて書くのはしんどいから、何とか成らんものだろうかとそうだんしてみた。そうしたら、何もかも全部漢字に直すひつようは無い、自分がこの字は漢字の方がええなあと思った字だけを漢字にすれば良いと言ってくれた。漢字がおお過ぎると、却《かえ》って読みにくい事も有るということじゃった。それで今日は漢字を減らしてみたが、ようりょうが分からん。なれればええんだろうが、むずかしい。

それにしてもあの娘はしんせつな良い子だ。気立てもやさしそうだ。扶美《ふみ》もやさしい女じゃったが、顔も何処《どこ》となく似ておる。名前を聞いたら井上千春《いのうえちはる》といううんだと教えてくれた。いい名前で顔におうとる。声もいい。もしわしに息子がいたら、ああいう娘を嫁に貰《もら》うところじゃった。いや間違えた。わしの息子では歳《とし》が合わん。わしの孫ならちょうどええ年回りじゃろう。

久しぶりに扶美のことを思い出した。扶美には可哀相《かわいそう》なことをした。わしの身体《からだ》が悪うて子供が出来なんだ。わしの家族は扶美のことを責めておったが、あいつには何も悪いところは無かった。それでも扶美は黙って耐えておった。あの世に行ったら扶美に詫《わ》びにゃならん。

三月十三日　ゆうべ新島先生から電話があって、あしたはぜひ病院に来てくれということじゃった。わしは、この間の検査で何か悪いことでもあったんだろうと思った。心配だったが、心配しても仕方ないと思うことにした。ここまで長生きできたんだから、まあいいだろうと思った。それでもいったいどこが悪いんだろうと考えながら病院に行った。

新島先生は最近のわしのからだの具合について、あれこれと尋ねてきた。わしは先生もったいぶらんで、わしのからだのどこが悪いのか早く教えてくださいといった。早く聞いて楽になりたいんだといった。すると先生は何のことかわからんという顔をしたあとで、いやいやそうじゃないんだ今日あなたに来てもらったのはたのみがあるからなんだといった。先生みたいなえらい人がわしなんかに何の頼みがあるのか不思議になった。

先生の頼みというのは、実験に協力してほしいということだった。何の実験ですかと聞くと、若返りの実験だと先生は答えた。人間の身体を若返らせることができるかもしれんという。わしはびっくりして、そんなことができるんですかいと聞いた。りろん的にはできるんだと先生はいった。それで何べんも動物実験をして、若返ったねずみなんかもおるそうだ。ただしいつまでも若返ったままというわけにはいかなくて、あるていど時間がたったら、また元に戻るらしい。それでもまだわしは信じられなんだ。いくら医学が発達したといっても、そんなことは無理としか思えんからだ。そんなことができるんなら、もっともっと世間が大さわぎするはずだ。そうしたら先生は、このことはまだ秘密で、がっかいなんかでも発表していないんだといった。だからあなたもこのことはよそでしゃべらんでくださいといわれた。わしはおしゃべりじゃないから、べらべらしゃべったりしないといっておいた。

なぜわしに頼むのかと聞くと、条件にぴったりだからということだった。ひみつの実験なので、ふだん人とのつきあいがあまりなくて、家族もいない人間がいいんだということじゃった。もちろん病気持ちよりは健康な人間のほうがいいとも先生はいった。そうしたことの条件に、わしがあてはまるそうだ。

わしは家でゆっくり考えてみるといって病院を出た。しかし家でいくら考えてみても、やっぱり信じられん話で、夢をみとるような気分だ。もし本当に若返れるんだとしたらうれしい。短い間かもしれんと先生はいったが、それでもすごいことだ。

もっといろいろと書きたいが、頭の中がいっぱいで言葉が出てこん。このへんでやめておく。そろそろ床につかねばと思うが、こうふんして寝られんかもしれん。

三月十五日　新島先生に、実験を手伝ってもいいと返事した。先生はたいそうよろこんでくれた。二十一日に手術をしたいということじゃが、わしはいつでもいいですとこたえておいた。先生は、手術のあとはしばらく誰とも逢《あ》えんと思うから、逢いたい人がいるなら今のうちに会っておいた方がいいといった。わしは別にそんな人はいないといったが、そんなことはないだろう、ゆっくり考えて逢いたい人に会っておきなさいと先生はいった。それでうちに帰ってから考えたが、やっぱりそんな人はおらん。近所は知らん人ばっかりだし、親戚ともろくに会っとらん。昔はともだちが何人かおったが、みんな死んでしもうた。話をするのは新島先生ぐらいだ。ときどき老人が一人で死んでいるのが何日もたってから見つかったという話を聞くが、きっとわしもあんなふうになるんじゃろうなあ。わしが死んでおっても、たずねてくる者がおらんのだから、二か月ぐらい発見されんかもしれん。見つけるのはたぶん大家のせがれじゃろう。最近はあいつが家賃をとりにくる。わしが死んどるのを見て、あいつなら喜ぶに違いない。いつも早く出ていってほしいようなことをいうとるからな。

ここまで書いたところで井上千春さんのことを思い出した。あの娘と逢えんのはさびしい。あした本屋に行って、あの娘には会ってこよう。親切にしてもらった礼に何か買っていきたいが、金もないし、若い娘がどういうものをほしがるのかけんとうがつかん。

三月十六日　今日の昼間に井上千春さんに会ってきた。駅前で大福を売っておったので、買って持っていった。たいそう喜んでくれてうれしかった。

わしがしばらくここには来れんというと、あの子はどうしてですかと聞いた。病院に入るからだというと、どこが悪いのかと聞いた。どこも悪くはないがちょっと用事があるんだというと、お大事にと心配そうな顔をしていってくれた。ほんとうにやさしい娘だ。

本屋の帰り、ぼんやりと商店街を歩いた。ちょっと見ないあいだに、知らん店が増えておった。何を売っておるのかわからん店もある。どの店にも若いもんがたむろしておった。年寄りが入れるような店はない。

夜、テレビをつけたが、いつも見るチャンバラがやっておらず、かわりにサッカーをしておった。このごろはこういうことばかりだ。チャンネルをかえても、わけのわからん番組ばかりでつまらん。

三月二十日　いよいよ手術はあしただ。それできょうから入院した。何をされるのかさっぱりわからず、ちょっとこわい。若返りなんちゅうことがほんとうにできるとは、やっぱり思えん。新島先生がいろいろ説明してくれたが、わしのような悪い頭では半分ものみこめん。おまかせしますといっておいた。

花田広江《はなだひろえ》さんという看護婦をしょうかいされた。これからわしの専属のようにやってくれるらしい。四十半ばぐらいの、人のよさそうな顔をした女の人だ。用事があったらなんでもいってくれという。わしは何日入院するのか知らんが、着替えが足りんかもしれんといった。そうしたら花田さんは、時間がたったら、どうせ今の服は着られなくなるはずだといった。身体にあわなくなるのかと聞いたら、それもあるかもしれんが、見た目が合わなくなるんじゃないかといった。わしにはよう意味がわからんかった。

新島先生が、日記はつけていますかと聞いた。わしは毎日じゃないがつけているとこたえると、これからもそうしてくれといった。先生はわしの辞書を見て、使いやすそうな良い辞書だといった。わしはちょっとうれしかった。それから先生は夜に、大きなレンズを持ってきてくれた。虫メガネみたいに手に持たなくても、それを辞書の上におくだけで字が大きく見える。これはたすかる。
病院の消灯は九時だが、わしだけ十時にしてもらった。ただしテレビは九時までにしてくれといわれた。どうせ見たいものもないのでかまわん。
三月二十四日　手術は三日前におわった。何をどうされたか全くわからん。気がつくと身体中に包帯をまかれてベッドで寝ていた。全身を切られたのかと思ったがそうじゃなかった。背骨と頭を切っただけということだった。それでもきのうおといは動けんかった。どこが痛いわけでもないのだが、どうにも身体がだるくてしかたなかった。今日はちょっと動けるのでこれを書いている。新島先生から、気分はどうかときかれたので、まあまあだと答えた。疲れたのでここまで。
三月二十五日　だいぶ身体が楽になった。花田さんにいって鏡を借りて顔を見た。ちっとも若くなっていなかった。失敗だなというと、これからですよと花田さんはいった。まだ手術するのかと聞いたら、そうじゃないという。意味がよくわからん。
三月二十六日　新島先生が来て、これを壁につけさせてほしいといってカメラのようなものを見せた。写真機ではなくてテレビにうつせるカメラだ。それでわしの姿をとるんだという。うつしてほしくない時は、花田さんにそういえばいいそうだ。監視されているようでいい気分はしなかったが、先生が一生懸命にたのむのを見ているといやとはいえないので承知した。疲れたのでここまで。

四月二日　ここ一週間ほどどうにも身体がだるくて寝てばかりいた。それで日記も書けなかったが、きょうは嘘《うそ》みたいに楽なので起きてちょっと歩いてみた。先生に聞くと、これからも時々だるくなるかもしれんが、それは仕方がないらしい。しっかり食って、しっかり栄養をとるのが一番だということじゃった。そういわれたからでもないが、きょうはずいぶんよく食った。めしがこんなにうまいと思ったのは久しぶりのような気がする。ここのめしはうまいねと花田さんにいったら、そうじゃなくてわしの身体が栄養を求めておるからだという。花田さんはわしの腕にしょっちゅう注射をするが、それも栄養を補うためだそうだ。

しばらく目を使わなかったせいか、今夜は目の調子がいい。いつもはこのぐらいになると目がしょぼしょぼするが、きょうはしない。辞書の字もいつもより見易い気がする。また腹が減ってきたが、もうきょうは食べてはいかん、胃袋がもたんといわれておるからがまんして寝ることにしよう。

四月三日　きょうは朝からへんな気持ちじゃった。しかし悪い気分というのではなく、なんというか、動きまわりたくてしかたがないという気分だ。じっとしていると身体があつくなってくる。新島先生にいったら、なんとかしてくれるということだった。その時先生はわしの脈拍とか、血圧とかを調べていたが、先生の横に知らん男が二人おったのは気になった。あとで花田さんに聞くと、二人とも医者で、新島先生の研究に興味を持っておるそうだ。この実験が成功すると、先生の名前は世界的に有名になるらしい。そうなったらわしも先生に協力した甲斐《かい》があったというものだ。

さっき気がついたことだが、ひざのしびれがすっかりなくなっている。暖かくなったせいか、手術のおかげかはわからんが、とにかくありがたいことだ。

今日から風呂に入っていいことになった。職員用の風呂で広くはないが、久しぶりに湯槽《ゆぶね》につかってほっとした。風呂に入ったせいか、手や足の皮がつるつるしている。

四月七日　三日前に花田さんが退屈しのぎになるんじゃないかといって、本をいろいろ持ってきてくれた。歴史の本だとか政治の本だとかいろいろだ。わしはむずかしい本はかなわんので、一冊だけあったチャンバラ小説を読むことにした。小説なんかあまり読んだことがなかったが、おもしろくて夢中になった。ほとんど一日で読んでしもうた。それで花田さんに、またチャンバラ小説を買ってきてくれとたのんだのだが、それまで待ちきれずに、ほかの小説を読みだした。それは現代ものだった。男と女が出てきて、惚《ほ》れ合うという話だ。つまらんと思っていたら、そのうちに男と女があれを始めたのには驚いた。あのことのようすを、えらくきわどく書いてある。今はこういうエロ小説が出ていたのだ。花田さんがこういう本を買ってくるというのも意外だ。それから井上千春さんのことを思い出した。あの子もこういう本を売っているのだろうか。商売とはいえ、あんな娘にこういう本を売らせるのは問題ではないか。

この本を読んでいるうちに、わしのほうも変な具合になってきた。上品な言い方を知らんが、小説によると、肉棒が屹立《きつりつ》したというんだそうだ。こんなことになったのはいつ以来か、とんと覚えておらん。このことを新島先生に話そうかどうか迷ったが、やはりやめておくことにする。

それにしても小説家というのは、うまいこと書きよるものだ。わしもこんなふうに書けたらええと思う。

昨日先生は、わしを別の部屋へ連れていった。そこにはいくらこいでも前に進まん自転車とか、鉄骨を組み合わせたような機械とかが置いてあった。そこでわしはいろいろとやらされた。体力を計りながら、わしの身体を鍛えるということらしい。先生はわしのやるところを真剣な目で見て、何やら記録をとったりしていた。こういうことを毎日やるんだそうだ。

きのうは何ともなかったが、今夜になって身体のあちこちが痛くてかなわん。花田さんにいって湿布をしてもらった。

四月九日　新島先生は天才じゃあなかろうか。あの先生の言っていたことは嘘じゃなかった。わしは若返っておる。今日はそれをはっきりと感じた。風呂で鏡に自分の身体をうつした時、別の人間じゃないかと思った。それでよく見て、十年以上前のわしに違いないことをたしかめた。今までつるつるだった頭に、短い毛がはえてきておる。肉づきもよくなってきておる。

花田さんにいったら、私たちはとっくに気づいていましたよといわれた。今では私と大して歳が違わないように見えるじゃないですかとも花田さんはいった。まあこれはおせじだろうが。

夜、テレビの音がやけに大きく聞こえたので、小さくした。今までは聞こえにくいぐらいだった。それに老眼鏡もほとんど使わなくなった。

わしは新島先生に大感謝せにゃならん。あの先生は神様だ。

四月十一日　病院の窓から見えていた桜が、すっかり散ってしまったようだ。時の流れの速さを感じる今日この頃である。

花田さんに、わしという言い方は年寄りくさいので、私と言ったらどうですかといわれた。そんな言い方は照れ臭いと言ったのだが、わしという言い方は、今の私の外見には合わないのだそうである。それで思い切って私といってみたが、舌がこんがらかりそうである。

花田さんはほかにもいろいろと、私のしゃべりかたについて注意してくれた。私はなんも考えずにしゃべっているんだが、年寄りの言い方になっているらしい。

私は日記にも、わしではなく私と書いたほうがいいのかと尋ねた。他人には見せないのだからどちらでもいいが、私のほうがいいんじゃないかと花田さんはいった。それから花田さんは、日記を書く時の参考にといって、一冊の本をくれた。有名な作家が書いたエッセイ集とかいうものらしい。それの真似《まね》をして今日の日記を書き始めたが、難しい言葉を使おうとすると書けなくなってしまう。もっともっと本を読まなければならんと思う。

それから一つうれしいことがある。新島先生から、来週になると外出してよいという許しが出た。ただし花田さんが付き添うことが条件である。じゃあまるでデートみたいですなというと、花田さんは困ったような顔をしていた。じいさんにそんなことをいわれても、うれしくもなんともないんだろう。

とにかく街に出るのは久しぶりで、とても楽しみである。

四月十三日　今日は手術後はじめて外出した。万一知人に会ったらまずいというので、薄い色のついた眼鏡《めがね》をかけた。ただし度は入っていない。老眼はほとんど治っているからだ。
花田さんが眼鏡のほかに、私が着る服を用意してくれた。高級そうな品物ばかりで面食らった。若い頃にもこんな服は着たことがないと尻込みしたが、だいじょうぶきっと似合いますよと花田さんがいうので、思い切って着てみることにした。鏡の前に立ったが、照れ臭くてまともに見られなかった。新島先生もやってきて、たいへんよく似合うと言ってくれたのでようやく安心した。

街に出るといってもどこへ行っていいのかわからないので、すべて花田さんに任せることにした。花田さんはまず賑《にぎ》やかなところに行きましょうといい、私を電車に乗せた。電車には大勢の人が乗っていて、私たちは座れなかった。私たちが立っているすぐ前がシルバーシートで、そこには若い者も座っていたが、席を譲ってはくれなかった。私たちの姿が老人に見えなかったからだと花田さんはいった。事実私は、すぐに足が疲れるということがなくなっている。若さを取り戻すというのはいいことだ。

着いたところはものすごく人の多いところだった。高級品店の並ぶ通りなんかもある。花田さんと二人でそういう通りを歩いた。スーツも革靴もなれないので、ついつい歩き方がぎこちなくなってしまう。私は傍《はた》からどんなふうに見られているか気になって仕方がなかった。だいじょうぶ、堂々と歩いていればいいんです、あなたは立派な紳士に見えますよと花田さんはいった。

洋服屋だとか画廊だとかを見て回った。どこもかしこも華やかさに包まれている。世の中にこんな世界があるとは今まで知らなかった。こんなに豊かな生活があるなんていうことは想像もしていなかった。私は今まで何も知らなかった。ただ働いて、食って寝て、年をとってきただけだ。そうして死のうとしていた。こういう世界があることを知れただけでも、若返った価値がある。

貴金属店では、しきりに腕時計をすすめられた。それまで花田さんが熱心に女物の腕時計を見ていたからだった。その時店員がすすめたのは、夫婦が揃《そろ》いでつける時計だった。ペアウォッチというのだそうだ。いや夫婦ではないんだというと店員は恐縮していた。花田さんは何もいわずに笑っていた。

夜はレストランで食事をした。あんなにきっちりとした店に入ったのは初めてだった。料理を花田さんに決めてもらい、フォークやナイフの使い方を教わりながら、フランス料理を食べた。夢中で味はよくわからなかった。これからは料理の勉強もしなければならないと思った。

病院に帰る途中で花田さんに礼をいった。貴重な体験をさせてもらえたし、たいへん楽しかったからだ。花田さんは自分も楽しかったといった。もしそうならよかったと思う。あの人は本当に気持ちのいい女性だ。

四月十四日　今日は一日中部屋にいて、花田さんと話をした。彼女についての話を聞くのは初めてだった。彼女は二年前に御主人を病気で亡くしており、それ以来一人暮らしということだった。子供もいないという。それなら私と一緒ですねといったら、微笑《ほほえ》んでうなずいた。
年齢は四十三ということだが、とてもそんなふうには見えない。いや、最近になって急に若々しくなってきたように思える。こちらが変わったからそんなふうに見えるのかもしれない。とにかく何かの拍子に、ふと、きれいな人だなと思うことがある。

またデートしたいですねと私がいうと、そうですねと彼女も笑っていった。こちらは本心だが、彼女のほうはどうかわからない。


四月十六日　新島先生に、これからのことを聞いた。私の若返りはどこまで進むのか、そしてそれはどれぐらい持続するのかということだ。

先生の答えは、はっきりしたことはわからない、というものだった。

老化というのは細胞の死滅を意味するのだが、先生の研究によると、それらのすべてが完全に死滅しているのではなく、仮死状態にある細胞がかなりあるらしい。それらを特殊な方法によって蘇《よみがえ》らせ、さらに新たに分裂させようというのが、今回の実験だそうだ。

だから若返りといっても時間をどこまでも逆行するのではなく、老化が始まる時点まで戻るだけのことらしい。無論それでもすごいことだ。人間の肉体は、二十歳《はたち》ぐらいから老化が始まっているので、その頃まで戻れることになる。ただしこれはあくまでも理論上のことなので、保証はできないとのこと。現時点で若返りがストップする可能性もあるそうだ。

しかしそれはいい。私は今の肉体を手に入れられたことだけでも十分に満足している。

重要なのは、これがいつまで持続するのかということだ。鼠《ねずみ》の場合、一か月から二か月で戻ったという話だった。だがこれが人間にあてはまるかどうかはわからない。いつまでも戻らない可能性はあるのですかと聞くと、もちろんある、それが理想だという答えだった。

歯の検査あり。歯茎が分厚くなったとのこと。私は前から歯だけは丈夫だったが、ますますしっかりしてきたようだ。

四月十九日　最近この日記の意味を考えるようになった。新島先生が私にこれを書かせるのは、精神活動の変化を記録したいからに相違ないだろう。するとこの日記はいずれ他人に読まれる運命にあるわけか。そう思うと、率直なことを書きにくくなる。

そのことを新島先生にいうと、先生は、日記を見せてもらうつもりはないと答えた。日記をつけさせるのは、私自身に、この貴重な期間の精神活動を把握させるためだという。実験がすべておわった後で、先生たちが私に質問しても、私が何もかもすっかり忘れているのでは意味がないというのだ。

本当に見ませんねと私は念をおした。決して見ない、と先生は断言した。

私がその点にこだわったのは、ある事実を書くべきかどうか迷ったからだ。しかし先生があれほど強くいってくれたのだから、信用して書くことにする。

それは昨日のことである。昨日私は再び花田さんと二人で街に出た。そして前と同じように歩き回り、食事をした。

だがその後が違った。私は彼女をホテルに誘ったのだ。まるで芸のない手順だと思ったが、世間のことをまるで知らない私には、これが精一杯だった。

彼女が承知してくれるという根拠はまったくなかった。もしかしたら怒りだすかもしれないとも思った。しかし彼女は小さな声で、じゃあ部屋を予約しておいたほうが、といったのだった。それが承諾の意味だということに、しばらく私は気づかなかった。

ホテルでのことについてはさすがに書けない。とにかく夢を見ているようだった。何十年ぶりの夢だろうか。大げさでなく、このまま死んでもいいと思った。

ところが花田さんは、すべてがおわった後、これを最初で最後にしましょうといった。私はその理由を尋ねた。私が本当は老人だからですかといった。彼女は首を振り、その逆ですといった。あなたはこれからもっと若くなっていき、やがて私のことなどただの中年女としか思わなくなる時がくるのだという。私はそんなことはない、たとえ身体がどう変わっても、君に対する気持ちは変わらないといった。彼女は、そんなことはいわないほうがいいといって静かに微笑んだ。

私はもどかしい。どうすれば彼女に気持ちを伝えられるだろう。

四月二十一日　花田さんは私を避けているようだ。用のある時しか部屋に来ないし、来る時はいつも新島先生が一緒だ。私と目を合わせようともしない。

先生から、体力年齢が三十代前半になったことを知らされた。また、床屋に行くことを勧められる。私の頭には、黒々とした髪が生え揃ってきている。測ってみたら、十センチ以上あった。

四月二十四日　体力年齢が二十代に入る。トレーニングの成果も出て、裸になると筋肉がついたのがわかる。特に胸の筋肉が顕著だ。

床屋に行き、髪を整える。どんなふうにしますかと聞かれたので、任せるといったら、横と後ろを軽く刈り込んだ頭にしてくれた。床屋の鏡に映った私の顔は、体力年齢と同様、二十代といっても通用しそうだった。かつて本当に二十代だった頃、自分が何をしていたか考えた。私は下級の兵隊だった。ろくなものも食べず、戦場を泥だらけになりながら逃げ回っていた。火薬の臭い。上官の怒鳴り声。この戦争が正しいものなのか間違ったものなのか、そんなことを考える余裕なんかなかった。ただ一日一日を過ごしていくだけで精一杯だった。生きてその夜を迎えられれば、とりあえずほっとし、明日は死ぬかもしれないと怯《おび》える、そんな毎日だった。そんなふうにして私の二十代は過ぎていったのだ。

あの時間が戻ってきた。もう一度やり直せるのだ。

床屋を出た後、ふと思いついて家のほうに足を向けた。ぶらぶらと商店街を歩き回ってみる。まさか私があのしょぼくれた老人だとは、誰も見抜けないだろうと思ったからだ。無意識のうちに本屋の前に来ていた。私は奥に目をやった。井上千春さんが本を運んでいるのが見えた。彼女のほうはこちらに気づいたようすはない。

私はあわててその場を去り、病院に戻った。この姿で彼女に近づくわけにはいかない。病室では、花田さんがベッドのシーツを取り替えてくれていた。私の髪型を見て、ともいいといってくれた。しかしそれだけだ。それだけいうと逃げるように部屋を出ていこうとする。ちょっと待ってくれと私はいった。そして腕を伸ばし、彼女の右手を摑《つか》んだ。

この瞬間私の中に、なんともいえぬいやな考えがよぎった。そのことに彼女が気づいたのかどうかは不明だ。やさしく私の手を外すと、黙って部屋を出ていった。

彼女の手を摑んだ時に思ったことは、これは峠を越えた女の手だということだった。前は若々しいと感じた彼女の肌に、今日は不満を抱いたのだ。彼女がいっていたことは、こういうことなのか。そんなはずはないと思いつつも、否定しきれないでいる自分が腹立たしい。

四月二十五日　私は最低の男だ。花田さんと愛しあってからまだ一週間しかたっていないというのに、彼女への愛情がみるみる冷めていくのが自分でもわかる。今日彼女が新島先生とやってきた時、私は彼女の顔の小皺《こじわ》だとか、手の甲のたるみだとかを気にしていた。彼女はもっと若かったはずだという思いが、焦りにも似た感情となって胸をしめつける。

花田さんへの気持ちが減退していくに伴って、別の女性への思いが強くなっているのを私は認めなければならないだろう。その女性とはいうまでもなく井上千春さんだ。昨日ちらりと見ただけなのに、彼女の姿が心に焼き付いて離れない。

彼女に会いたいと、今私は痛切に思っている。彼女の声を聞きたい、話をしたい、彼女の笑顔を見たい。

鏡の前に立ち、今の自分の姿を見る。いったい何歳に見えるだろうか。二十代後半か、三十代前半か。どちらにしても、私があの頭の禿《は》げた爺《じい》さんだとは彼女にはわからないはずだ。ならば別人として近づくことも可能ではないのか。

もう少し若くなったら井上千春さんに会いにいこうと私は考えている。その思いつきは私を有頂天にさせる。どんなふうに近づこうか、何の話をしようか。空想はつきない。

私は花田さんとのことを忘れようとしている。卑劣な男だと思うが、自分でもどうしようもないのだった。

四月二十八日　新しい洋服を買うことにした。今までの服では地味すぎると思ったからだ。しかし最近の若者がどこでどういう服を買うのか、私は知らない。迷った末、私は花田さんに相談した。彼女は若い男の服がいっぱい載っている雑誌（ファッション雑誌というらしい）を持ってきて、どういう服が好みかと聞いた。わからないと私が答えると、彼女は私が似合いそうな服を何点か選んでくれた。雑誌に載っている店に電話して、直接注文してくれるという。

私は彼女に礼をいった。あなたは恩人だともいった。すると彼女はかぶりを振って、どうか私のことは気にしないでくれといった。

また彼女は私に、自分のことを「私」というのは、そろそろやめたほうがいいとアドバイスしてくれた。「ぼく」といったらどうかというのだ。そんな言葉は使ったことがないというと、私の外見にはそのほうが似合っているというのだった。

夜、テレビドラマを見ながら一人で練習した。「ぼく」などというと、歯が浮きそうな気がする。しかし井上千春さんと話をするには、これをマスターしなければならないのだろう。

このところ、しょっちゅうあそこが立っている。布団にいる時など、ついつい自分で握ってしまう。新島先生に、ビデオカメラで写すのは、一日二時間程度にしてもらえないかといってみた。四六時中見られていると思うと落ち着かない。

検討しておきますというのが先生の答えだった。

四月三十日　記念すべき一日だった。今日のことは一生忘れないだろう。

新品の洋服を着て、街に出ていった。目的地は一つだった。千春さんのいる本屋だ。

どきどきしながら店に入ると、彼女がレジのところに座っているのが見えた。私はかって私が老人だった頃に彼女が勧めてくれた、赤い表紙の辞書を書棚から抜き取り、他の客がいない時を見計らって近づいていった。当然のことながら彼女は私の正体には気づかないようすで、私が差し出した辞書を受け取った。

「この辞書が使いやすくていいそうですね。あなたに勧められたと、ある人がいってました」

私の言葉に彼女は不意をつかれたような顔をした。それから私の顔を見つめた。彼女が何かを思い出すようすが、その表情でわかった。

「あのおじいさんの？」と彼女は聞いた。

「孫です」と私は答えた。「祖父がお世話になったそうで」

千春さんはにこやかに笑った。それから改めて私の顔をじろじろ見ると、そっくり、といった。

「血が繫《つな》がっていますからね」と私はいった。

彼女は、おじいさんの具合はどうですか、まだ入院しておられるんですかと聞いた。まだしばらく入院することになるだろうと私は答えた。

その後私は思い切って、仕事は何時までなのかと尋ねた。店は九時まで開いているが、自分は五時までだと彼女はいった。

「ではそのあとで、お茶でも飲みませんか」と私はいった。心臓がどきどきいっていた。

千春さんは少し迷ったようだが、いいですよといってくれた。私はあらかじめ調べておいた、駅前の喫茶店名をいった。

果たして本当に来てくれるかどうか不安だったが、彼女は五時十分頃にやってきた。青色の、かわいい服を着ていた。本屋の制服姿しか見たことがなかったので、一瞬、人違いかと思った。

最近読んだ本の話などを私はした。それぐらいしか、話題がなかったからだ。流行やニュースなどについても全然知らないわけではないが、若い人相手にボロを出さずに話せるかどうか自信がなかった。幸い彼女は私の話に退屈してはいないようだった。ああいう仕事をしているぐらいだから、彼女も本は大好きらしい。特に洋物をたくさん読んでいるというのはさすがだと思った。

その店には二時間ぐらいいた。こんなに本について話をしたのは久しぶりだと彼女はいった。社交辞令には聞こえなかったので、私はほっとした。

最後に彼女は私に、どういう仕事をしているのかと聞いてきた。私は少し考えてから、部品工場で型加工の仕事をしていると答えた。それはどういうものかと尋ねるので、ダイキャストの話などをした。そんな話を人にするのも二十年ぶりのことだ。

別れ際に、また会ってもらえるだろうかと私は聞いた。彼女は笑って頷《うなず》いた。天使の笑顔に見えた。

五月一日　今日も本屋に行き、千春さんと五時に会う約束をした。嫌なら断るだろうから、少なくとも嫌われてはいないようだ。

　彼女について聞く。家族は両親と妹。ただし実家は離れていて、今は一人暮らし。昼間働いて、夜は専門学校に通っているらしい。将来は作家になりたいとのこと。

　言葉遣いについて、彼女から指摘された。若い人には珍しく丁寧だという。

「こっちまで丁寧に話さなきゃと思って、緊張しちゃう」と彼女はいった。つまりもっとくだけたしゃべり方をしろということなのだろう。

　帰ってからテレビを見て研究したが、難しい。


　五月三日　今日は千春さんは仕事が休みだというので、二人で映画を見にいった。約束をしたのは昨日なので、今日で四日続けて会っていることになる。

　それにしても最近の映画はすごい。特殊撮影を使ったものだったが、何度も大きな声を出してしまった。映画が終わった後で、

「いつもは年齢よりも落ち着いて見えるのに、今日は子供みたいだったね」

といって彼女は笑った。

　それに、と彼女は付け足した。「顔もなんだか若く見える。あたしよりも年下みたい」

　そういわれてぎくりとした。それは今朝から気づいていたことだ。彼女には二十五歳といってあるが、二十歳程度にしか見えないのだ。まだ若返りが進んでいるのだろうか。

　これ以上若くなると、彼女に会うわけにはいかないので心配だ。

映画の後、食事に行った。前に花田さんと行った店だ。ウェイターが僕の顔を見て、ちょっと首を傾《かし》げたが、気づいたはずはない。

五月九日　外出が多すぎるのではないかと新島先生より注意を受ける。たしかに僕はここ何日か連続して外に出ている。もっと簡単にいうならば、殆《ほとん》ど毎日千春と会っている。

なぜなら会いたいからだ。別れるとすぐに会いたくなる。一秒でも離れていたくない。

新島先生は僕が誰かと会っていることは感付いているらしい。次のようにいった。

「人と深い繋がりを持つのは、なるべく控えたほうがいい。それが君のためだ。敢《あ》えていう必要もないと思うが、現在の姿をした君という人間が、あとどれぐらい存在していられるのかは、誰にもわからないんだからね」

いやなことをいう人だ。そんなことはわかっている。だからこそ今のうちに千春と会っておきたいのではないか。

若返りはどうやらストップしたようだ。僕の年齢は大体、二十二、三歳というところだろう。千春と同じぐらいだ。とりあえずほっとする。しかし本当にほっとしていいのかどうかはわからない。

五月十三日　これは本来昨日書くべきことなのだけど、ゆうべはとてもそういう気分になれなかった。

昨日、はじめて千春の友達と会った。作家を目指している仲間たちだそうで、居酒屋で紹介されたのだ。男が二人と女が三人だった。

連中の話は難しくて僕にはついていけなかった。最近になってたくさん本を読むようになったけれども、文学論なんかは苦手だ。ビールを飲みながら、黙って聞いていた。

そのうちに話がどう展開したのか、戦争のことに話題が移っていた。思い出したくないし、聞きたくもない内容だったが、どうしても耳に入ってきてしまう。

「悪いことをしたと思ってる年寄りなんかいねえよ」と一人の男がいった。「兵隊に行ったことを自慢してるような爺さんたちばっかりだぜ。そのくせ従軍慰安婦の話になると、聞こえねえふりしやがる」

「近隣諸国を苦しめたことについて、反省してる反省してるっていっても、口ばっかりだもんね」

「その証拠に、大臣になって浮かれた拍子に、本音をしゃべっちまうおっちょこちょいが後をたたねえもんなあ」

「馬鹿よねえ」

「頭悪いんだよ。だからアメリカみたいなでっかい国に、戦争しかけたりするんだ」

「それを反省してねえもんなあ」

「戦争が青春だったなんて、いっちゃうもんなあ」

彼等《ら》の話を聞いているうちに、僕は自分の顔がひきつっていくのがわかった。耳を塞ぎたい気分だった。気がつくと僕は立ち上がっていた。そして何事かと思い、呆然《ぼうぜん》と見上げている彼等に向かって、怒鳴っていた。

「おまえたちに何がわかるっていうんだ。そんなことをおまえたちにいわれる筋合いはない。あの時は必死だったんだ」

声をあげてから僕は、自分がとんでもない失敗をしでかしたことに気づいた。しかし後悔はしなかった。黙っていることなんかできなかった。

僕は一人で店を出た。少ししてから千春が追ってきた。ごめんなさいと彼女はいった。

「あの人たち、酔ってたのよ。それであんなことをいっちゃったの。あなたがお祖父《じい》さん思いな人だってことを忘れて、あの人たちを止めなかったあたしも悪かった」

彼女は、僕が祖父のために怒ったと解釈してくれたようだった。

僕は空を見上げた。曇っていて星は見えなかった。

「曇りの日は恐ろしかった」と僕はいった。「B29なんか、全然見えないからな。灰色の空の向こうから、唸《うな》るような音だけが近づいてくる。やがて金属的な音がする。キーンってやつさ。ちょっと遅れてドーン。やられてから、攻撃された場所がわかる。あいつの言ってたとおりなんだ。はなっから勝ち目なんてなかったんだ。だけどどうすりゃよかったのさ」

「お祖父さんが、そんなふうにいうの？」

千春が聞いた。僕は、まあね、と答えておいた。

病院に帰ってから顔を洗った。目の下に、細い皺が出来ているのを見つけた。


五月十七日　ここ二、三日のことを書く。いろいろなことがあったが、日記に書く決心がつかなかったのだ。この日記を見ないと新島先生は約束してくれたが、今では俺は信用していない。研究者として、この日記を見ないでいられるはずがないのだ。それでも俺がこれを書き続けようと思うのは、なんらかの形でこの二度目の人生を記録しておきたいと思うからだ。これは誰のためでもない。俺自身のためである。

結論から書く。老化は確実に、そしてものすごいスピードで始まっている。何十年か前に体験した時と同様に、それはまず頭髪にきた。太くて固い毛が減り、細く弱々しい髪が増えている。まだなんとかごまかしてはいるが、いずれ額から禿げ上がっていくだろう。

また顔の皮膚に締まりがなくなってきている。瞼《まぶた》がたるみ、目尻の皺が深くなった。この顔は、どう見ても二十代前半のものではない。

一昨日、俺は自分のアパートに行ってきた。掃除をするためだった。俺はあと何度も千春に会えるわけでないことを自覚し、せめて一度だけでも彼女を部屋に招き、青春の思い出として彼女の身体を抱きたいと思ったのだった。

あのアパートは何も変わっていなかった。階段の錆《さ》びた手すりも、罅《ひび》だらけの壁も、そのままだった。

そして俺の部屋も、老人だった俺が出ていった時のままだった。つい二か月前のことなのに、ずいぶん遠い昔のような気がする。脱ぎ捨ててある股引《ももひき》を見て、ああ俺はこんなものを穿《は》いていたのだなと思い、部屋にしみついた老人特有の臭いに、これが俺の臭いだったのだと思い出した。それらは俺にとってはいまいましいものだったが、それらに触れることによって俺は、心のどこかで懐かしさを感じてもいるのだった。

俺はいずれここに戻ってくるのだと再確認した。あの孤独な老人に戻らねばならないのだ。曲がった腰、染みだらけの皮膚、やせ衰えた手足、そして冷え込む朝には膝がしびれるに違いない。

俺は結局部屋を掃除せずにアパートを出た。その時近所の岡本さんを見かけた。岡本さんは乳母車《うばぐるま》を押しながら、とぼとぼと歩いていた。俺のほうを見ても、何も感じないようだった。それは俺が若返っているからではなく、彼の目にはどこか遠くの景色しか入っていないからのように思えた。彼の貧弱な背中が、一瞬俺自身の姿とだぶって見えた。

そして昨日、俺は千春に別れを告げてきた。老化がばれないよう、薄暗い喫茶店の隅で会った。仕事の都合で遠くへ行かなければならないというと、彼女は悲しそうな顔をしてくれた。

「でもまた帰ってくるんでしょう?」

俺は、「またいつかね」と答えた。それから続けてこういった。

「僕の代わりに、じいさんが君に会いにくるかもしれない」

「退院されるの？」

「たぶん、もうすぐ。その時には、じいさんに優しくしてあげてくれるかい」

もちろん、と彼女は答えた。

病院に戻ると、花田さんが部屋で待っていた。窓に花瓶が置かれ、白い薔薇《ばら》が一輪さしてあった。まるで何があったのかを知っているかのように彼女は俺を抱き締めてくれた。俺は彼女の胸で、わあわあと声を出して泣いた。

五月二十日　新島先生に頼み、アパートに帰らせてもらった。新島先生は難色を示したが、花田さんが味方をしてくれたのだった。

鏡を見たり、ガラス窓の前に立ったりするのは、極力避けるようにしている。自分の姿が日に日に変わっていくのを目の当たりにすると、気が変になりそうなのだ。

それでなくても老化はあらゆる形で自覚できる。筋力や持久力、心肺機能の低下が著しい。少しでも抑えようとトレーニングを試みるが、沈没する船からバケツで水をかきだしているような虚《むな》しさしか残らず、結局やめてしまう。

老いたくない。この場にとどまっていたい。神様なんとかしてください。

五月二十二日　花田さんが様子を見にきてくれた。今、ちょうど二人でデートした時程度の老け方でしょうといったら、彼女は涙ぐんでいた。泣かないでほしかった。泣きたいのは私のほうなのだ。しかしもう涙が似合う外見ではないから我慢している。

視力障害が現れる。これは老眼だ。

五月二十三日　部屋の中で動きまわっているだけなのに、しょっちゅう何かに躓《つまず》いている。運動神経が鈍っているようだ。それにテレビの音が聞こえにくい。

五月二十四日　花田さんが来たが、部屋に入れなかった。もうあの人に見せられる姿ではないのだ。腕の皮膚を見ていると、じわじわと皺になっていくのがわかるようだ。今、私は眠るのがこわい。眠って目覚めた時、自分がどんな姿になっているか想像すると恐ろしいのだ。

五月二十五日　なにをこわがることがある。化け物に変わるわけじゃない。自分の本当の姿に戻るだけだ。ここ二か月あまり、いい夢を見させてもらった。それでいいじゃないか。もう「私」なんて使わんことにしよう。そんなのは嘘の姿だ。わしは、わしだ。

五月二十七日　わしはやっぱりこわい。何をこわがっているのか、自分でもよくわからんのだが、とにかくこわいのだ。

五月二十八日　今のわしがどんなふうなのかわからん。元に戻っとるようにも思うし、そうではないようにも思える。しかしどっちみち、これからまだまだ老けていく。そうしてそのうちに死ぬんだろう。

いやだ、死にたくない。死にたくない。

だけどどうしようもないだろうな。老人になってしまったからには、そのことをわすれるわけにはいかんのだ。

わしも死ぬのか。わしが死んだらどうなるじゃろう。誰か悲しんでくれるじゃろうか。墓に線香を供えてくれるじゃろうか。

入梅

今野敏

今野敏（こんの・びん）

一九五五年北海道三笠市生まれ。日本推理作家協会十四代目（二〇一三～）代表理事。一九七八年「怪物が街にやってくる」で問題小説新人賞を受賞しデビュー。ミステリーからSF、格闘技小説まで多彩な作品を発表。八八年の『東京ベイエリア分署』を第一作とする、安積班のシリーズで警察小説に新境地をひらく。二〇〇六年『隠蔽捜査』で吉川英治文学新人賞、〇八年『果断 隠蔽捜査2』で山本周五郎賞と日本推理作家協会賞、一七年「隠蔽捜査」シリーズで吉川英治文庫賞を受賞。

1

海から湿った風が吹いてきて、潮のにおいが強くなった。

空はどんよりと曇っており、気温はそれほど高くないが、背広を着ているとじっとりと汗ばんでくる。安積《あずみ》は、ネクタイを緩めたくなった。

出動服は、背広よりずっと動きやすいだろうなと思いながら、忙しく働いている鑑識係員の姿を眺めていた。コンビニエンスストアの店内で、鑑識係員たちは熟練の職人を思わせる手慣れた仕草で、数字の書かれた札を置き、チョークで丸印や線を描き、写真を撮り、指紋やら足跡やらを採取している。

機動捜査隊の連中が、受令機《じゅれいき》のイヤホンを耳につけ、店員から話を聞いている。村雨《むらさめ》秋彦《あきひこ》がその様子をじっと見つめていた。その隣には、いつもと同様に桜井《さくらい》太一郎《たいちろう》がひかえている。

須田三郎《すださぶろう》と黒木和也《くろきかずや》のコンビは、外で別の機動捜査隊員と話をしていた。犯人が逃走したときの様子などについて、説明を受けているのだろう。

今にも雨になりそうな天気だった。このところ、こういう天気が続いている。もしかしたら、もう梅雨《つゆ》に入っているのかもしれない。

だとしたら、例年より少し早いのではないだろうか。安積は、そんなことを考えていた。捜査に集中すべきなのだろうが、刑事がいつも仕事熱心なわけではない。

一般の人々は、犯罪にでっくわすとそれ以外のことは考えられなくなる。犯罪というのは、一般人にとって特別なことだ。だが、刑事にとっては日常なのだ。

サラリーマンだって、一日中仕事のことばかり考えているわけではないだろう。それと同じことだ。刑事だって犯罪捜査のことばかり考えているわけではないのだ。

「たまげましたね、チョウさん」

須田の声がして、安積は振り返った。いつのまにか、須田と黒木が戻ってきていた。

須田の言葉が続いた。

「こんな時刻に、コンビニ強盗だなんて……」

まったくだ。だが、このお台場《だいば》では起こりえないことが起きる。被害にあったのは、りんかい線東京テレポート駅のそばにあるコンビニエンスストアだった。

お台場にあるコンビニは、たいていはビルの中にある。だが、ここは、独立した店舗だった。

すぐ脇を首都高速の湾岸線が通っている。お台場というと、流行《はや》りのスポットなどの紹介でテレビ番組や雑誌に取り上げられ、人が大勢押しかけているような印象があるかもしれない。

だが、実際には人が集まる施設というのはごく限られている。お台場は、いまだに殺風景な埋め立て地なのだ。このコンビニは、いわばお台場独特の死角にあった。

店の前は、広大な駐車場になっている。駐車場というのは、人の行き来があまりない場所だ。駅の近くなのに、人通りが少ない。そうした特殊な環境にあった。

こんなところにコンビニがあって、客が入るのだろうか。安積はふと思った。余計な心配だ。

須田が、さらに言った。

「犯人は、カウンターから身を乗り出すようにして、レジの金を奪って逃走。前の駐車場に停《と》めてあった車に乗って逃げたようですね。黒っぽいワゴン車だったということですが……」

最近は、ほとんどがワゴン車だ。普通のセダンやクーペタイプをあまり見かけなくなった。たしかに、荷物はたくさん積めるし、さまざまな目的に使える。

だが、便利さだけが車の価値ではないだろう。安積は、別にカーマニアではないが、車にこだわる連中の気持ちは理解できるような気がしていた。

効率や利便性だけを追求する世の中というのは、どうも窮屈だ。中年向け男性誌のように、ことさらに遊び心がどうのと言う気はない。ただ、もっとのんびりと生きたいと思う。

この、人工の島で働くようになって、余計にそう感じるようになった。ここは、町ではない。町というのは、自然発生的なものだ。安積はそう信じている。

「緊急配備《キンパイ》がかかりました」

村雨が、知らせに来た。この類《たぐい》の報告はたいてい村雨の役目だ。

こういう場合、緊急配備は当然の措置だ。通信指令本部が判断して、事件が発生した方面と近隣する方面のほぼ全警察官を動員して、犯人逮捕につとめる。だが、実際の話、キンパイが空振りすることも多い。

逃走した犯人が、うまくキンパイの網に引っかかってくれれば、事件は短時間で解決する。だが、世の中、それほど甘くはない。

「犯人が車で逃走したということは、他の所轄に任せるしかないということですね」

村雨が言った。

そういうことになるだろうと、安積も思った。車を用意していた犯人が、いつまでも狭いお台場の中をうろうろしているとも思えない。

東京湾臨海署の役目は、できるだけ現場で情報を集めることだ。鑑識も強行犯係も、その点では、落ち度はないはずだ。

村雨が、機動捜査隊員の一人をつかまえて、あれこれ話を聞いている。安積も、だいたいの事情は把握していた。

事件が起きたのは、午前十一時を少し回った頃だ。通報してきたのは、被害にあったコンビニのアルバイトだった。当時、店には店長と二名のアルバイトがいた。

店長は、奥の事務室におり、直接犯人を見ていない。

店には、レジが二つあり、それぞれにアルバイトが担当していた。覆面をして刃物を持った男が突然レジカウンターに近づいてきて、刃物を出して「金」と言った。

アルバイトがレジを開けると、犯人は、カウンターに身を乗り出すようにして、札を鷲《わし》づかみにして逃げたということだ。

被害総額は、約七十万円。店長の話だと、売り上げ集計の直前で、現金が多かったのだという。

二名のアルバイトのうち、一人は、風見洋一《かざみよういち》、二十九歳。大学を卒業して以来、ずっとアルバイトで生活をしているのだという。ひょろりと背が高く、髪が長い。

人付き合いがあまり得意ではないらしく、捜査員たちは、話を聞き出すのに苛立《いらだ》っている様子だった。

もう一人は、西原郁江《にしはらいくえ》、二十一歳。こちらも、高校を卒業してから定職にはついていないということだ。化粧っけがなく、髪も染めていない。地味な印象の女性だ。

最初に犯人に刃物を突きつけられたのは、西原郁江のほうだ。彼女は、ショックを受けている様子で、こちらも捜査員は、話を聞き出すのに苦労していた。

「外国人かもしれませんね」

村雨がレジカウンターのほうを見ながら言った。

安積は不意を衝《つ》かれたように感じた。

「外国人……？」

「そう。ただ、『金』としか言わなかったそうです。日本語があまりうまくないのか、外国人訛《なま》りを隠そうとしたのかもしれません」

「その点について、犯人と接触したアルバイトの二人は何と言ってるんだ？」

「犯人は顔を隠していたし、気が動転していたので、何もわからないと言っています」

安積はうなずいた。

たしかに外国人犯罪は、増えている。日本の治安が悪くなったといわれる要因の一つは、間違いなく外国人の犯罪の増加だ。

だからといって、捜査に予断は禁物だ。村雨は、そんなことは百も承知なはずだ。だから、安積はあえて何も言わなかった。

須田が、戸口で空を見上げているのに気づいた。安積は、近づいて尋ねた。

「何か気がついたことでもあるのか？」

「え……」

須田は、驚いた顔で振り返った。

「何を見ていたんだ？」

「いえね、降りそうでなかなか降らないもんだなと思いましてね……」

「梅雨時の天気ってのは、そういうもんだ」

「梅雨入りしたんでしたっけ？」

「さあ、俺は知らない」

須田が、捜査以外のことに気を取られている。もうここにいてもやるべきことはないということだ。安積は、巡回に出ることにした。せめてキンパイがかかっている間は、外にいたほうがいい。

コンビニを出て、徒歩で管内を見回った。相変わらず潮のにおいがする。きっと雨が近いのだ。

安積は、須田と同じように、空を見上げていた。


緊急配備は、三十分で解除になった。犯人の身柄が確保されたという情報はない。今回も空振りだったのだ。

たった三十分のキンパイならかけないほうがましだと思うのだが、短時間のキンパイというのは、珍しくはない。通信指令本部は、重点的に捜査をしたという既成の事実を残したいのかもしれない。

署に戻ると、村雨はすぐにノートパソコンに向かった。今では、捜査員たちは皆パソコンで書類を作る。さまざまな書類の書式も、いつしか横書きになっている。

最後まで、パソコンによる書類作りに抵抗していたのは村雨だった。味けがないというのだ。かつては、報告書一つとっても、捜査員の個性というものがあったと、彼は言う。

たしかに、達筆の捜査員の報告書というのは、一種の感動を与える。字がうまいだけで、説得力があるように思えるものだ。

そんな村雨も、今ではすっかりパソコンに慣れていた。もう一人の部長刑事である須田は、もともとパソコンマニアだった。所轄署にパソコンが入ったときに、誰よりも早く活用しはじめたのが、須田だった。

パトカーにもノートパソコンが搭載されるようになり、それが今ではＰＤＡに替わった。実をいうと、安積は、パソコンからＰＤＡに替わることにどんな意味があるのかよく知らない。

須田によると、省スペース、操作の簡便さなどいいことずくめなのだそうだ。だが、刑事が、パトカーのＰＤＡの恩恵に与《あずか》ることは滅多にない。刑事は、いまだに電車で移動し、靴の底をすり減らしているのだ。

安積は、ノートパソコンに向かい、それなりのスピードでキーを叩《たた》いている村雨を眺めながら、昨日のことを思い出していた。

ちょうど係員たちが外に出かけているときだった。課長が、安積を呼んだ。席に行くと、榊原《さかきばら》課長は、周囲に聞こえないような声で安積に言った。

「今度の警部補試験のことだ」

「はあ……」

警部補試験がどうしたというのだろう。

「強行犯係に、巡査部長が二人いる。昇進試験を受ける希望はないか？」

考えたこともなかった。

「特に希望は聞いておりませんが」

「須田はともかく、村雨は巡査部長になって長いんじゃないのか？　そろそろどうだ？」

須田はともかく、というのが、ちょっとひっかかった。

「さあ、どうでしょう。二人はどう思っているか……」

「仕事に追われていると、ついつい昇進のことなど後回しになってしまう。だがね、優秀な人材は、昇進させて管理職につかせるようにしないと……」

「そうですね……」

実際、村雨のほうが自分より係長に向いているのではないかと思うことが、しばしばある。

「もしかしたら、村雨あたりは試験のための勉強をしているかもしれない。あいつが、いつまでも巡査部長というわけにもいかないだろう」

たしかに榊原課長の言うとおりかもしれない。課長は、苦労人だけあって、なかなか目配りがきいている。

「もし、本人にその気があれば手続きするはずです」

榊原課長が溜《た》め息をついた。

「昇進試験なんてものはね、誰かが勧めてやらなければ、なかなか受ける気にはならないもんだよ。そりゃ、いち早く上の階級に行きたがるやつもいる。だがね、刑事というのは別だ。階級で捜査できれば苦労はしない。階級よりも経験。それが大方の刑事たちの言い分だ」

刑事は、あまり階級を気にしない。それが、刑事の誇りなのだ。

榊原課長は、安積の顔を見つめた。

「それとなく本人の意向を聞いてみるのも、上司のつとめだ」

「わかりました」

安積は言った。「確かめてみます」

部下が昇進試験を受ける気があるかどうか。ただそれだけの話だ。安積も、そのときは、特にどうということのない話題だと思っていた。

だが、時間が経《た》つにつれて、徐々に重たく感じはじめた。村雨とは長い付き合いだ。彼は優秀な警察官で、仕事の上では頼りにしている。

だが、優秀な警察官であるということは、少々杓子《しやくし》定規なところがあることを意味している。それが鼻につくことがある。

村雨が、安積のことを、頼りない上司だと思っているような気がすることもある。付き合いが長いにもかかわらず、村雨と話をするときには、少しだけ構えてしまう。反りが合わないというのではない。どうも、村雨という男は、他人に緊張を強いるところがある。いや、もしかしたら、そう感じているのは自分だけなのかもしれない。

「どうだ、村雨。そろそろ、警部補の試験を受けてみないか」

軽い調子で、そう話しかければいいのかもしれない。だが、安積の性格では難しそうだ。村雨も驚くに違いない。

優秀な警察官は、然《しか》るべき立場につけるべきだ。村雨なら、管理職もつとまるだろうし、指導的な立場でもだいじょうぶだろう。

結局、昨日は何も言い出せずに終わった。今日は、チャンスを見て話をしよう。そう思っている矢先に、コンビニ強盗の通報があった。

捜査が始まり、また話す機会を逸したというわけだ。

「さっきも言いましたが、うちの管内で、身柄確保は難しいですね」

村雨が言った。

何の話だ……。そうか、コンビニ強盗の犯人のことか……。

須田がこたえる。

「でも、うちの事案ということになるんでしょう?」

村雨が言う。

「足取りがつかめたら、よそに出張《でば》ることになるだろうな」

どこの所轄も自分たちの事案で手一杯だ。よその事件の犯人を検挙して、届けてくれるような殊勝な捜査員がいるとは思えない。当然、情報があればどこへでも出かけて行かなければならない。

「それにしても、タイミングがいいというか……」

須田が言った。「ねえ、チョウさん」

係長の安積をチョウさんと呼ぶのは、須田だけだ。かつて、安積が巡査部長の頃、須田と組んでいたことがある。その頃の名残なのだ。

「チョウさん」というのは、巡査部長の主任に対する呼び方だ。須田は「須田チョウ」、村雨は「村チョウ」などと呼ばれることもある。

須田が安積を「チョウさん」と呼ぶことに、東京湾臨海署の連中は慣れている。村雨も何も言わないが、実は、気にしているかもしれない。本来、村雨というのは、そういうことにうるさい男だ。

「タイミングがいいというのは、どういうことだ?」

「強盗に入ったのが、売り上げの集計前で、店内にたんまり金があったわけでしょう? コンビニの集計って、別に時間が決まっているわけじゃないらしいですね」

村雨がそれにこたえる。

「ああいうチェーン店というのは、本部に集計の結果を報告しなければならないので、手が空いている時間にやるんだそうだな。ただ、銀行の営業時間内に金を入れなければならないので、午前中にレジを締めて、集計することが多いと店長が言っていた」

「それにですね」

須田は、村雨にむかってうなずいてから、安積に言った。「防犯カメラの件があるじゃないですか」

「防犯カメラ……？」

「あれ、聞いてませんか？」

まだ聞いていなかった。

「防犯カメラがどうかしたのか？」

「二日前から故障しているそうです。犯人の姿が映っていないんですよ」

「おい、そいつは、タイミングがいいという問題じゃなさそうだ」

安積が言うと、村雨がうなずいた。

「当然、店の事情に詳しい人間の犯行を疑いますよね」

「その点についてはどうなんだ？」

「最近、辞めたバイトはいないか、と店長に尋ねてみました。ああいう店は、けっこうバイトの入れ替わりが激しいんですね。過去のバイトのリストをもらうことになっています」

「でもね……」

須田が言った。「防犯カメラが壊れたのは、二日前なんだよ。その前に店を辞めている人間は、そのことを知らないはずだ」

「じゃあ、今働いているやつも疑うべきだな」

事もなげに村雨が言った。「ああいう店は、シフトがある。別の時間帯には、別のバイトがいるんだ。他のシフトのやつが、犯行に及んだということも考えられる」

本当にそうなのだろうか。

安積は、自信がなかった。たしかに、バイトなら店の事情に通じているだろう。集計の時間を知っていても不思議はないし、防犯カメラが壊れていることを知っているはずだ。

だが、いくら顔を隠していたといっても、体格や仕草、声などから、正体がばれてしまうのではないだろうか。

シフトが違うバイト同士がどの程度親しいのかはわからない。だが、店長もいる。今回は、たまたま店長は奥の事務所にいた。だが、レジカウンターにいた可能性もある。店長ならば、覆面をしていても、正体を見破れるのではないだろうか。現役のバイトが、そんな危険を冒すだろうか。

だが、犯罪というのは、時には驚くほど不合理なことがある。あまりにでたらめなため、かえって真相がわからなくなることすらある。

黒木と桜井は、この間、手を止めて、じっと会話に聴き入っていた。

安積は、二人の意見が聞いてみたくなった。特に、村雨と組んでいる桜井の考えが……。

「桜井、おまえはどう思う?」

　突然、指名したにもかかわらず、桜井は落ち着いてこたえた。

「店の関係者という可能性は、大きいと思います。犯人は、刃物を突きつけて、『金』と言っただけだと、事件当時レジにいた二人のバイトが供述しています。これは、しゃべり方の特徴を気づかれないためだったかもしれません」

　そつのない返事だ。口調もしっかりしている。だが、誰でも考えつきそうな内容だ。それが悪いというわけではない。捜査員同士の確認事項としての意味はある。

　もしかしたら、桜井はもっと柔軟な発想を持っていたのではないかと思うことがある。桜井は、強行犯係の中では一番若い。若い者が皆柔軟な考え方をするとは限らないが、中年男が若者に自分にないものを期待するのは仕方のないことだろう。

　仕事に慣れるにつれて、桜井は無口になっていくように感じられる。村雨に何か言われているのかもしれない。

　いや、それは考えすぎかもしれない。桜井に何かあると、つい村雨のせいではないかと疑ってしまう。

　村雨が悪いわけではない。そういう眼《め》で村雨を見てしまう俺のほうが悪いのだと、安積は、いつも少しばかりの自己嫌悪を味わうのだった。

2

コンビニ強盗の犯人の足取りは、事件の翌日になってもつかめなかった。キンパイが空振りに終わると、捜査が長引くことがしばしばある。

須田・黒木組も、村雨・桜井組も、緊急性の低い事案を後回しにして、コンビニ強盗の捜査に専念せざるを得なかった。安積も、捜査に出ることにした。

四人の部下が、必死で歩き回っているのに、一人刑事部屋《デカべや》でのほほんとしているわけにはいかない。

須田と黒木は、コンビニの関係者を洗っており、村雨と桜井は、目撃情報を追っているはずだ。

安積は、直接被害にあったバイトに、もう一度話を聞くことにした。事件の直後は、ショックを受けて混乱していたはずだ。時間が経ってから思い出すこともあるはずだ。

コンビニに行くと、風見洋一はいたが、もう一人は、西原郁江ではなかった。別のバイトだ。

店長が安積を見て言った。

「まだ、犯人は捕まらないんですね」

安積はうなずいた。

「ええ、まだです」

別に、警察の捜査に対して不満を抱いている様子ではなかった。それ以外に話題がないというだけなのだろう。

「早いとこ、捕まえてもらいたいもんですね」

店長は、安積と同じくらいの年齢に見える。コンビニというのは、どうやって店長を決めるのだろう。安積が住んでいる町で、古くからの酒屋がいつの間にかコンビニになっていたことがある。

「この店は、できてからどれくらいですか？」

「りんかい線の開通以来ですから、もう十六年になりますか……」

「その間ずっと、あなたが店長だったのですか？」

「いえ、私は二代目です」

「商売はなかなかたいへんでしょうね」

「私は脱サラでしてね……。ええ、たいへんですけど、運がよかった」

「ほう、脱サラ……。どういう経緯で店長に？」

「フランチャイズチェーン本部で店長の募集をしたのです。応募して試験を受けて採用されました」

「ほう、募集で……」

「何です？　私は容疑者なんですか？」

「違います。ちょっと興味があったもので……」

「刑事さんも、コンビニ、やってみたいですか？」

「いや、私は客商売に向いていませんせん」

「実は、私もなんですよ」

警察官というだけで嫌悪したり、反感を見せたりする一般人は決して少なくない。この店長がそうでなくてよかったと、安積は思った。

「風見さんに、お話をうかがいたいのですが……」

「じゃあ、私がレジに入りましょう」

「すみません」

「なるべく、手短にお願いしますよ」

「わかっています」

店長が、風見洋一に近づき、声をかけてレジ係を交代した。風見洋一が、安積に近づいてきた。

怯《おび》えているような眼だ。だが、だからといって、彼が怪しいというわけではない。誰だって、刑事の訪問を受ければ緊張する。

「お仕事中、すいません」

安積は言った。「あれから、何か思い出されたことはないかと思いまして……」

風見洋一は、にこりともせずに言った。

「別にありません」

ふくれっ面をしているように見える。だが、腹を立てているわけではなさそうだ。もともと無愛想なのだろう。あるいは、安積のような年代の人間と話をすることに慣れていないだけなのかもしれない。

安積は、風見のような若者は好きになれなかった。だが、別に嫌う理由もない。定職に就かず、その日暮らしをしている。おそらく、今の生活に満足しているわけではないだろう。

そうした不満は、他人のせいにしてしまいがちだ。今の若者は、根拠のない自信を持っているのだという。地道に働くことより、一発当てることに価値を見いだすのだという。IT長者は、そうした若者のヒーローだった。だが、それも過去のものとなった。

いかんな。つい、余計なことを考えてしまう。

「犯人は一人だったのですね?」

「店に入って来たのは、一人でした。車で逃げたので、運転していたやつがいたかもしれない……」

「覆面をしていたのですね?」

「覆面つうか、帽子をかぶってサングラスをして、マスクしてました」

「何か、感じたことはありませんか?」

「何かって……?」

「どんなことでもいいんです」

風見は、ふてくされたような態度で視線をさまよわせた。

「怖かったですよ。刃物を持っていましたからね」

「そうでしょうね。包丁のようなものだったそうですね」

「包丁ですよ。どうして、警察はナントカのようなものって言い方するんです？」

「確認されていない事実を断定的には発表できないのです」

風見は、安積の言葉についてしばらく考えている様子だった。

「あっという間の出来事でしたよ」

風見は言った。

「最初、犯人はまず、西原郁江さんのほうのレジから金を奪い、それからあなたのレジに移動したのですね？」

「そうです」

「それから、店を出て前の駐車場に停めてあった黒っぽいワゴン車に乗り、逃走した……。そうでしたね？」

「はい」

「体格とかに、見覚えはありませんでしたか？」

「はあ……？」

風見は、きょとんとした顔になった。「それ、どういうことです？」

「言ったとおりの意味です」

風見はまたしばらく考えていた。思い出そうとしているのだろうか。それとも、安積の質問の意味を考えているのだろうか。

「見覚えはなかったなあ……」

「声はどうです？」

「どうって……？」

「過去に聞いたことがあるとか……」

「いや、全然……」

「確かですね？」

「あんまりよく覚えてないんです。正直言うと、マジ、びびってたし……」

「わかります」

安積は言った。

この若者は、愛想はよくないが、充分に協力的と言えた。他人にどういう態度で接したらいいのか、理解できていないだけなのかもしれない。

そういう若者が増えたような気がするのは、俺が年をとったせいだろうか。

安積はそんなことを考えていた。

「どうも、お忙しいところをおじゃましました。ところで、西原さんとは同じシフトじゃないんですか？」

「ああ、いつもはいっしょですけど、彼女、今日は体調が悪いとかで……。店長は、事件がショックだったのかもしれないって……。ひょっとしたら、バイト辞めちゃうかもしれないなあ……」

「彼女のバイト歴はどれくらい？」

「三ヵ月くらいですね。このままバックれるかもしれない」

バックれるというのは、つまり、断りなしに来なくなるということだ。そのまま姿を消してしまうわけだ。

そんな無責任なことが許されるのかと、安積は思ってしまうが、今時の若者に中年男のモラルなど通用しないようだ。

安積は、西原郁江の自宅を訪ねてみることにした。体調が悪いというのは口実かもしれないと思った。店長が言っていたらしいが、やはり事件があった店で働くのが嫌なのかもしれない。

これが、正規の社員だったら、それくらいのことで辞めるわけにはいかない。だから、若者たちは、定職に就かずにバイト人生を選択するのだ。

コンビニを出ると、安積はりんかい線で大井町《おおいまち》にやってきた。西原郁江は、大井町のアパートで一人暮らしだ。専門学校に入学するという名目で、福島県から上京した。

学校はすぐに辞めてしまい、それ以来バイトを続けて東京で暮らしている。東京には、そういう若者がたくさんいる。

西原郁江が住むアパートは、二階建てで、ワンフロアに三室ある。新しい建物で、なかなかしゃれた外観だった。

彼女は部屋にいた。安積が訪ねると、驚いた顔をドアの隙間からのぞかせた。

「何ですか……」

「その後、何か思い出したことはないかと思いまして……」

「覚えていることは、全部言いました」

「体調がお悪いとか……。それでお店を休んでいるんですね」

「ええ……。ちょっと気分が悪くて……」

別に顔色は悪くはない。

「すぐにおいとまします」

西原郁江は、ドアのところに立ったままだった。安積は、ドアの外で話を聞く形になった。

「昨日も言ったけど、ほとんど覚えてないんです。すっごく怖かったし……」

「犯人は、顔を隠していたのですね？」

「ええ。帽子をかぶってサングラスとマスクをしていました」

「体格に見覚えはありませんでしたか？」

西原郁江は、怪訝《けげん》そうな顔をした。

「見覚えなんて、あるわけありません」

「声はどうです？」

「声のことなんて、覚えてません。犯人は、ただ『金、金』って言っただけなんです。どうして、あたしが、犯人のことを知っているなんて思うんですか？」

西原郁江は腹を立てた様子だった。

「犯人は、売り上げの集計の直前を狙っていた可能性が強い。そして、事件のとき、防犯カメラが故障していた。内部の事情に詳しい人間の可能性もあります。つまり、お店の関係者かもしれない。だとしたら、バイトのあなたが過去に会ったことがある人の可能性もあるというわけです」

西原郁江は、安心したような表情を一瞬浮かべた。自分に何かの疑いがかかっているわけではないとわかったからだろう。

「知っている人じゃありませんでした」

「確かですか？」

「確かです」

安積は、ふと違和感を覚えた。

彼女のこたえが、あまりに断定的だったからだ。それまでは、ほとんど何も覚えていないと言っていた。だが、犯人は知っている人ではないという点だけは、はっきりと断定した。

西原郁江は、苛立っているように見えた。明らかに、安積の訪問を迷惑に思っている様子だ。

その理由がすぐにわかった。

ドアの隙間から男物の靴が見えた。部屋に誰かいるのだろう。もちろん、部屋に異性がいようが、それは犯罪ではないので、警察官が詮索するような問題ではない。

安積は、早々に退散することにした。

二人のバイトは、被害者だ。犯人を直接目撃しているのは、その二人だけだからどうしてもしつこく話を聞き出そうとしてしまうが、彼らにしてみれば、警察に追い詰められる理由などないのだ。

「どうも、おじゃましました。お大事に」

安積はそう言うと、西原郁江の自宅を後にした。


夕刻には、強行犯係の四人が戻ってきた。彼らは互いに連絡を取り合っていたようだ。先に須田と黒木が帰ってきて、それとほとんど間を置かず村雨と桜井が現れた。

「目撃情報は望み薄ですね」

村雨が、席に戻るとすぐに報告した。「犯人および、逃走する犯人の車を目撃したという人は、二人のバイトのほかは、今のところ見つかっていません」

安積はうなずくと、須田に尋ねた。

「店のほかのバイトなどの、当日の行動はどうだ?」

「特に怪しいと思うようなことはありませんね」

「だが、やはり内部事情に詳しい者の犯行という疑いは濃いと思う」

安積が言うと、須田はうなずいた。

「ええ、俺もそう思いますよ。けど、店の内部事情を知っている人って、いろいろじゃないですか。バイトもそうだし、店長もそうです。本部の社員や配送係の人だって、内部の事情には詳しいでしょう。それに、バイトや社員から話を聞いた者が犯人ということだって考えられます」

「だから、しらみつぶしに話を聞くんだよ」

村雨が言った。「ねえ、係長。私と桜井も須田と同じく、店の関係者に話を聞きに回ったほうがいいんじゃないですか。目撃者は現れそうにもない。だったら、店の関係者に捜査をしぼったほうがいいでしょう」

そうかもしれない。

村雨の言うことに間違いはない。ただ、鼻につくだけだ。

「そうしよう」

安積は言った。「私も、そちらの捜査に専念することにしよう」

その日は、引き上げることにした。徹夜で捜査をしなければならない日もあれば、こうして、ほぼ定時に上がれる日もある。

安積は、村雨に警部補試験のことを尋ねてみようかと思った。だが、自分でも不思議なことに、声をかけた相手は須田のほうだった。

「ちょっと、いいか？」

須田は、秘密を共有するときの小学生のような顔になった。ほかの三人が帰宅するのを待って安積は尋ねた。

「実際のところ、どう思う？」

「コンビニ強盗ですか？　ええ、チョウさんが言うとおり、店の関係者の線だと思いますよ」

「村雨が言うとおり、目撃情報を探すよりも店の関係者を当たることに集中したほうがいいと思うか？」

「ええ、そう思いますよ」

須田はふと不安そうな顔になった。「チョウさんはそう思ってないんですか」

「いや、そういうわけじゃない。確認しておきたかったんだ」

「なら、みんなのいるところで訊《き》けばいいのに……」

「そうだな」

そんなことをしたら、村雨が気を悪くするかもしれない。

「店の関係者の線をたどっていけば、必ず容疑者が浮かんできますよ」

「村雨のことだが……」

「何です？」

「あいつは、そろそろ警部補の試験を受けるべきだと、課長が言うんだが……」

須田は複雑な表情になった。どうして、そんなことを自分に言うのかと問いたげな顔だ。まあ、そう思うのももっともだ。安積は、言った。

「村雨は、試験に向けての準備なんかはしているんだろうか」

「試験のための勉強とかですか？　どうですかね。そんな話は聞いたことがないですよ。第一、そんな暇、ありますかね」

「そうだな。刑事は、どうしても出世街道から外れてしまう。試験の準備をしている暇がないんだ」

「あまり、階級なんて気にしませんしね」

「だが、村雨はそういうことを気にするタイプじゃないかと思うんだが……」

須田はびっくりした顔になった。

「なんでそう思うんです？　村チョウだって、刑事なんです。俺たちと同じですよ」

今度は、安積が驚く番だった。

村雨との付き合いは長い。だが、安積はまだ村雨のことを理解できていないのかもしれない。

「いや、村雨はいい管理職になれるんじゃないかという意味だ」

「そりゃまあ、そうかもしれませんが……」

須田が、困ったような表情で、安積を見ている。おそらく、安積が何を言いたいのか理解できないのだろう。当たり前だ。安積本人も何が言いたいのか、よくわかっていないのだ。

「あいつが、警部補になるということは、別の係か、別の署で係長になるということだ」

「強行犯係としてはたしかに痛手ですが、そりゃ、しょうがないですよ。警察官に異動は付きものです。特に、管理職となると異動が多くなるじゃないですか」

「いつまでも、俺の下にいるわけにはいかないということだな」

「でも、警部補になったからといって、すぐに異動になるわけじゃないでしょう」

「人事のことは、俺にはわからん」

「ねえ、チョウさん」

「何だ?」

「気になるんだったら、村雨に直接訊くべきですよ」

安積はうなずいた。

「たしかに、おまえの言うとおりだ」

「課長は、村雨に試験を受けさせろと言ってるんですか?」

「そう言っているように、俺には聞こえた」

「警部補になることを勧めろということですね?」

「そうだ」

「それで、チョウさんは、戸惑っているというわけですね。村雨を手放したくはない。だけど、出世はさせてやりたい」

そういうことなのか。

安積にはわからなかった。だが、思慮深い須田の言葉だ。多少の真実が含まれているはずだ。

「でもね」

須田が言った。「どうせ、最後は本人の選択なんです。だから、本人に訊いてみるしかないですよ」

「そうだな」

安積は、ちょっと間を置いてから尋ねた。

「ところで、おまえさんはどうなんだ？」

「昇進試験ですか？」

須田はにやにやと笑った。「俺、そんな気はまったくないですよ。暇もないですしね。それに、東京湾臨海署の強行犯係が気に入ってるんです。しばらくは、ここにいたいんですよ」

警察官に異動は付きものだと須田は言った。たしかにそのとおりだ。安積班が、いつまで同じメンバーでいられるかは、誰にもわからない。

できるだけ長く、このメンバーでやっていきたいと、安積は願っている。だが、村雨に昇進を勧めるということは、自らメンバーの入れ替えを促すということになるのだ。

須田の言ったことは、多少ニュアンスの違いはあるにせよ、やはり的を射ていたというわけだ。

「引き止めて悪かったな」

安積は言った。「明日からは、全員で店の関係者を洗う」

「わかりました。じゃあ、失礼します」

須田は、署内にある待機寮に引き上げていった。独身の須田は、寮住まいなのだ。

安積は、しばらく机に向かったまま、さまざまなことを考えていた。雨が降りだしたようだ。一日中、今にも降り出しそうな天気だった。まだ、入梅したという話は聞かない。だが、明らかにここ二、三日は、梅雨のような天気だ。

ふと、安積は昼間の違和感を思い出していた。西原郁江に質問をしていたときのことだ。

彼女は、なぜあんなに強く断定したのだろう。

それまでの供述は曖昧だったのに、犯人は知らない人だったということだけは、きっぱりと言い切った。

本当に、まったく知らない人だったのかもしれない。だが、ほかの事実の印象が曖昧なのに、どうしてその事実だけ、はっきりと断定できるのだろう。

まるで、あらかじめ用意していたようなこたえだ。

いったんそう思いはじめると、なんだか、西原郁江が疑わしく感じはじめた。彼女を疑う合理的な理由はない。ただ、こたえ方に違和感を覚えたというだけのことだ。

須田や村雨はどう思うだろう。須田はともかく、村雨はばかばかしいと笑い飛ばすかもしれない。仕事においては、まず手続きを重要視する男だ。勘などというものは、取るに足らないものだと思っているだろう。

安積は、薄暗くなった窓の外に眼をやった。雨が降っている。無機質な人工の島に降る雨。だが、お台場は緑が多い。きっとこの雨はみずみずしい空気をもたらすかもしれない。

3

「それ、案外、筋が通ってますね」

朝の打ち合わせで、安積が西原郁江を訪ねたときの印象を話すと、まず須田が言った。

「犯人が、直接店の事情に通じていなくても、誰か手引きする者がいれば、犯行は成立するわけです」

安積は、村雨がどう考えているかが気になっていた。西原郁江を疑うはっきりとした根拠は何もない。ただ、安積が違和感を覚えたというだけだ。

その点を指摘してくるものと思っていた。思案顔だった村雨が、おもむろに発言した。

「実はですね、係長、私もあの二人のバイトの供述にはひっかかるものを感じていたんですよ」

　意外な言葉だった。

「何がひっかかったんだ？」

「二人の供述の微妙な食い違いです」

「食い違い？　供述は一致していたんじゃないのか？」

「大筋では一致しています。でも、二人が見ていたものが違うような気がするんです」

「どういうことだ？」

「まず、風見洋一のほうは、気が動転していたといいながらも、犯人の着衣などを比較的覚えていました。しかし、西原郁江のほうは、ほとんど何も覚えていないと言っていたんです」

「それは、男と女の違いがあるのかもしれない。黒っぽいワゴン車で逃走したと供述したのも、風見洋一のほうでした。ショックで何も覚えていないということはあり得る」

「なんです、チョウさん」

　須田が言った。「西原郁江が怪しいと言い出したのはチョウさんですよ」

「それはそうだが……」

　村雨が須田に言った。

「係長は、慎重にやりたいだけなんだよ」

この一言に、助けられた思いだった。

「そう。捜査の方針を見当外れの方向に導きたくない。冤罪《えんざい》の恐れもある」

「たしかに、若い女と男じゃ、強盗にあった場合、受ける衝撃の度合いは違うかもしれません」

村雨が言った。「しかし、考えようによっては、西原郁江は、手がかりを与えまいとして、故意に何も覚えていないと供述したとも取れます」

「なるほど……」

須田が仏像のような顔つきになった。彼の頭脳が目まぐるしく稼働しはじめたことを意味している。「何も覚えていないと言っておきながら、犯人は知らない人だったということだけを断定したのは、たしかにちょっと気になりますね」

村雨が言った。

「私と桜井で、西原郁江の身辺を洗ってみましょうか?」

安積は、しばらく考えてから言った。

「そうしてくれ。私は、須田たちと手分けをして、引き続き店の関係者から話を聞くことにする」

「わかりました」

村雨に任せておけば心配はない。彼は、やるべきことを充分に心得ている。桜井も村雨の指示で的確に動いてくれるだろう。

「では、さっそくかかろう」

安積は立ち上がった。そのときには、すでに黒木が出口に向かいかけていた。

外は朝から雨模様だった。公園の脇は、すがすがしい空気に満ちていた。雨が木々の緑を活き活きとさせている。

煙るような雨だ。安積は傘をさすべきかどうか迷っていた。結局、傘はささずに歩いた。店のバイトや、配送係、フランチャイズチェーン本部の社員などに話を聞く。

こちらのほうはまったく進展がなかった。西原郁江は今日もバイトに来ていなかった。店長に聞くと、電話をかけても出ないらしい。留守電に、連絡を取りたいとメッセージを入れても、電話が返ってくることはないという。

「バックレかもしれません。よくあるんですよ。思い出したように、日割りの給料を取りに来たりします」

安積はうなずいた。

強盗の翌日から、彼女は店に顔を見せなくなった。単に、事件がショックだったからとも考えられる。だが、そうでない恐れもある。

村雨から携帯電話に連絡があったのは、午後三時過ぎのことだった。

「係長、マル対が動きます」

「動く……？　どういうことだ？　おまえたち、張り込んでいたのか？」

「ええ、もし、彼女が犯罪に関与していたら、高飛びも考えられますから……。係長が訪ねたことが、プレッシャーになっているはず」

「それで……?」

「マル対には連れがいます。二十代半ばの男性。身長は一七五センチくらい。中肉中背。黒い髪。これ、風見洋一が供述した犯人の体型と一致しますね。二人は、大きめのリュックを背負っています。高飛びの恐れもあります」

「尾行しろ。連絡を絶やすな」

「了解です」

安積はいったん電話を切り、すぐに須田にかけた。

「村雨から連絡があった。マル対に高飛びの恐れがあるそうだ」

「わかりました。合流したほうがいいですね」

「村雨からの連絡を待つ。待機してくれ」

「了解」

それから十分後に村雨から連絡があった。

「マル対は、タクシーに乗りました。こちらもタクシーで尾行中です。品川《しながわ》方面に向かっています」

「品川……。新幹線の可能性があるな」

「私もそう思います」

「わかった。私も品川に向かう。須田たちも合流させる」

安積はタクシーを拾うと品川駅に向かった。

車の中から須田に電話をして、合流するように伝える。

「すぐに向かいます」

雨の中を、タクシーは品川駅に向かう。

捕り物になるだろう。品川署と高輪《たかなわ》署あたりに、挨拶を通しておくべきだ。安積は、課長に電話をして、事情を説明した。

「おい、容疑は固まっていないんだろう。だいじょうぶか」

苦労人らしい課長の言葉だ。

「職質をかけて、必要があるとわかれば身柄確保します」

「わかった。くれぐれも無茶をしないでくれ。品川署、高輪署には話を通しておく」

電話が切れた。安積は携帯電話を内ポケットにしまうと、車窓の外を見た。雨足が強まったようだ。雲は低くたれ込めている。遠くのビルが霞《かす》んでいた。

品川駅に着くと、すぐに村雨に電話をした。

「今、どこだ?」

「二階のコンコースです。京急の乗り場の前にいます。マル対は、新幹線の乗り場の方向に向かっています」

「職質をかけろ」

安積は言った。「どこへ行くつもりか尋ねるんだ」

「了解」

エスカレーターで、二階のコンコースに上がった。広いスペースだ。各種の売店や立ち食いそばの店などが並んでいる。

安積は須田に電話をかけた。

「こちらは、品川駅に着いた。そっちはどうだ？」

「到着しました」

「二階のコンコースだ。村雨たちがこれから職質をかける」

「了解しました」

安積は、人の往来を縫って駆け足で進んだ。いた。西原郁江が、見たことのない男性といっしょに歩いている。二人は明らかに旅支度だった。

村雨と桜井の姿も見える。彼らは、安積とは逆の方向から西原郁江たちに近づいている。うまい具合に挟み撃ちする形になった。

村雨が二人に声をかけた。警察手帳を出してバッジを見せている。

怯えたような西原郁江の顔。明らかに動揺している。次の瞬間、男が弾《はじ》かれたように走り出した。

西原郁江も、まったく別の方向に走りだそうとする。別々の方向に逃走をはかったのだ。男の足は早い。

しまった。見失うと面倒だ。

安積がそう思ったとき、群集の中から驚くほどのスピードで飛び出してきた者がいた。黒木だった。彼は、一流のアスリートのようなフォームで走り、逃走した男を取り押さえた。

須田がよたよたと駆けていき、黒木を助けて暴れる男の身柄を確保した。

西原郁江のほうは、桜井が捕まえた。

安積は足早に村雨に近づいた。村雨は、安積を見ると言った。

「緊急逮捕でいいですね？」

安積はうなずいた。

「身柄を署に運ぼう」

いつのまにか野次馬が遠巻きに人垣を作っていた。それをかき分けるようにして、駅構内を担当している鉄道警察隊の警官が三人駆けつけた。

村雨が、てきぱきと事情を説明する。高輪署から地域係のパトカーを出してもらうことにした。

やはり、村雨は頼りになる。安積は、そう思いながら、課長に報告するために、携帯電話を取り出した。

取調室に連れて行かれた西原郁江は、すぐにしゃべりはじめた。洗いざらい話し終えると、彼女は泣きはじめた。

いっしょにいたのは、コンビニ強盗の犯人だった。彼の名は、石本孝明《いしもとたかあき》。年齢は、二十五歳だ。十代の頃は、渋谷で遊んでいたということだ。

西原郁江と石本は、一年ほど前に知り合い、付き合いはじめたのだという。二人は、東京で暮らす、ある種の若者の典型だった。具体的な夢も将来の計画もない。だが、東京から離れられない。

石本は何か大きなことをやりたいと、いつも言っていたという。それが、コンビニ強盗とは……。

きっかけは、西原郁江が、何気なく、店の防犯カメラが故障したと話したことだったという。石本が具体的な計画を練った。使用した車は、レンタカーだった。レンタカーショップで裏も取れた。ダークグレーのワゴン車で、たしかに石本が借りていた。

西原郁江は、乗り気ではなかったが、金が手に入ったら、いっしょに石本の生まれ故郷である福岡へ行こうと言われて気持ちが動いたという。

彼女のような若者は、東京にしがみついていながら、どこか諦めに似たものを感じているようだ。疲れているのかもしれない。しばらく福岡で、石本と暮らすというのは、彼女にとって、魅力的な話に思えたのかもしれない。

大都会で生活することを選んだ彼女が、そう感じるというのは、矛盾した話かもしれない。だが、その類の矛盾は、常に夢と現実の狭間《はざま》で揺れ動く若者たちの中に存在している。

いや、若者たちだけではない。そうした矛盾は、俺の中にもあるに違いないと、安積は思った。

強行犯係の全員が、ノートパソコンに向かっていた。容疑者の身柄を確保したら、書類作りの仕事が待っている。安積も、キーを叩いていた。

安積はふと顔を上げると、村雨を見た。話をするにはいい機会に思えた。

「村雨」

「はい」

彼は顔を上げた。「何でしょう」

「今度の警部補の試験だが、おまえ、どうする？」

我ながら、実にさりげなく切り出せたと思う。須田がちらりと、安積のほうを見たのに気づいた。

村雨は苦笑した。

「警部補ですか？　まったく考えてませんでしたよ」

「いつまでも、部長刑事というわけにもいくまい」

「私は、このまま定年を迎えてもいいと思ってます」

「意外だな。おまえは管理職に向いていると思っていたが……」

「勘弁してください」

村雨は言った。「私に係長の代わりはつとまりません」

この言葉は、そのまま受け取っていいのだろうか。安積が黙っていると、さらに村雨が言った。

「そうですね。どこかに異動になったら、そのときは、昇進も考えてもいいかもしれない」

つまり、須田と同様に、東京湾臨海署の強行犯係が気に入っているということなのだろう。

安積はただうなずいただけだった。

外はまだ雨が降っている。

「こりゃ、本格的に梅雨ですね」

須田が言った。「入梅って、田植えの日を決める目安なんですってね」

何にでも意味がある。

そう。入梅も悪くない。安積は、そんな気分になっていた。

あとがき――日本推理作家協会七十年

山前　譲

まだ日本社会が終戦直後の混乱のさなかにあった一九四七年六月、江戸川乱歩氏を初代会長として探偵作家クラブが設立される。一九五四年には日本探偵作家クラブと改称されたが、さまざまな事業を行っているといっても、作家や評論家、あるいはファンを会員とした親睦団体だった。それが一九六三年一月、やはり江戸川乱歩氏を初代理事長として、社団法人日本推理作家協会に改組される。社会的に責任のある団体として再スタートしたのだ。

そして二〇一七年、日本推理作家協会は設立七十周年を迎えた。優れた作品に与えられる日本推理作家協会賞と、新人賞としてはもっとも長い歴史を誇る江戸川乱歩賞を二大事業として、今なおミステリー界の発展を担っている。

本書はその日本推理作家協会の理事長が一堂に会してのアンソロジーである。すなわち、江戸川乱歩、松本清張、島田一男、佐野洋、三好徹、山村正夫、中島河太郎、生島治郎、阿刀田高、北方謙三、逢坂剛、大沢在昌、東野圭吾、そして今野敏の諸氏によるじつに贅沢《ぜいたく》な一冊なのだ。

設立から一九八七年までの歩みは、ここに収録した中島河太郎「推理作家協会四十年」（「推理小説研究」一九八七・十二）にまとめられている。国文学の研究者であった中島氏がミステリーの評論・研究に執心しなければ、戦後のミステリー界の発展はなかっただろう。推理作家協会の会員向けに書かれた協会史だが、研究者としての冷静な視線も交えて、四十年の歴史が綴《つづ》られている。

日本推理作家協会賞や江戸川乱歩賞のように、探偵作家クラブ時代から引き継がれてきた事業は多い。基本的には月刊ペースを維持してきた会報は通算八百号を超えた。前年度の優秀な作品を収録した「年鑑」は、タイトルを変えつつも講談社より刊行中である。また、日本推理作家協会時代にスタートした光文社刊の傑作短編選集も、三年に一度のペースで刊行中だ。

一九八七年以降は、ミステリーブームのなか、日本推理作家協会の活動はいっそう活発になっていく。一九九〇年代にはアジア圏での日本のミステリーの翻訳が盛んとなり、日本推理作家協会も協力した。一九九五年には双葉文庫の「日本推理作家協会賞受賞作全集」がスタートし、探偵作家クラブ賞時代からの珍しい作品が復刊されていく。

一九九七年の設立五十周年はとりわけ賑《にぎ》やかだった。九月二十七日、東京・読売ホールで文士劇「僕らの愛した二十面相」（脚本・辻真先）が四十二名もの出演者のもとに上演され、満員の会場を沸かせた。ＮＨＫ・ＢＳでも放映されたから、その熱演（怪演？）ぶりは多くのファンが目にしたに違いない。また、福岡、名古屋、東京で講演会が盛況のうちに催された。会員向けには泡坂妻夫デザインによるトランプが製作され、アメリカで開催された世界的なミステリーイベントとして知られる「バウチャーコン」でのパネルディスカッションにも参加した。

文士劇が契機になったのだろうか、以後、読者との交流の機会が増えていく。一九九八年から毎日新聞社との共催で「ウィスキー&ミステリー」（後援・サントリー）と題したトークショーが行われるようになった。トークショーは現在も、やはり毎日新聞社との共催で「嗜好《しこう》と文化」（後援・日本たばこ産業）と題して毎年開催されている。また一九九八年には「江戸川乱歩賞全集」（講談社文庫）もスタートした。

二十世紀末にはインターネットが急速に普及する。世の中の趨勢《すうせい》にはやや遅れたものの、日本推理作家協会もホームページを開設したが、ネット社会にはそれまで予想もできなかった諸問題があった。とくに出版界で注目を集めたのは電子出版だったが、日本推理作家協会も対応に追われる。また、図書館での貸し出しをめぐっての著作権問題もあり、作家の権利を守ることも協会の重要な業務となっていくのだった。

その背景に出版不況があったのは否めない。日本推理作家協会も、全六巻の『推理作家になりたくて　マイベストミステリー』（二〇〇三〜〇四　文藝春秋）や推理小説年鑑収録作品の再編集である「謎」シリーズ（二〇〇六〜　講談社文庫）、あるいは人気漫画とコラボした『小説　こちら葛飾区亀有公園前派出所』（二〇〇七　集英社）など、新たなアンソロジーによって運営の財源を確保しなければならなくなった。

とはいえ、二〇〇七年の設立六十周年ではかつてない大規模なイベントが催されている。東京は池袋、江戸川乱歩旧宅に近い立教大学を舞台にしての「ミステリー・カレッジ」だ。十一月十一日に行われたが、ミステリー検定、クイズ大会、さまざまなトークイベント、探偵講談、旧乱歩邸見学ツアー、チャリティ・オークションなどなど多彩な企画があり、あいにくの雨模様にもかかわらず、一千人を超す参加者でキャンパスは埋め尽くされた。サブタイトルは「作家と遊ぼう！」だったが、日本推理作家協会の長い歴史のなかでも、これほどミステリー作家が読者とともに楽しんだイベントはなかったに違いない。

そのイベントのひとつに「囲碁対局」があった。協会の囲碁同好会の主催だったが、同好会活動もまた探偵作家クラブ時代から引き継がれたものだ。ほかには麻雀《マージャン》やゴルフなどがあるが、なかでも活発なのはソフトボール同好会である。逢坂剛総監督のもと、日頃運動不足の会員諸氏が編集者を相手に奮戦している。また、探偵作家クラブ時代に月一回行われていた土曜会が復活した形の土曜サロンも、ミステリー界のさまざまなテーマを語らって回を重ねている。

協会編の出版物として話題を呼んだのは『ミステリーの書き方』（二〇一〇 幻冬舎）だった。ミステリー作家の創作のノウハウをたっぷり詰め込んだ一冊は、江戸川乱歩賞のみならず、数多くあるミステリー界の新人賞に挑戦しようとしている人たちにとっては、格好のガイドブックとなったことだろう。

もちろん、ミステリー作家を志しているのならば、これまでに発表された数多くの作品がなによりの目標となるに違いない。ここに収録された短編ももちろんである。

江戸川乱歩「防空壕」（「文藝」一九五五・七　光文社文庫『十字路』収録）は自身の戦争中の体験をモチーフにしたものだが、空襲という生と死の狭間《はざま》で展開されていく幻想的な物語にも、乱歩作品らしいどんでん返しが織り込まれている。

松本清張「なぜ『星図』が開いていたか」（「週刊新潮」一九五六・八・二十　光文社文庫『鬼畜』収録）はまさにタイトル通りである。どうして百科事典のそのページが開かれていたのだろうか。些細《ささい》な疑問から解き明かされていく真相は、まさにミステリーならではの妙味だろう。

終戦直後のミステリー界を端的に象徴したのは、一九四六年に雑誌連載された横溝正史『本陣殺人事件』だった。第一回探偵作家クラブ賞長編賞を受賞した金田一耕助初登場作だが、名探偵と密室の謎は探偵作家クラブが創設された頃のキーワードとなる。だから、自身の経験を生かした新聞記者ものの島田一男「殺人演出」（「宝石」一九四七・三　桃源社『殺人供養』収録）は軽妙な展開ながら、メインの謎は密室なのだ。

やはり新聞記者出身ながら佐野洋「尾行」（「別冊小説新潮」一九六一・四　光文社文庫『尾行』収録）は所員三人の調査事務所の事件である。ここにある「読者への挑戦状」という趣向もまたミステリーならではでないだろうか。ほとんどシリーズ・キャラクターのない佐野作品だが、この作品を最初に彼らの活躍がシリーズとして描かれていく。

一方、三好徹「存在の痕跡」（「別冊小説新潮」一九六四・七　徳間文庫『えんぴつ稼業』収録）は、警察への取材など、自身の新聞記者経験が十二分に生かされた短編だ。その警察が見逃していた犯罪を、地元横浜を中心とした丹念な取材行で解き明かしていく記者である。

山村正夫「絞刑吏」（「探偵倶楽部」一九五五・四　徳間文庫『陰画のアルバム』収録）は一九五〇年代、創作活動のかたわら文学座の演出助手をしていた経験が生かされているのだろう。不思議な魔術の虜《とりこ》になってしまった舞台俳優の末路は？　山村氏は「僕らの愛した二十面相」の演出を務めた。

生島治郎「夜の腐臭」（初出不詳　旺文社文庫『愛さずにはいられない』収録）は、日本にもハードボイルドを定着させようと、意欲的に創作活動を続けた生島氏らしい作品である。タフで非情な私立探偵の冷徹な視線が、事件の真相を暴いていく。港町・横浜もハードボイルドの舞台として際立っている。

阿刀田高「趣味を持つ女」（「小説現代」一九七六・十一　講談社文庫『冷蔵庫より愛をこめて』収録）は切れのいい短編のお手本ではないだろうか。まったく縁のない人の葬式にやたらと列席する女性を、警察がマークしはじめた。ある結末を誰も予想するだろうが……。ゾクッとするエンディングだ。

北方謙三「生きている樹」（「小説新潮」一九八八・八増刊　角川文庫『二月二日ホテル』収録）は、カメラマン望月のシリーズの一作である。独特のアクションが印象的な長編で日本のハードボイルドに新展開をもたらした北方氏だが、北海道の厳しい自然のなかで出会った老漁師の抱えた鬱屈と望月の過去がオーバーラップして、男の世界が描かれていく。

逢坂剛「非常線」（「小説宝石」一九八三・二　集英社文庫『情状鑑定人』収録）はノンストップ・サスペンスだ。メインの事件は銀行強盗だが、そこにさまざまな思惑が絡んでいく。そして全てを覆す意外なエンディング……。大人気の「百舌《もず》シリーズ」にも繋《つな》がるテイストがここにあるだろう。

大沢在昌「人喰い」（「週刊小説」一九八三・七・一　角川文庫『眠りの家』収録）は時代の雰囲気を巧みに捉えつつ、皮肉な結末へと収束している。ハードボイルド好きの中学生が生島治郎氏にファンレターを出し、思いがけなく届いた返信を励みに作家デビューを果たしたというのは、日本のミステリー界で特筆されるエピソードである。

東野圭吾「あるジーサンに線香を」（「小説新潮」一九九四・一〇　集英社文庫『快笑小説』収録）のタイトルはSFの有名な作品に由来している。ストーリーも老人を主人公にして換骨奪胎しているが、そのテクニックには驚かされるに違いない。じつにヴァラエティ豊かな作品を発表してきた東野氏の本領発揮と言ったところだ。

今野敏「入梅」（「月刊ランティエ」二〇〇七・八　ハルキ文庫『花水木』収録）は日本のミステリー界を席捲《せっけん》している警察小説である。犯罪をテーマとすることの多いミステリーだから、警察官や警察組織はお馴染《なじ》みのはずだが、日本では二十一世紀に入って意欲的な、そして多彩な作品が発表されている。今なお新しいアプローチがあるのには驚かされる。

日本推理作家協会の初代理事長である江戸川乱歩氏は、色紙によく「うつし世はゆめ よるの夢こそまこと」と揮毫《きごう》していた。フロイトを持ち出すまでもなく、夢には人間の深層心理が発露されている。一方で我々は、現《うつつ》のなかで日々を過ごしている。たとえ夜の夢がまことであったとしても、現実からは逃れられないのだ。そんな夢と現が交錯するなかでこれまでミステリーは紡がれてきた。

二〇一四年四月、公益法人制度改革に則《のっと》って、社団法人日本推理作家協会は一般社団法人日本推理作家協会と改組された。初代代表理事は今野敏氏である。同好会活動などかつての親睦団体の雰囲気も残しつつ、ミステリー界の発展のためにさまざまな活動をしているのが推理作家協会である。

（やままえ・ゆずる　推理小説研究家）

本書には今日では考慮すべき表現、用語が登場します。しかし執筆当時の時代を反映した独自性に鑑み、そのまま収録いたしました。

本書は、日本推理作家協会七十周年を記念して、
集英社文庫のために編まれたオリジナル文庫です。

本書は収録にあたり、次の本を底本としました。

「防空壕」	光文社文庫	江戸川乱歩全集第19巻	二〇〇四年九月
「なぜ『星図』が開いていたか」	光文社文庫	松本清張短編全集07	二〇〇九年三月
「殺人演出」	桃源社	殺人供養	一九七四年二月
「尾　行」	光文社文庫	短編一年に一つ×25㊤	一九八五年八月
「存在の痕跡」	徳間文庫	えんぴつ稼業	一九八六年五月
「絞刑吏」	徳間文庫	陰画のアルバム	一九八三年六月
「推理作家協会四十年」	日本推理作家協会	推理小説研究第20号	一九八七年十二月
「夜の腐臭」	旺文社文庫	愛さずにはいられない	一九八四年四月
「趣味を持つ女」	講談社文庫	冷蔵庫より愛をこめて	一九八一年九月
「生きている樹」	角川文庫	二月二日ホテル	二〇〇五年三月
「非常線」	集英社文庫	情状鑑定人	一九八八年二月
「人喰い」	角川文庫	眠りの家	一九九三年十月
「あるジーサンに線香を」	集英社文庫	快笑小説	一九九八年八月
「入　梅」	ハルキ文庫	花水木　東京湾臨海署安積班	二〇〇九年四月

集英社文庫

夢《ゆめ》　現《うつつ》　日本推理作家協会《にほんすいりさっかきょうかい》70周年《しゅうねん》アンソロジー

2017年10月25日　第1刷

定価はカバーに表示してあります。

編　者　日本推理作家協会《にほんすいりさっかきょうかい》

監　修　山前《やままえ》　譲《ゆずる》

著　者　阿刀田《あとうだ》　高《たかし》　生島治郎《いくしまじろう》　江戸川乱歩《えどがわらんぽ》　逢坂《おうさか》　剛《ごう》
大沢在昌《おおさわありまさ》　北方謙三《きたかたけんぞう》　今野《こんの》　敏《びん》　佐野《さの》　洋《よう》
島田一男《しまだかずお》　中島河太郎《なかじまかわたろう》　東野圭吾《ひがしのけいご》　松本清張《まつもとせいちょう》
三好《みよし》　徹《とおる》　山村正夫《やまむらまさお》

発行者　村田登志江

発行所　株式会社　集英社
東京都千代田区一ツ橋2-5-10　〒101-8050
電話　【編集部】03-3230-6095
【読者係】03-3230-6080
【販売部】03-3230-6393（書店専用）

印　刷　図書印刷株式会社

製　本　図書印刷株式会社

フォーマットデザイン　アリヤマデザインストア　　マークデザイン　居山浩二

ISBN978-4-08-745654-7 C0193